KB183870

사랑 없이 우리가
법을 말할 수 있을까

지은이 천수이

변호사, 법학전문박사(민사법), 사회복지사(2급).

달동네에서 태어나고 자랐다. '더불어 함께'라는 가훈 아래 사회운동에 헌신한 부모님과 달리, 가난이 누구보다 싫어서 돈 잘 버는 변호사가 되고 싶었다. 그러나 아무리 발버둥 쳐도 도움이 필요한 사람들에게서 벗어날 수 없었다. 오히려 그들에게 도움의 손길을 건넬 때 마음이 편해지는 자신을 발견했다.

대학 시절에 500시간 가까이 멘토링 봉사활동을 하고, 변호사가 되어서는 취약계층을 위한 무료 법률 상담 자리를 택했다. 지금은 그 자리를 떠났지만, 틈틈이 마을 변호사로 활동하고, 장애인 시설에 대한 인권 자문, 학교 밖 청소년·한부모 가정·스토킹 범죄 피해자 등을 위한 법률 지원을 하며 지내고 있다.

사랑 없이 우리가 법을 말할 수 있을까

초판 1쇄 발행 2025년 1월 20일

지은이 천수이
발행인 박윤우
편집 김송은 김유진 박영서 백은영 성한경 장미숙
마케팅 박서연 정미진 정시원 함석영
디자인 박아형 이세연
경영지원 이지영 주진호
발행처 부키(주)
출판신고 2012년 9월 27일
주소 서울시 마포구 양화로 125 경남관광빌딩 7층
전화 02-325-0846 | 팩스 02-325-0841
이메일 webmaster@bookie.co.kr
ISBN 979-11-93528-43-3 03810

만든 사람들
편집 김유진 | 디자인 이세연 | 일러스트 변영근

사랑 없이

우리가

법을

말할 수 있을까

변호사
천수이

부·키

추천의 말

직업과 명함이 무엇인지보다 매일 만나는 사람이 누구인지가 한 사람을 더 잘 설명해 준다. 이때 만남이란 말과 마음을 나누고 서로의 삶을 변형시키는 관계를 뜻한다. 그런 점에서 천수이 변호사는 이름처럼 남다르고 일관된 존재다. 빈민 운동을 하는 부모에게 태어나 가난하게 자랐고, 돈 좀 벌어 보려고 로스쿨을 나와서도 여전히 가난의 자장에 머문다. 구청 변호사가 되어 폐지 줍는 노인, 야쿠르트 아줌마 등 평범해 보이지만 평범하지 않은 노력으로 하루를 버티는 이들과 얼굴을 맞댄다.

무료 법률 상담은 대개 넋두리로 흐른다. 저자는 그것을 허투루 흘리지 않는다. 우리 사회 주변부의 부스러기 같은 이야기를 특유의 공감력으로 빨아들이고 복원해 냈다. 이 책은 드라마에도 더 이상 나오지 않는 서민들의 이야기가 가진 힘을 보여 준다. 기막히고 억울하고 엉뚱한 사연을 날마다 접한 저자가 변했기 때문이다. "누구의 삶도 감히 쉽게 이야기해서는 안 된다는 것"을 깨달은 사람으로 말이다. 법은 형식이고 사랑이 내용이다. 세상은 말을 잘하는 사람이 아니라 잘 듣는 사람이 많아질수록 더 살만해진다는 것을 예고하는 햇살 같은 책이다.

- 은유 르포 작가, 《해방의 밤》 저자

추천의 말 •4

프롤로그 | 법의 빈틈을 채우는 사람의 온기 •9

1장 준비 •19

달동네 K-장녀,
로스쿨에 가다

태어나 보니 다 정해져 있더라

이름이 바뀌면 인생도 바뀔까

돼지에서 영웅이 되는 반전 드라마

결핍이 독이 아닌 득이 되도록

녹슨 칼의 쓸모

2장 시작 •65

변호사인 듯
변호사 아닌
변호사 같은

긴가민가할 때는 대부분 기다

진실과 사실은 다릅니다

속는 것도 나, 속이는 것도 나

사실 우리는 모두 괜찮지 않다

변호사를 고소하고 싶어요

목도리도마뱀의 가을

3장 가족 •119

**가장 가깝고도
먼 사이**

압구정 이 씨도 가능한 세상인데

끔찍하게 소중한 내 아이가
　　끔찍한 사람이 되지 않길

내 딸이 아닌 사람이 호적에 있어요

나도 엄마가 되고 싶다고요

브라보, 아빠의 인생

이제 고작 100일 주제에 탕수육을

4장 관계 •167

**원치 않게
맺어지기도
끊어지기도
하는 사이**

매일 아침 10시에 동료가 온다

명예에 살고 명예에 죽는다

하늘 아래 태양은 둘이 될 수 있어요

친애하는 이웃육촌들에게

대체할 수 없는 것들에 대한 낭만

인정사정 볼 것 있다

5장 **삶**   •215

**그럼에도 불구하고
계속 되어야
하는 것들**

다음이 궁금해서 눈을 감지 못합니다

조금 구겨져도 괜찮아요

가혹한 삶의 끝에 헛된 희망이라도

망할 병에 걸렸습니다

차가운 머리도 그들 편에
    함께 서 있기에

6장 **끝**   •253

**처음과 같이
이제 와 항상
영원히**

세상에 의미 없는 일은 없다

가장 슬픈 공지를 합니다

누구보다 더 힘차게 살아남을
    사람이 되어

세상에서 제일 무서운 것은

마지막 순간에 후회가 남지 않도록

에필로그 │ 잘 듣다 갑니다 •288

우리가 함께 나눌 수 있는 이야기,
그 어떤 이야기라도 좋습니다.

"무엇이든 잘 들어 주는 변호사,
천수이입니다."

법의 빈틈을 채우는
사람의 온기

무엇이든 처음은 강렬하다. 내 인생 첫 기억은 구석구석 가난이 깃든 낡은 판잣집 마루에서 바닥으로 떨어진 일이다. 겨우 성인 무릎 높이였지만, 아직 말도 못 하는 어린아이에게 마루에서의 추락은 생명을 위협하는 순간으로 다가왔다. 그 찰나에 느낀 낯선 불쾌함과 엄마의 보호에서 이탈했다는 불안감이, 빛도 제대로 들지 않아 유난히 어두웠던 집 안 풍경과 겹쳐 내 마음속에 공포로 각인됐다. 그래서일까? 중요한 일을 앞두고 긴장하게 되면 예전 그 마루에서 떨어지는 꿈을 꼭 꾸곤 한다.

그러나 지금은 꿈이 아니다. 엄연히 현실인데도 마루에서 떨어질 때의 불쾌함과 불안감이 생생하게 느껴진다.

"아가씨, 변호사 선생님은 어디 계시나요?"

내 앞의 중년 여성이 재차 묻는다. 변호사로서의 첫 직장, 첫 출근 날에 내가 들은 첫마디였다. 의뢰인도 그랬겠지만 나 역시 이 상황이 당황스럽기는 마찬가지였다. '분명 3층에 내 사무실이 있다고 했는데….' 무언가 잘못되어도 단단히 잘못된 게 틀림없다. 아무리 둘러봐도 3층에 내 사무실로 보이는 곳은 없었다. 화장실 앞 복도에 덩그러니 칸막이가 세워진 한 평 남짓한 공간이 보였지만, 나는 애써 그곳을 외면하고 복도 안쪽의 번듯한 사무실들을 자꾸만 애처롭게 바라보았다.

애석하게도 슬픈 예감은 틀린 적이 없는 법. 화장실 앞쪽으로 다가가자 사면을 둘러싼 칸막이 한구석에 사람이 겨우 다닐 만한 틈이 보이고, 그 틈 앞에 '무료 법률 상담'이라고 쓰인 입간판이 서 있다. 여기가 내 사무실이고, 노란 입간판이 아마도 문 역할을 하는 모양이다. 낡고 어두웠던 옛집이 눈앞에 다시 나타났다. 심장이 끊임없이 자유낙하를 하며 빠르게 뛰었다. 입간판과 같은 색으로 노랗게 질리고 있을 내 얼굴이 거울을 보지 않아도 보이는 듯했다.

놀란 가슴을 부여잡은 채 입간판을 치우고 의뢰인에게 이쪽으로 오시라고 안내하면서 "제가 변호사입니다만…" 하고 말끝을 흐렸다. 드라마에서 본 변호사들은 잘 다려진

빳빳한 정장을 입고, 가죽 서류 가방을 들고, 한자로 뒤덮인 법률 서적과 세상 두꺼운 서류 뭉치들이 가득한 자신만의 사무실로 멋지게 출근했다. 그런 멋들어진 모습은 고사하고, 오가는 사람이 다 쳐다볼 수 있고 무슨 말을 하는지도 다 들리는 복도 한가운데서 의뢰인보다 더 황망한 얼굴로 헐레벌떡 입간판을 치우는 모습이라니. 누가 봐도 우스꽝스러웠다.

칸막이 안쪽에는 책상 하나, 컴퓨터 한 대, 의자 두 개가 놓여 있었다. '의자 하나는 내 것이고 다른 하나는 의뢰인 것인가 보다. 그럼 의뢰인 두 명이 찾아오면 한 명은 서 있어야 하나? 내 의자를 내드리고 나는 서서 상담해야 하나? 아니면 스탠딩 상담이 되지 않게 아예 두 명은 입장 금지라고 칸막이 앞에 써 붙여 놓을까? 오늘은 한 분이라 천만다행이다.' 노랗게 질린 얼굴에 걸맞게 잔뜩 움츠린 뇌가 제멋대로 이상한 생각을 했다. 상담 장소가 너무 협소하다며, 오늘만 출장 나오신 거냐고 묻는 의뢰인에게 당당하게 "여기가 제 사무실입니다"라고 왜 말하지 못하느냐고 마음속으로만 외치는 내가 안쓰러웠다.

몇 번을 고민하다가 산 정장의 단추를 채우며, 그래도 이렇게 차려입으니 제법 전문가답다고 스스로 대견해하던 오늘 아침이 떠올랐다. 거울을 보며 '어른이 된다는 건 이렇게 더운 여름날에 갑갑한 정장을 입는 것처럼 불편한 일들을 견뎌 내는 것이다. 정장에 어울리는 마음가짐과 행동, 삶의 무게와 책임감을 느끼자. 나도 이제 어른이다'라며 드라마 주인공의 독백 같은 오그라드는 다짐을 하고 나온 게 부끄러울 지경이었다. 옷이 구겨질까 봐 몸가짐마저 조심스럽게 출근했건만, 화장실 앞 복도에서 변호사랍시고 혼자 고고하게 정장을 입고 앉아 있는 모습이 더 우스꽝스럽게 보일 것 같아 서둘러 정장 재킷을 벗었다.

변호사 시험에 합격한 친구들 중 제일 먼저 취업이 된 나는 오늘이 첫 출근이라고 신나서 자랑을 했었다. 가족들도 친구들도 내 첫 직장을 무척 궁금해하면서 사무실 사진을 좀 보내 보라고 채근했다. 하지만 불법 노점상도 이것보단 잘 차려 놓고 하겠다 싶어 도저히 사진을 보내 줄 수가 없었다. 내가 이런 화장실 앞 복도에 앉아 있으려고 치열한 서류 심사와 면접을 통과한 것이었나. 나지막이 한숨을 쉬다가, 쓸데없이 아무 때나 긍정적인 성격 탓에 나중에는 혼자 킥킥 웃기도 했다.

전화를 받거나 안내를 해 주는 직원이 있기는커녕 성인 여성 키만 한 야트막한 칸막이 위로 외부인들의 머리가 불쑥불쑥 올라와 "여긴 뭐지?" 하며 나를 놀라게 하는 일이 다반사였다. 변호사에게는 비밀 유지 의무가 있다고 했는데, 여기가 무슨 라디오 방송국도 아니고 이런 곳에서 상담하다가는 같은 층의 모든 사람이 의뢰인의 사연을 생방송처럼 듣게 될 터였다. 게다가 이제 막 변호사가 되어서 뭘 아는지 뭘 모르는지조차 감이 없는 엉망진창 신참 DJ의 진행을 공개한다는 것이 참으로 창피하고 곤란했다.

처음 이 공부를 시작했을 때는 힘없고 소외된 사람들을 돕는 변호사, 작은 곳에서라도 사람들에게 꼭 필요한 변호사가 되고 싶었다. 나 자신이 누구보다 어렵게 살았기에 어려운 사람들의 마음을 조금은 더 이해할 수 있다고 믿었다. 다소 거창하게 들릴지 모르지만, 나를 위한 공부가 아니라 모두를 위한 공부를 한다고 생각했고, 그래서 몸은 힘들어도 마음만큼은 즐거웠다. 그런데 막상 한 평짜리 칸막이 안에서 하루를 보내고 나니 그게 다가 아니었다. '아무리 그래도 그렇지, 이건 작아도 너무 작잖아!' 나도 제대로 된 사무실에서 대접받으며 일하고 싶다는, 지금껏 생각해 보지 않았던 뜬금없는 보상 심리가 생겨나며 몸보다 마음이 더 피로했다.

근무 환경도 적응이 안 됐지만 근무 내용 역시 예측이 불가능했다. 학교에서는 잘 정리된 지식만 배웠다. 아는 문제에 아는 답을 하는 법을 배웠고 적당히 해냈다. 첫 출근날에 여섯 명을 상담했는데, 의뢰인들이 가지고 오는 저마다의 사연 가운데 책에서 배운 정형화된 사례는 단 한 개도 없었다. 모든 질문에 뚝딱뚝딱 대답을 하기에는 내 배움도 경험도 너무 짧았다.

　게다가 사람을 대하는 법, 말을 잘 들어 주는 법에 대해서는 아무도 가르쳐 준 적이 없었다. 답을 할 수도, 제대로 들어 줄 수도 없는 식물 변호사가 된 기분이었다. 처음으로 엄마 품에서 벗어나 공포를 느꼈던 어린 시절의 그날처럼, 부모님과 학교를 떠나 더 이상 나를 보호해 줄 것들이 없는 이 상황이 마냥 불쾌하고 불안했다. 이제 겨우 어른이 되었다고 생각했는데, 여전히 나는 무릎 높이의 낭떠러지에도 두려움을 느끼는 어린아이일 뿐이었다.

　다른 사람들의 첫 출근도 나와 같을까? 어느 때보다 정돈된 옷차림과 마음가짐이 무색하게 엉망진창, 우왕좌왕, 허둥지둥, 산만하고 부산스러운 하루가 지나갔다. 기대, 기쁨, 설렘, 초조, 불안, 걱정, 당혹, 좌절… 사람이 느낄 수 있는 거의 모든 감정을 하루에 다 느낀 날이었다. 나만 그런 게 아니라고, 누구나 처음은 다 그렇다는 위로를 들어도 조금도 기분이 나아지지 않았다. 여기가 어딘지, 내가 무슨 말을 했는지, 내 대답이 맞기는 한 건지, 그저 모든 것이 당황스럽고 부끄럽기만 했던 첫 출근의 기억. 과연 내가 여기서 며칠이나 더 버틸 수 있을지 의문이었다.

　그러나 나는 그로부터 2년을 더 그곳에 있었다. 매일

밤, 혹시 내일 찾아오는 사람이 내가 모르는 것을 물어보면 어쩌나 걱정하며 잠드는 날이 많았다. 난생처음 듣는 얘기들, 이게 과연 법적인 문제인지 아니면 그냥 넋두리인지 모를 사연들에 귀를 기울이는 것 말고는 할 수 있는 일이 없었다. 그런데 그렇게 듣다 보니, 내가 아는 지식만을 뽐내는 답변 자판기가 아니라, 함께 맞장구치고 눈물을 흘릴 줄 아는 사람이 되어 가고 있었다. 책이 아닌 온몸으로 부딪치고 깨지며, 때로는 저도 모르는 문제이니 알아보고 연락드리겠다는 말도 더는 부끄러워하지 않게 되었다.

시간이 흘러야 그때의 진정한 의미를 알게 되는 때가 있다. 번듯한 사무실, 멋진 정장만이 그저 아쉬웠던 처음의 날들. 결국 장소나 복장은 아무래도 상관없는 것들이었다. 그보다는 앞으로 나에게 벌어질 일들이 변호사로서, 아니 한 인간으로서 다른 어디서도 얻을 수 없는 소중한 경험이 되리란 걸 그때는 미처 알지 못했다.

40대 중반의 남자가 눈물을 흘린다. 가족은 없고, 사고로 다리를 다쳐서 경제 능력도 없어 기초생활수급을 받아 고시원에 산다. 고시원 생활 2년 차, 고시원 사장이 이것저것 트집을 잡아 말끝마다 나가라는 소리를 한다. 그러나 남자는 나갈 수 없다. 혼자였던 그의 삶에 오가며 인사를 나누고 때로는 소소한 일상도 나누는 옆방 사람들이 생겼기 때문이다. 그 작은 행복마저 빼앗길까 봐 난생처음 본 내 앞에서 눈물을 흘린다.

70세를 훌쩍 넘긴 백발의 신사가 어렵게 얘기를 꺼낸다. 아버지의 반대를 무릅쓰고 결혼한 딸은 잘 사는 모습을 보여 주고 싶어, 결혼 생활 내내 계속된 남편의 무능력과 폭력을 차마 부모에게 말하지 못했다. 20여 년이 흘러 우연히 그 사실을 알게 된 백발의 신사는 직접 딸의 이혼 절차를 묻기 위해 나를 찾았다. 그동안 딸이 얼마나 괴로웠겠냐며, 그걸 눈치채지 못한 자신이 원망스럽다고 자책한다.

어딘가에는 이런 사람들의 이야기가, 그리고 이런 이야기를 들어 주는 변호사가 있다. 그들은 속 시원한 법적 해결을 원해서만 나를 찾는 것이 아니다. 그저 누군가가 자신의 이야기에 귀를 기울여 주는 것만으로도 힘이 날 때가 있다. 법이 똑똑한 척 각을 잡고 딱딱하게 굴어도 세상만사를 해결해 줄 수는 없기에, 법 또한 완벽하지 않다. 법의 이성에 빈틈이 있다면, 그 틈을 메우는 것은 사람의 사랑이 아닐까.

법정에 서서 치열하게 법적 논리를 다투는 변호사의 삶도 동경하지만, 이렇게 누군가의 어떤 얘기라도 들어 주는 삶도 나쁘지 않다. 잘나가는 변호사로서의 성공은 더딜지 몰라도, 타인의 아픔을 이해할 수 있는 인간이 되어 간다. 이제 나는 더 이상 마루에서 떨어지는 꿈을 꾸지 않는다. 자유낙하의 짜릿함을 즐기려고 제 발로 롤러코스터를 타는 진짜 어른이 되었다.

나만 알기에는 아까운 특별한 이야기, 그러나 알고 보면 다른 듯 닮은 우리 모두의 이야기를 한 편 한 편 모아 이 책에 담았다. 삶의 거친 비바람을 견뎌 내고서 저마다의 색깔을 품게 된 사람들의 사연을 듣다 보면, 무채색으로만 보이던 세상에 다채로운 빛깔이 어우러진 가장 아름다운 무지개가 뜨는 것을 볼 수 있다. 내가 누군가를 이해하고 공감하듯, 나 또한 누군가에게 이해받을 수 있는 사람이라는 걸 깨닫게 된다. 서로의 이야기에 귀 기울이고 관심을 두는 것만으로도 이미 세상은 비가 그치고 무지개가 뜰 준비가 된다.

이런 책을 쓸 수 있도록 나를 달동네에서 낳아 기르며, '더불어 함께'라는 신념 아래 사회운동에 앞장섰던 부모님께 감사한다. 두 분을 보며 타인과 함께 살아가는 방법을 고민할 수 있었다. 궁핍한 생활 속에서도 마음만은 풍족한 사람이 될 수 있도록 늘 곁에 있어 준 친구들과 지인들에게도 감사한다. 그들의 격려와 응원이 없었다면 감히 변호사라는 꿈을 꿀 수조차 없었을 것이다. 또한 이 책을 쓸 계기를 마련해 준 내 평생 짝꿍에게도 무한한 고마움을 전한다.

무엇보다, 보잘것없는 나를 찾아와 682일 동안 귀한 이야기를 나눠 준 2000여 명의 의뢰인들께 감사한다. 그분들

덕분에 나의 우주가 더 넓어지고 깊어지고 새로워졌다. 어디서도 배울 수 없는, 법률 지식보다 더 값진 삶을 배울 수 있었다. 나를 찾아왔을 때는 비가 그치기 직전이라 삶이 어둡고 지쳐 있었지만, 이제 비가 그치고 그들의 삶에도 일곱 빛깔 찬란한 희망이 떠 있길 바란다.

달동네 K-장녀,
로스쿨에 가다

태어나 보니
다 정해져 있더라

나는 대학을 우등 졸업하고 로스쿨에서도 지방변호사회의 표창을 받으며 졸업했다. 그렇게 기를 쓰고 공부했던 이유는 다름 아닌 돈, 장학금 때문이었다. 하지만 사람들은 내게 더 큰 목표가 있을 거라 생각했다. 로스쿨을 졸업하고 무료 법률 상담 변호사로 취업한다고 했을 때도 주위에서 의아하게 여겼다. 그러나 나는 애초부터 그리 큰 뜻을 품고 사는 사람이 아니었다. 그저 태어날 때부터 정해진 대로 순응하며 나아가고 있었을 뿐이다. 거부하고 벗어나고 싶었지만 결국 앉을 수밖에 없던 내 자리로.

외로움에 익숙한 소년이 있었다. 어린 시

절에 부모님이 이혼하고 할머니 손에 자랐다. 열다섯 살 때 할머니마저 돌아가시자 덩그러니 혼자 남겨져 신문 배달을 하고 친구들 집에서 밥을 얻어먹으며 생계를 이어 갔다. 어른이 된 소년은 지금도 그 시절 친구들에게 아주 고마워한다. 사랑보다 외로움을 먼저 배운 소년에게는 친구들이 곧 가족이자, 삶의 이유였을 것이다. 그날그날 끼니를 때우고 잘 곳을 걱정해야 하는, 내일을 꿈꾸는 것이 허락되지 않는 생활이었지만, 그 속에서도 소년은 긍정적이고 씩씩하게 살았다.

소년과 달리 소녀는 사랑 속에서 자랐다. 그 시절 딸들이 대개 아들만큼 좋은 대접을 받지 못한 것에 비해, 소녀는 넉넉하지 않은 형편에도 소풍 때마다 새 옷을 입고 갈 정도로 사랑을 많이 받으며 컸다. 공부를 잘했지만, 대학에 진학할 무렵 어머니의 곗돈을 계주가 들고 도망가는 바람에 등록금 낼 돈이 없었다. 실망감에 식음을 전폐했다가, 이렇게 해서는 아무것도 달라지지 않는다는 걸 깨닫고 금방 자리를 털고 일어났다. 돈을 벌어 자기 힘으로 대학에 가겠다며 아르바이트를 시작했다.

구로동의 작은 레코드 가게. 길을 걷다 들려오는 음악 소리에 이끌려 가게에 들어선 소년은 운명처럼 그곳에서 일하고 있던 소녀에게 첫눈에 반했고, 두 사람은 연인이 되었다. 소녀의 어머니는 머리를 싸매고 누웠지만 아버지는 사위 면접을 꼼꼼하게 치르고는 결혼을 허락했다고 한다. 소년의 됨됨이와 가능성을 본 거다. 소녀의 아버지는 나중에 소년이 교통사고로 눈을 크게 다쳤을 때도 응급실에서 자기 눈을 이식해 주라고 할 만큼 소년을 아꼈다.

그렇게 '두 사람은 행복하게 살았습니다'라고 동화처럼 이야기가 끝났으면 좋았겠지만, 인생은 언제나 동화의 끝에서 시작한다. 생활고에 시달리는 두 사람이 만났으니 가난은 원 플러스 원이 되었다. 소년과 소녀는 내가 태어나면서 '수이 아빠'와 '수이 엄마'라는 이름으로 불렸다. 돌봐야 할 가족이 생긴 아빠는 서둘러 일자리를 찾아야 했고, 조선일보 주재 사원으로 취직해 연고가 전혀 없는 전주로 가게 되었다.

전주살이가 어느 정도 안정될 무렵, 아빠는 세상 돌아가는 물정에 관심을 갖기 시작했다. 당시는 군사정권이 언론을 탄압하던 시대였다. 날마다 여러 신문을 정독하고 사회과학 서적을 읽으며 '사회 정의'라든가 '언론의 언론다운 역할'에 대해 처음으로 진지하게 고민했다고 한다. 그러던 중 전북대 직원들이 시위하다 경찰과 충돌하여 강제로 끌려가는 모습을 눈앞에서 목격하며 가슴 속에서 뭔가 뜨거운 것이 솟구치는 경험을 한다. 아빠는 점차 가족의 장밋빛 미래를 이전과 다른 방식으로 그려 내고 있었다.

1988년, 민주화를 열망하던 사람들 중 일부가 언론이 먼저 바로 서야 한다는 생각으로 한겨레신문 창간을 준비했다. 아빠 역시 이 취지에 공감해 동참했다. 그러다 창간과 더불어 한겨레신문 판매국으로 직장을 옮기고, 다시 서울로 돌아와 외할머니댁이 있던 '난곡'에 터를 잡았다. 그 과정에서 정의로운 사회, 사회의 음지, 소외되고 차별받는 사람들에 대해 엄마와 많은 이야기를 나누었다.

두 사람은 지역 빈민 운동을 하는 사람들과 어울리며 인연을 쌓기 시작했다. '난곡주민회관'이라는 이름 아래, 학교에 가지 못하는 달동네 아이들을 위해 공부방을 열고, 어른들도 가르쳤다. 정부 지원이 전혀 없어 기부금 모금부터 관리, 교육까지 다 알아서 해야 했다. 십시일반 쌈짓돈을 건네는 사람들, 차비 한 푼 안 받고 봉사하는 대학생들, 그 사이에서 아빠 엄마는 사람들이 부대끼며 동고동락하는 것이야말로 서로의 마음과 마음이 결합하는 진정한 연대라고 믿으며, 난곡 8평짜리 판잣집을 터전 삼아 13년을 살았다.

그렇게 출생부터 가난했던 나는 부모님이 보살피는 가난한 가정의 아이들과 하나도 다르지 않게 컸다. 아니 오히려 그 아이들보다 더 가난하게 컸다. 사는 게 즐겁기만 하던 일곱 살 때, 만 원짜리 장난감 자판기가 갖고 싶었다. 가짜 동전을 넣고 버튼을 누르면 가짜 플라스틱 음료수가 나오는 것이었는데, 외삼촌이 오면 꼭 사 달라고 해야지 하면서 매일 문방구에 가서 그 장난감을 하염없이 바라보곤 했다.

어느 날 드디어 삼촌이 왔다. 한 손은 삼촌 손을 잡고 다른 손엔 장난감을 들고 나오며 얼마나 기뻤는지, 지금도 그때를 상상하면 입꼬리가 쓱 올라간다. 세상을 다 가진 기분이었다. 집에다 장난감을 소중하게 모셔놓고 잠깐 친구 집에 갔다. 친구에게 한껏 자랑하며 나중에 너도 만지게 해 주겠노라고 큰소리를 떵떵 쳤다. 그러고 나서 드디어 언박싱을 하러 집에 왔는데, 장난감이 없어졌다. 장난감을 산 게 꿈인지 장난감이 없어진 게 꿈인지, 아무리 눈을 비벼도 꿈에서 깨질 않았다.

울음조차 나오지 않아 멍하게 있는데, 얼마 후 엄마가 왔다. 장난감이 없어졌다고 말하자, 엄마는 정말 아무렇지도 않게 문방구에 가져가서 환불을 했다고 한다. 으앙 하고 눈물이 터지려는 순간, 엄마가 한쪽 벽을 가리켰다. 거기에는 내가 미처 알아보지 못했던 갱지가 가득 쌓여 있었다.

"네가 잠시 갖고 놀다 버릴 장난감 살 돈 만 원이면 갱지가 이만큼이고, 이 갱지에 공부방 아이들이 글을 쓰고 그림을 그리면서 꿈을 키울 수 있어"

내 장난감과 저 갱지가 대관절 무슨 상관이란 말인가.

왜 공부방 아이들이 내 장난감과 바꾼 종이로 공부하고 꿈을 펼쳐야 하는 건지, 그러면 그 장난감을 갖고 놀고 싶은 내 꿈은 누가 지켜 주는 건지, 도무지 알 수가 없었다. 엄마의 말을 이해하기엔 나는 고작 일곱 살이었으니까. 하지만 그때 어렴풋이나마 알 수 있었다. 앞으로 내 삶은 다른 친구들의 삶과 다르겠구나. 누울 자리 보고 다리를 뻗어야 한다고, 우리 집에서 나는 장난감 타령이나 하는 아이로 클 수는 없겠구나. 그 이후로 나는 무언가를 갖고 싶다고 조르거나 떼를 써 본 일이 한 번도 없다. 태어나 보니 부모님이 사회운동을 하고 있었고, 나는 사회운동가 자녀로서의 삶을 받아들여야 했다.

엄마는 내가 일곱 살 때부터 30년 넘게 지역 아동 센터를 운영하고 있다. 생활고를 겪는 가정이나 편부모, 조부모, 다문화 가정의 아이들이 와서 공부도 하고 밥도 먹고 놀이도 하며, 가정 내에서 온전히 받지 못한 사랑과 보살핌을 받는다. 아이들이 귀가 따가울 정도로 떠들어도 엄마는 그 소리가 노랫소리처럼 들린다고 하니 참 신기할 노릇이다.

아빠는 지역의 여러 문제를 제기하고 해결하기 위해 지역 신문사를 운영하면서, 야학과 어머니 한글 교실의 교장도 맡았다. 재개발 구역에서 아무런 대책도 없이 쫓겨나는 세입자들을 위해 관악주민연대를 만들어 강제 철거를 막기도 했다.

두 사람 다 돈이 되지도, 누가 알아 주지도 않는 일에 진심이었다. 평소에는 티격태격하다가도 이런 일에는 정말이지 짝짜꿍이 잘 맞았다. 나도 아빠 엄마의 뜻을 받아들이려고 애썼다. 그럼에도 한번씩 걱정되는 순간들이 있었다.

아빠가 운영하던 야학은 지역 주민들과 교회의 성금 등을 모아 구입한 부지 위에 지어졌는데, 무슨 이유에선지 목사님이 본인 개인 소유로 등기를 했다. 이후 목사님은 용역 깡패들을 불러 야학을 둘러싸고 건물을 비우라며 무섭게 압박하기 시작했다. 그러나 여기가 아니면 배울 곳이 없는 학생들은 떠날 수 없었다. 살얼음판을 걷는 날들이 이어지던 가운데, 아빠가 잠시 자리를 비운 사이 누군가 방화를 저질렀다. 시커먼 연기와 함께 건물이 전소되었다. 건물뿐만 아니라 많은 사람의 꿈과 희망도 함께 탔다. 그렇게 큰불은 태어나서 지금까지도 본 적이 없다.

지역 주민들과 단체, 종교 기관, 학생들까지 성금을 모아 건물을 새로 지었지만 또다시 불이 났다. 엄마의 공부방도 누군가가 던진 담뱃불로 두 번이나 불이 나서 잿더미가 됐다. 동네에 큰불이 났다 하면 우리 집과 관련된 곳이었다. 두려웠다. 불안해하는 나와 달리 아빠는 동사무소에 공간을 얻어 학교를 이전했고, 엄마도 주저앉지 않고 처음부터 다시 시작했다.

결국 야학은 재개발과 함께 동사무소가 철거되면서 문을 닫았다. 아빠가 야학을 운영했던 8년간, 쏟아지는 졸음과 미래에 대한 불안을 이겨 내며 하나라도 더 배우려고 악착같이 노력하는 달동네 사람들의 간절함을 보았고, 그 꿈을 지켜 주려는 사람들을 만났다.

아이는 아이답게 커야 한다는 말이 있다. 나이에 맞게 떼도 쓰고 장난도 치고 응석도 부리며 자라야 한다는데, 내 어린 시절을 돌아보면 아이답게 크진 못한 것 같다. 대신 나는 누구보다 빨리 어른이 되었고, 나보다 남들을 좀 더 헤아릴 수 있는 사람으로 자랐다. 잿더미가 된 공부방과 야학을 다시 시작한 부모님의 끈기, 사람에 대한 애정, 어려운 형편에도 내게 책을 사서 읽히고 사랑이 많은 사람으로 키워 낸 지혜. 이것들이 평범하지 않은 가정에서 태어나 평범하지 않은 어린 시절을 보내면서도 내가 반듯하게 자랄 수 있었던 이유다. 부모님은 내게 여유롭게 경제적 지원을 해 주진 못했어도, 남들과 어울려 살아가는 법을 가르쳐 주었고, 넉넉하지 않은 환경에서도 충분히 사랑하고 사랑받으며 살 수 있다는 것 또한 알려 주었다.

그리고 그런 부모님의 노력과 별개로 나 스스로도 부모님에게 서운한 마음을 갖지 않도록 노력했다. 부모도 한때 소년과 소녀였고, 나와 다른 타인이다. 내 부모니까 당연히 나를 위해 희생해야 하는 것이 아니다. 부모도 본인이 원하는 삶이 있고 그 뜻한 바를 이루기 위해 앞으로 나아간다는 점에서 다른 사람과 같다. 그렇게 생각하니 부모님이 나를 먹이고 재워 준 것도 다 감사한 일이 되었다. 부모님이 나를 위해 희생하지 않았다는 말은 아니다. 그분들은 이미 그 나름대로 최선을 다하셨다. 그러니 두 분의 삶을 온전히 존중하고 이해하는 것이 내가 할 수 있는 내 몫의 사랑이라고 믿었다.

남들이 어떻게 그런 시절을 보냈느냐고 물을 때면 나는 대답한다. 그냥 태어나 보니 그렇게 되어 있었고, 구불구불한 난곡의 길을 걷다 보니 그렇게 자란 것뿐이라고. 그렇게 다 정해져 있었다고.

이름이 바뀌면
인생도 바뀔까

내 이름 '수이'는 '다를 수'에 '다를 이'를 써서, 다르고 다르다는 뜻이다. 원래는 제주도에 있는 천지연 폭포의 이름을 따서 '지연'이라고 이름 지으려 했다고 한다. 내 친구 중에도 지연이가 여럿 있을 정도로 당시 유행하던 이름이었다. 하지만 엄마는 자기 딸이 평범하게 살 팔자가 아님을 어렴풋이 느꼈는지 다른 이름을 찾았다. 중학생이던 큰외삼촌이 국어사전을 보다가 '수이'라는 단어의 뜻이 좋다며 추천했고, 그게 내 이름이 되었다.

고등학교 때 한문 선생님이 "너는 이름부터가 별종이라 평범하게 살기는 어렵겠다"라고 말씀하셨는데, 살면서 가끔 남들은 안 겪을 법한 일을 겪을 때마다 '사람은 이름 따라간다'는 말이 생각나곤 한다. '지연'이라는 이름을 가졌더라면 내 인생도 좀 평탄할 수 있었을까.

이름값을 제대로 하며 살고 싶었는지는 몰라도, 돌이켜 보면 나는 좀 괴짜였다. 유난히 머리숱이 없어서, 남들이 배냇머리를 밀 때 나는 밀 머리조차 없었다고 하는데, 그 시절 사진에서 죄다 모자를 쓰고 있는 건 대머리를 감추기 위해서다. 그 사실이 속상했던 엄마는 내가 네 살 무렵에야 겨우 꽁지 머리를 묶어 줄 수 있게 되자 굉장히 뿌듯했다.

그러나 나는 그날 내 머리가 영 어색했던지, 묶인 꽁지 부분을 가위로 싹둑 잘라 버렸다. 대머리가 머털이가 되는 순간이었다. 엄마의 실망과 분노와는 달리, 나는 그 헤어 스타일이 마음에 들었던 모양이다. 다른 아이들의 머리도 나와 같은 스타일로 가위질을 해 놓아 온 동네가 순식간에 머털이들 천지가 되었다. 결국 나는 다시 모자 신세가 되었고, 그때 엄마는 나한테서 눈을 떼면 무언가 일이 생긴다는 것을 알게 되었다.

그럼에도 나는 엄마의 눈을 피해 사고 치기를 게을리하지 않았다. 내가 친 사고의 가장 큰 피해자는 외할아버지였다. 외할아버지는 큰 어항을 가꾸는 취미가 있었는데, 늘 어항 속 잉어를 가리키면서 "한 마리 구워 줄까?" 하셨다. 당연히 내 반응을 보려고 던진 농담이었을 텐데, 내 딴에는

'저게 굉장히 맛있나 보다'라고 생각했다. 그러다 여섯 살 때 겨울에 엄마가 잠시 자리를 비운 사이 동생에게 "누나가 오늘 맛있는 거 해 줄게"라며 잉어를 잡았다. 내 팔길이보다 더 큰 펄펄 뛰는 잉어를 동생은 꼬리, 나는 머리를 잡고 난로 위에 올려 사력을 다해 구웠다. 엄마가 뒤늦게 들어와 "이걸 어째!" 하며 반쯤 타다 만 잉어를 어항에 도로 넣는 순간에도 나는 '뜨거워서 물에 식혀 주는 건가. 나는 물 말아 먹기 싫은데'라고 생각했다.

애지중지하던 잉어가 그렇게 난로 위에서 생을 마감하자 외할아버지는 다시는 내 앞에서 농담을 하지 않겠다고 다짐하셨다. 그러나 그 뒤로도 나는 외할아버지가 아끼던 새에게 새장을 열어 자유를 주었고, 오래 키운 내 머리만 한 거북이도 방생해 줬다. 느낀 바가 많으셨는지 그 후로 외할아버지는 아무것도 키우지 않으셨다.

초등학교 소풍 때 장기 자랑 시간이었다. 다른 아이들은 주로 노래를 부르거나 춤을 추거나 웃긴 이야기를 했는데, 나는 붓글씨가 장기라며 가방에서 벼루와 먹, 화선지를 수줍게 꺼냈다. 선생님은 이 멀리까지 이걸 다 싸 들고 왔냐며 놀라셨지만, 이내 침착하게 "친구들에게 보여 주려고 가지고 온 만큼 열심히 써 보자"라고 하셨다.

나는 붓글씨는 그냥 쓰는 게 아니라 벼루에 먹을 갈아서 정성껏 써야 한다며 자리를 펴고 앉았다. 10여 분간 내가 먹 가는 모습을 지켜보던 선생님은 "그럼 수이는 한쪽에서 준비될 때까지 먹을 갈고, 다른 친구들 장기를 먼저 보자" 하셨다. 먹 가는 모습도 연습해 왔기에 조금 서운했으나, 다른 친구들이 춤과 노래를 선보이는 동안 옆에서 묵묵히 먹을 갈았다. 결국 나는 제일 마지막 차례가 되어서야 한 자 한 자 정성을 다해 쓴 글씨를 선보일 수 있었고, 나의 뿌듯함과는 별개로 선생님은 다음부터 장기 자랑은 3분으로 제한한다는 규칙을 만드셨다.

내가 친 사건과 사고만 모아도 전집을 만들 수 있을 정도라, 사람들이 나를 보고 특이하다고 말할 때면 그저 사람은 이름 따라가는 것이라며 너스레를 떨었다. 한편으론 힘든 일이 생겼을 때 내가 잘못해서가 아니라 이름 때문에 평범하게 살기는 힘들어서 그런 거라고 해 버리면 마음이 한결 편했다. 사는 게 그렇다. 적당히 이름 탓, 남탓, 세상 탓을 하며 살아야 살아지는 순간도 있다.

이름에 얽힌 사연을 이야기하자면, 훗날 나를 찾아온 한 남자가 떠오른다. 상담 신청서의 이름 적는 칸에 자기 이름을 쉽게 적지 못하길래 익명 상담을 원하시냐고 물었다.

"그건 아닌데, 단지 제 이름이 싫어서…"

남자가 적어 낸 것을 보니 그냥 평범한 이름인데 무슨 이유에서 그렇게 싫은지 궁금했다.

어릴 적 남자의 이름은 유명 트로트 가수와 같았다. 친구들이 그 가수의 노래를 불러 보라며 놀리는 것이 못 견디게 싫었다. 이름을 바꿔 달라고 부모님께 여러 차례 하소연했지만, 너보다 더 이상한 이름도 많은데 왜 혼자 유난이냐는 말을 듣고 더 큰 상처를 받았다. 성인이 되고 나서야 이름의 끝 글자를 '빛 광' 자로 바꿔 개명했다. 마음도 인생도 그렇게 빛날 수 있길 희망했다. 오랜 소원을 이뤄서일까? 이름처럼 밝고 긍정적으로 17년을 살았다.

그런데 언젠가부터 여름이 오면 더위를 견딜 수가 없었다. 이상하게 다른 사람보다 몇 배나 더 더위를 탔고, 높은 불쾌지수 때문인지 자주 사람들과 다툼이 일어났다. 직장 생활을 비롯한 모든 바깥 활동을 멈출 수밖에 없었다. 그 모습을 본 지인이 이름에 '빛 광'이 들어간 사람들이 원래 더위를 많이 타는 것 같다고 말했다. 보통 사람이라면 흘려들을 이야기였겠지만 이름에 트라우마가 있던 남자는 그 말이 유독 크게 머릿속에 남았다. 다시 개명을 신청했다. 이제는 더위에 덜 민감해져 사람들과 잘 지내고 싶은 마음을 담아 '물 수'가 들어간 한자를 두 자나 넣었다. 법원에서도 남자의 그런 마음을 헤아려 개명을 허가했다.

새로운 이름을 갖고 여름도 다른 계절처럼 잘 살아 보고 싶었다. 그러나 이름에 물이 너무 많아서인지 일 년 내내 물에 젖은 스펀지처럼 지냈다. 전에는 여름에만 조금 문제가 있었을 뿐 나머지 봄, 가을, 겨울에는 내내 힘차고 긍정적인 사람이었는데 이제는 모든 계절이 우울했다. 수없이 이름을 바꾸고 싶었지만 여기서 또 그러면 계속 도망만 치는 사람이 될 것 같았다. 우울한 생각이 들 때마다 봉사 활동을 한 것이 어느새 300회, 600시간이 넘었다. 그렇게 5년간 우울증 약을 먹으며 버텼다.

결국 남자는 다시 법원의 문을 두드렸다. 처음 17년간 사용한 이름과 음은 같되, '빛 광'이 아닌 다른 광 자를 쓰겠다고 했다. 그러나 법원은 신청을 기각했다.

남자는 이런 이름으로 살 바에야 죽는 게 낫다며 항고 신청을 도와달라고 했다. 나는 인생이 잘 안 풀려도 이름 탓을 하면 마음이 좀 편해지곤 했는데, 남자는 반대로 이름 탓을 하며 인생을 포기할 생각까지 했다. 뜻대로 이름을 바꾼다고 하더라도 또다시 마음에 들지 않을 때는 어떻게 할 거냐고 묻자, 그럴 일은 절대로 없을 거라고 한다. 내가 알기로 '절대로 그럴 일이 없다'는 말의 진짜 뜻은 '반드시 그런 일이 일어난다'이다. 내가 그의 고통을 다 헤아릴 수는 없겠지만, 힘든 일이 닥칠 때마다 오로지 이름 탓만 한다면 어떤 이름을 가져도 끝내 만족하지 못할 것이다. 이름이 남자의 인생을 구해 주지 않는다. 자기 인생은 스스로 구해야 한다.

그럼에도 사람은 살리고 봐야 하니 항고이유서 작성을 도와드렸다. 2005년 대법원 판결 내용 중에 "범죄를 기도 또는 은폐하거나 법령에 따른 각종 제한을 회피하려는 불순한 의도나 목적이 개입되어 있는 등 개명신청권의 남용으로 볼 수 있는 경우가 아니라면"[*] 개인의 인격권과 행복추구권을 침해하지 않도록 원칙적으로 개명을 허가해야 한다는 대목이 있다. 이 판례를 인용하며 의뢰인은 전과 기록이 없고 현재는 두 번째 개명으로부터 5년이 지난 시점이며, 그 기간 동안 진지하게 고민해 온 만큼 개명을 허가해 달라고 기재했다. 안타까운 마음과 달리 신청은 다시 기각됐다.

이름은 태어남과 동시에 주어져서 살아가는 내내 함께한다. 우리는 이름으로 사람을 구별하고 기억

---

[*] 대법원 2005. 11. 16. 자 2005스26 결정.

한다. 때로는 이름만으로 그 사람에 대한 선입견이나 기대를 품기도 한다. 어떤 이름은 가문의 영광이 되어 세상에 날리는가 하면, 어떤 이름은 악명이나 오명으로 기억된다. 그렇게 이름은 내가 원하든 원하지 않든 내 정체성을 형성하고 남 앞에 나를 드러낸다.

〈센과 치히로의 행방불명〉이라는 애니메이션에서 마녀는 이름을 빼앗아 상대방을 지배하는데, 주인공 역시 본래의 이름인 '치히로'를 빼앗기고 '센'으로 개명된다. 이름을 뺏긴 사람들은 자신이 누군지를 잊은 채 그저 마녀가 시키는 일을 할 뿐이다. 그러나 치히로는 이름은 빼앗겼어도 소중한 가족을 마녀로부터 구해 자신이 살던 세상으로 돌아가겠다는 목표는 잊지 않는다.

이 영화에서 '이름을 빼앗긴다'는 것은 곧 '나를 잃어버린다'는 뜻이다. 그러나 이름은 그 자체로 중요한 게 아니다. 나라는 존재가 소중하고, 그 소중한 나를 일컫는 말이 이름이기에 중요한 것이다. 내가 나 자신을 소중히 여기지 않고, 내 삶이 바로 서지 못한다면 어떤 귀한 이름을 갖다 붙여 놓아도 의미가 없다. 이름을 잃고도 자신의 정체성과 목표를 잃지 않은 치히로는 결국 부모님을 구하고 자신의 이름을 되찾는다. 남자가 이름에 집착하느라 잃어버렸을지 모를 자신의 소중한 삶을 다시 돌아보길 바란다.

"이름을 뺏기면 다시 돌아가는 길을 잊어버려. 치히로, 귀한 이름이구나. 자기 이름을 소중히 해야 한다."

돼지가 영웅이 되는
반전 드라마

어린 시절 내 별명은 '천돼지'였다. '통통이' 아니면 '퉁퉁이'까지도 이해를 하겠는데, 이건 정말이지 지금 생각해도 너무하다 싶을 만큼 노골적인 별명이다. 초등학교 때 외할머니와 살면서 삼시세끼를 진수성찬으로 먹다 보니 급격하게 키가 크고 살이 찌기 시작했다. 지금은 성인으로서 작은 체구지만, 당시만 해도 또래 남자아이들보다 덩치가 컸다. 아이들의 놀림으로 덩치와 다르게 자꾸만 마음이 작아지고 있던 나에겐 이런 상황을 역전시킬 기회가 필요했다.

운동회 예행연습 날이었다. 운동장 상태 등을 점검하려고 반에서 한 명씩 대표로 나와 100미터 달리기를 하기로 했다. 우리 반 대표를 뽑는데 왜인지 모를 용기가 생겨 갑자기 손을 들고 나섰다. 선생님과 친구들의 어리둥절한 표정을 뒤로하고 나는 결연하게 출발선에 섰다. 드라마 같으면 이런 상황에서 주인공이 처음에는 좀 뒤처지다가 불현듯 "더 이상 이렇게는 안 돼!"라고 외치며 다른 선수를 다 제치고 우승을 하고, 그런 주인공을 주변 사람들이 새로운 시선으로 바라보면서 해피엔딩으로 막을 내린다.

출발신호가 울리자, 나한테도 일어날지 모를 작은 기적을 꿈꾸며 할 수 있는 한 온 우주의 에너지를 모아 뛰었다. 그러나 평소에 100미터를 23초에 뛰던 나에게 반전이란 있을 수 없었다. 설상가상 간신히 나를 지탱하고 있던 바지 고무줄이 갑작스러운 움직임에 놀라 끊어지는 불상사가 발생했다. 모두의 비명에 내 바지가 내려가 있는 걸 알았다. 결국 바지춤을 움켜쥐고 꼴찌로 들어왔다.

전교생 앞에서 바지가 내려간 것을 당혹스러워하기보다 '예쁜 팬티라도 입었으면 좀 덜 창피했을 텐데'라고 생각한 걸 보면 꽤나 특이한 어린이였던 건 분명하다. 그렇게 인생의 반전을 꾀하려는 시도는 실패로 돌아갔고, '뚱뚱한데 바지까지 내려간 애'로 이전보다 더 쭈글쭈글하게 보내는 시간이 많아졌다.

5학년이 되었을 때, 우리 반에 유난히 다른 친구들을 괴롭히는 남자아이가 있었다. 덩치가 커서 누구도 감히 대적하지 못하고 반 전체가 괴롭힘을 당했다. 그날도 그 남자아이는 어디선가 배드민턴 채를 들고 와서 다른 아이들을 툭툭 치며 건드리기 시작했다. 처음에는 그냥 못 본 척 책을 읽고 있었는데, 반에서 제일 약하고 몸이 아픈 친구를 건드리는 모습을 보자 마음속에서 화가 부글부글 올라왔다. 그 친구가 나지막이 "하지 마"라고 하자 오히려 괴롭힘이 심해졌다.

무슨 용기가 났는지 나는 더 이상 참지 못하고 자리에서 벌떡 일어나 "하지 말라고 하잖아"라고 말했다. 그런데 막상 그 아이 앞에 서 보니 내 덩치가 더 큰 것 같았다. "뭐라는 거야, 이 돼지가"라며 남자아이가 배드민턴 채로 나를 때리려는 순간, 자신을 지켜야 하는 긴급한 상황에서는 무게를 실어 상대의 코를 가격하라고 했던 엄마의 말이 떠올랐다. 달리기는 느렸지만 반사 신경은 그래도 살아 있었는지, 배드민턴 채를 뺏으며 날린 내 펀치가 제대로 그 아이의 코를 가격했다.

코에서 붉은 피가 주르륵 흘러내리자, 때린 사람도 맞은 사람도 동시에 당황했다. 남자아이는 창피했는지 갑자기 내 머리끄덩이를 잡았고, 우리 둘은 육탄전을 펼쳤다. 나는 남들보다 뛰어난 몸무게로 남자아이를 깔고 앉았다. 내무게에 옴짝달싹도 못 하게 된 아이는 울기 시작했다. 그렇게 반에 평화가 찾아왔다.

내 인생의 반전은 바로 그때였다. 반 친구들이 고맙다며 나를 치켜세워 주자, 그토록 스트레스였던 내 살들이 이날을 위해 준비된 것처럼 자랑스럽게 느껴졌다. 다만, 한순간 나를 대신해 쭈글이가 된 남자아이가 좀 안쓰럽긴 했다.

하굣길에 저 앞에서 그 아이가 바닥만 보며 걷고 있었다. 잠시 망설이다가 뛰어가서 말을 걸었다.

"애들이 보는 앞에서 때린 건 미안해. 근데 다른 친구들도 너랑 같은 기분을 느꼈을 거야. 이제 다 같이 사이좋게 지내자."

아이는 대꾸도 하지 않은 채 가던 길을 갔다. 나는 어떻게든 말을 걸어 보려고 했다.

"한여름인데 왜 넌 긴팔만 입냐, 땀을 뻘뻘 흘리면서. 소매라도 걷든지!"

아이의 팔을 낚아채 소매를 걷었다. 그런데 팔 전체에 피멍이 들어 있는 게 아닌가. 내가 깔고 앉았을 때 든 멍인가 싶어서 놀랐다.

"나 때문에 다친 거야?"

"너 때문 아니야. 나 빨리 집에 가야 해. 안 그러면 아빠 화내.”

　아이는 급하게 소매를 내리며 가던 길을 재촉했다. 나는 이 아이를 그냥 보내면 안 된다는 걸 직감했다. 엄마가 운영하는 공부방에도 가정에서 학대받는 아이들이 있었기 때문이다.

　알고 보니 아이의 어머니는 일 년 전에 집을 나갔다. 남편의 주사와 폭력을 못 이겨 아들의 같은 반 친구 아버지와 야반도주를 한 것이다. 화가 난 아이의 아버지는 하나밖에 없는 아들에게 매일 그 분풀이를 했고, 아이는 자신이 당한 학대의 괴로움을 학교에서 친구들에게 고스란히 풀었다. 집에 빨리 가야 한다는 아이를 쫓아가 보니, 전기세를 내지 못해 양초를 켠 집 안에는 여기저기 술병과 쓰레기가 널려 있었다. 이런 곳에서 과연 먹고 자는 게 가능한지 의심스러울 정도였다.

　“아빠가 매일 나를 때려.”

　늘 매섭게 친구들을 괴롭히던 아이의 눈에서 굵은 눈물이 흘러내린다. 아이가 이제야 아이답게 운다. 그렇다고 다른 친구들을 괴롭힌 행위가 그냥 용서될 수 있는 것은 아니지만 아빠의 폭력, 엄마의 가출, 이토록 찢어지게 가난한 생활 속에서 고작 열두 살 짜리가 친구들과 웃으며 사이좋게 뛰어논다는 것은 불가능해 보였다. 아이의 바지와 팔소매를 억지로 걸어 보니 온몸에 보라색 멍이 가득했다.

"이렇게 살 수는 없어."

내가 경찰서에 가자고 했지만 아이는 고개를 저었다.

"아빠가 감옥에 가면 나는 누구랑 살아. 난 진짜 아무도 없어."

"아빠가 감옥에 안 가면 네가 먼저 지옥에 가게 될 거야. 차라리 아무도 없는 게 나아."

우리는 같이 울었다. 당시에는 가정 폭력이 가정 내의 일로만 치부되는 경우가 많아서, 신고를 해도 아버지를 더 자극하기만 하는 건 아닐지 걱정이 앞섰다. 고민 끝에 선생님께 먼저 말씀드렸다. 선생님이 아버지와 면담을 갖고 아이가 한 번이라도 더 몸에 멍이 들어서 오면 경찰에 신고하겠다고 주의를 줬다.

다행히 그 후로 아이가 웃는 날도 제법 생기고 친구들과 축구를 하는 모습도 보였다. 한번씩 다툼이 나는 날도 있었지만 그럴 때마다 다른 친구들이 나한테 달려와서 싸움을 말려 달라고 했다. 내가 뛰어가서 "그렇게 살 거야?"라고 말하면 아이는 싸움을 멈추곤 했다. 그게 "너희 아버지처럼 그렇게 살 거야?"라는 말의 줄임말이라는 건 우리 둘만 알았다.

중학생이 된 어느 날, 내가 자리를 비운 사이에 또다시 싸움이 붙었다. 주변의 만류에 더 화가 난 아이는 상대를 의자로 내리쳤고, 결국 학교를 떠나게 되었다. 다들 하복을 입는 여름에 혼자 긴팔, 긴바지 춘추복을 입고 땀을 흘리며 짐을 싸는 아이를 보며, 꽁꽁 싸맨 저 옷 속의 상처, 그리고 그보다 더 깊은 곳에 자리하고 있을 마음의 상처가 걱정스러웠다. 아버지처럼 살지 않으려고 끊임없이 노력했지만, 아버지와 함께 아버지처럼 살 수밖에 없는 아이의 삶이 얼마나 힘들지를 생각하면 그저 슬펐다.

지금은 이렇게 떠나지만 그래도 그렇게 살지는 말자고, 어디서든 연락하라는 인사를 끝으로 그 친구의 얼굴을 다시 보지 못했다. 고등학교에 진학할 무렵 그 친구가 아버지를 떠나 시설에 들어갔고, 뒤늦게 다시 학교에 다니고 있다며 이메일로 알려 왔다. 참 다행이라며, 우리는 서로의 삶에 반전을 줬다고 답장했다.

그때 이후로 나는 정말 많이 변했다. 소심하게 고민하고 주저했던 일들 앞에서 소신껏 용감하게 말하고 행동할 수 있게 되었다. 옳은 일에 대한 나의 판단과 행동이 더 나은 결과를 가져올 수 있다는 걸 알게 되었기 때문이다. 그날 배드민턴 채를 빼앗던 나의 사소한 용기가 괴롭힘을 당하던 친구, 괴롭히던 친구, 그리고 나의 인생을 달라지게 했다.

그리고 사람을 함부로 미워하거나 평가하지 말자고도

다짐했다. 사람들에게는 저마다 내 친구처럼 말하지 못하는 속사정이 있다. 그걸 알게 되면 세상에 이해하지 못할 사람은 없지 않을까.

그 친구를 만나지 않았다면 진짜 나를 만나지 못했을지도 모른다. 그런데 그 친구를 만났더라도 내가 용기를 내지 않았다면 역시나 진짜 나를 만나지 못했을 것이다. 누군가를 구하는 일이 결국 나를 구했다. 인생의 반전은 작은 기회가 주어졌을 때 그걸 붙잡아 스스로 만들어 가는 것이란 생각이 든다. 그러니 만약 어떤 일에 주저하고 있다면 조금 용기를 내 보는 것도 좋다. 내 인생의 이야기는 오직 나만이 바꿀 수 있다.

결핍이 독이 아닌
득이 되도록

        결핍의 시대다. 과거에는 영양 결핍 같은 먹고 사는 문제가 사회의 큰 이슈였다면 요즘은 애정 결핍, 주의력 결핍 등 정신적 결핍에 대한 이야기가 많다. 물질적인 것은 예전보다 풍요로워졌지만 정신은 오히려 외롭고 공허해지고 있다.

    결핍은 그 속성상 채워야만 해결이 된다. 그러나 쉽게 채울 수 있다면 결핍이 아니다. 부족함을 채우려면 더 많이, 더 자주 빠져들어야 한다. 그렇게 자꾸만 무언가에 중독이 된다. 휴대폰 속 영상들을 보며 도파민에 중독되기도 하고, 심하게는 마약이나 도박에 중독되기도 한다.

    나에게는 오랫동안 경제적 결핍이 그림자처럼 따라다

녔다. 가난은 어떤 것에 욕심을 내면 낼수록 스스로 힘들어진다는 뜻이었다. 그래서 나는 처음부터 아무것도 욕심내지 않거나, 욕심이 나더라도 안 될 것 같으면 빠르게 포기하는 편이 사는 데 좀 더 편했다.

중학교 때 급식비를 지원해 주겠다는 담임 선생님 말씀에 나보다 더 어려운 친구를 도와달라고 하고는, 집에 와서 엄마한테 "아니 선생님이 급식비를 지원해 준다는 거야. 우리 집이 그 정도는 아닌데"라고 호기롭게 말했다. 그 말에 엄마가 맞장구쳐 주길 바라면서도, 사실은 다른 친구보다 우리 형편이 더 어렵다는 걸 잘 알고 있었다. 그러나 사춘기 소녀의 자존심은 그걸 인정하고 싶지 않았다.

우리 동네는 교육열과 거리가 멀다 보니, 사교육을 받지 않아도 조금만 책상에 앉아 있으면 어느 정도 성적이 나왔다. 공부보다는 친구들과 놀러 다니는 게 더 즐거운 나이기도 했지만, 공부를 하고 싶다고 해도 더 할 수 있는 형편도 아니었다. 이를 안타깝게 여긴 선생님이 이번에는 장학생을 뽑는 학원에 나를 추천해 주셔서 무료로 학원을 다닐 수 있는 기회가 생겼다. 하지만 수업료는 안 들더라도 교재 비용은 내야 하는데 그조차도 내게는 부담이었다. 또다시 거절을 하자, 사정을 모르는 선생님은 왜 다 싫다고 하냐며 꾸짖으셨다. 오해받은 게 억울했지만 그저 스스로 열심히 공부하는 것밖에 방법이 없었다.

외고에 진학하기로 마음먹고 단어장을 만들어 가며 영어 공부에 매진했다. 입학 지원 서류를 들고 혼자 외고에 찾아간 날, 그 학교 교감 선생님이 내 서류를 보더니 "학생이 나온 중학교에서 우리 학교에 입학한 사람은 한 명도 없네요"라고 말했다. 물론 그러니 더욱 열심히 하라는 격려의 뜻이었을 수도 있겠지만, 나는 괜히 마음이 움츠러들었다.

그즈음 제일 친하게 지내던 친구가 어머니 말씀에 따라 상업고등학교에 진학해야 한다고 하기에, 친구 어머니께 전화해서 같이 인문계에 가고 싶다고 말씀드렸다. 하지만 친구 어머니는 공부도 여유가 있어야 하는 거고, 빨리 고등학교 졸업해서 돈 버는 게 친구의 인생에도 더 도움이 될 거라고 하셨다. 자꾸 이런 말을 들으니 우리 동네, 우리 학교 출신은 상고나 공고를 나와서 빨리 돈이나 벌어야 하고, 외고 같은 곳에는 갈 수 없는 것인가 싶어 슬퍼졌다.

입학 시험을 치르는 날, 아침부터 폭우가 쏟아졌다. 비를 뚫고 겨우 학교에 도착하자, 다른 아이들은 기사님이 우산을 받쳐 주는 검은색 세단에서 내리고 있었다. 가슴 속에 뭔지 모를 경계가 생기는 듯했다. 기죽지 않으려고 젖은 어깨의 물기를 툭툭 쳐 내며 씩씩하게 시험장으로 들어갔더니, 다들 사설 학원에서 만든 외고 입시 대비 자료집을 보고 있었다. 나는 낡은 단어장에 적힌 오답 노트가 괜스레 부끄러워져 만지작거리다가 가방 속으로 집어넣었다. 왠지 아이들이 보고 있는 자료집에서 모든 문제가 나올 것 같고, 나만 그걸 모르고 있는 것 같았다. '언감생심'이라는 말이 이런 건가. 오지 말아야 할 곳에 와 있다는 생각에 가슴이 미친 듯이 요동쳤다.

지금 같으면 그게 별것 아니라는 걸 알겠지만, 당시 변변한 문제집 한 권 사 보지 못한 나에게 그 상황은 우물 안 개구리도 아니고 정말이지 물잔 속 개구리처럼 느껴졌다. 시험을 잘 쳐서 이 학교에 입학한다 해도 갖은 설움을 당할 것 같다는 두려움이 밀려왔다. 듣기 평가가 시작되었는데 눈물이 흘러 문제가 보이지 않았다. 다른 아이들에게 피해를 줄까 봐 소리도 내지 못한 채 속으로 눈물을 삼키며 엎드려 울었다. 나중에 일반계 고등학교에 진학해서 처음 참가한 영어 경시대회에서 손가락 안에 드는 성적을 받은 걸 보면 좀 더 자신감을 가져도 됐을 텐데, 그때는 너무 어렸다.

제대로 문제 한번 풀어 보지 못하고 시험장을 나오면서 나의 깡다구를 탓하기보다는 처음으로 가난을 탓했던 것 같다. 나도 저런 특목고 입시 학원을 다녔더라면, 학원은 고사하고 저런 문제집이라도 봤더라면 결과가 달라졌을 텐데. 속상한 마음에 괜히 이런저런 탓을 했다. 배우고 싶은 것을 마음껏 배우지 못했다는 결핍감은 그렇게 항상 내 마음속을 지배했다.

결핍은 중독을 낳기 쉽다고 했다. 내 경우에는 일종의 배움 중독이었다. 내 힘으로 돈을 벌기 시작하면서부터 이상하게 돈을 주고 무언가를 배우는 게 좋았다. 운동, 악기, 자격증, 학점은행 등 시간이 되든 안 되든 몸을 갈아 넣어가며 무언가를 배웠다. 배워서 뭘 하겠다는 목적이 있는 게 아니라 그저 배우는 것 자체에 의미를 두었다. 어떤 날은 잠까지 줄여 가며 고통스럽게 배우고 있는 나를 발견했다. 내가 왜 이러고 있는지 모르면서도, 어쨌든 그렇게 해야 마음이 편했다. 나도 나 자신이 이해가 안 되는 순간이 많았다.

정신과 전문의가 상담해 주는 TV 프로그램을 보는데, 결핍이 지나치면 한이 된다고 한다. 그래서 자신이 어릴 때 하지 못한 것을 아이에게 강압적으로 시키는 부모들이 있다고. 나는 아이가 없으니 나 자신에게 과거에 내가 하고 싶었던 것들을 혹독하게 시키고 있는 게 아닌가 싶었다.

구에서 운영하는 청소년상담복지센터에서 경제적 어려움 때문에 가정 내 보살핌을 충분히 받지 못하는 아이에 대한 사례 회의를 했다. 아이의 엄마는 세금 체납 등으로 법적 문제를 겪고 있었고, 아이는 학교에 갈 교통

비나 기본적인 생활비조차 없어 학업이 중단된 상태였다. 학업 걱정뿐만 아니라 엄마의 빚을 상속받는 것에 대한 두려움도 있었지만, 그럼에도 자신을 돌봐 주지 못하는 부모를 향한 안타까운 마음을 가진 성숙한 아이였다.

상속과 관련된 상담을 해 주고, 당장 학교에 갈 형편이 안 된다면 검정고시를 보거나 관심 있는 분야의 교육을 받을 수 있도록 관련 기관을 알아봐 달라고 구에 부탁했다. 아이가 결핍감 때문에 모든 걸 포기하면서 자라지 않기를 바랐다. 지금은 비록 조금 부족하고 모자라더라도, 포기하지만 않으면 언젠가는 채울 수 있는 기회가 있다는 걸 알려 주고 싶었다.

포기하는 순간, 결핍은 나를 내 삶의 주인공 자리에서 끌어내린다. 성장을 방해하고 망치는 중독으로 이끈다. 처음에는 짧은 영상 혹은 술과 담배만으로 즐거움을 얻을 수도 있지만, 시간이 지나면서 점점 더 자극적인 것을 반복적으로 찾게 된다. 안타깝게도 결핍은 근본 원인을 채우지 못하면 결코 해결되지 않는다. 애정 결핍이 있는 사람이 외롭고 공허한 시간을 채우려고 아무리 재미있는 영상을 보고 술을 마셔도 결핍감을 온전히 해소하기는 어렵다. 타인과 관계 맺기를 포기하지 않고, 서로 애정을 채워 줄 수 있는 사람을 만나야 한다. 집중력이 결핍된 사람이 집중력을 높이겠다고 게임에 빠져든다면 과연 원하는 효과를 얻을 수 있을까? 집중력 결핍의 원인을 찾고 치료나 상담을 받는 것이 훨씬 도움이 될 것이다.

이미 생겨 버린 결핍이라면 자신에게 득이 될 만한 좋은 중독에 빠져 보는 것도 나쁘지 않다. 무언가에 깊게 빠질 수 있다는 건 꼭 나쁜 것만은 아니다. 포기하지 않는 한, 결핍은 삶의 새로운 원동력이 될 수 있다. 배움에 대한 결핍이 한이 되었던 나는 대학생 때 가정 형편이 어려운 아이들에게 멘토가 되어 공부를 가르쳐 주었다. 변호사가 되어서는 의뢰인들의 삶을 더 잘 이해하기 위해 학점은행으로 사회복지학을 이수하고 사회복지사 자격까지 취득했다.

민사법 박사 과정에 진학했을 때는 한 학기에 6학점만 들으면 되는 것을 혼자 9학점씩 수강 신청을 해서 삼각김밥을 먹어 가며 수업을 듣고 과제를 했다. 일과 공부를 병행한다는 건 녹록치 않은 일이었다. 회사 근처 고시원에서 지내며 낮에는 일하고 밤에는 논문을 쓰기도 했다. 누가 교수 되려고 박사학위 땄냐고 물으면, 나는 그냥 배우다 보니 그렇게 됐다고 답한다. 거짓말 같지만 진짜로 그랬다. 그저 하고 싶은 공부를 마음껏 한 게 다였다. 결핍 때문에 시작한 공부였지만, 조금씩 그 결핍을 채워 가다 보니 나도 모르게 앞으로 나아가고 있었다.

나와 똑같은 상황에서도 결핍감을 느끼지 않는 사람이 있을 수 있다. 결핍이 힘든 진짜 이유는 내가 그걸 결핍이라고 여기고 문제시하기 때문이다. 그렇게까지 배우고 나니 나는 배움 중독에서 조금 벗어날 수 있게 되었다. 이제는 무언가를 강박적으로 배우지 않는다. 지금 부족하더라도 언젠가는 채울 수 있다는 믿음이 생겼기에, 결핍은 더 이상 내게 큰 문제가 아니다.

무언가에 대한 결핍은 어떤 식으로든 인생에 영향을 줄 수밖에 없다. 특히 어린 시절의 결핍은 더욱 그렇다. 현실을 바로 보지 못하고 끊임없이 무언가를 갈구하게 만들지만, 그걸 쫓아간다고 해서 진정으로 내가 원하는 것을 찾게 되는 건 아니다. 그러니 정말 나에게 필요한 것이 무엇인지 똑바로 들여다봐야 한다. 그리고 때로는 나처럼 그것에 넘칠 만큼 푹 빠져 보는 것도 좋다. 결핍에는 충분한 충족감이 필요하기에, 자신에게 맞고 자신을 이롭게 할 수 있는 '득이 되는 독'을 찾길 바란다.

녹슨 칼의
쓸모

2007년 여름의 어느 수요일이었다. 나는 사법시험을 준비하며 고시촌 식당에서 밥을 먹고 있었다. 공부와 밥이 고시 생활의 전부였기에, 어느 고시 식당이 맛집이고 어떤 반찬이 나오느냐가 고시생들에게 굉장히 중요한 문제였다. 내가 다닌 식당에서는 '월우수돈금계', 즉 월요일에는 소고기, 수요일에는 돼지고기, 금요일에는 닭고기가 나왔다. 고기의 크기에 따라 월요일, 수요일, 금요일 순으로 밥 먹는 시간이 행복했다. 여기에 식당 텔레비전으로 보는 재미난 예능까지 더하면 고된 날들 속에 잠시나마 웃을 수 있는 그야말로 온전한 휴식 시간이었다.

그날은 수요일이니 돼지고기의 행복이 보장된 날이었

다. 항상 예능 프로그램만 틀어져 있던 식당 텔레비전에서 웬일로 뉴스가 나오고 있었는데, 사학법과 로스쿨법이 본회의를 통과했다는 소식이었다. 나와는 관계없는 뉴스라 생각하고 여느 때처럼 제육볶음 만찬을 즐기는 데 집중했다.

며칠 뒤, 사법시험을 함께 준비하던 친구가 자기는 로스쿨에 가겠다고 선언했다. "여기서 끝까지 승부를 봐야지!"라며 배신자라고 볼멘소리했지만, 그로부터 정확히 6년 뒤 나 역시 로스쿨에 입학했다.

나는 사회운동을 하는 부모님 덕분에 하늘 아래 첫 동네라는 달동네 신림동에 살았다. 그중에서도 공동묘지가 있던 터라는 의미로 '떨어질 낙'에 '해골 골' 자를 쓰는 '낙골'이라는 이름의 판자촌에서 어린 시절을 보냈다. 뻔한 살림에 훔쳐 갈 것도 없는 동네에는 가로등이나 순찰차가 적었다. 오직 밝은 달만이 우리 동네를 지켜 줬다. 그래서 나는 달이 좋았고, '달동네'라는 말이 무슨 뜻인지도 모른 채 고지대 산기슭에 있어 서울 어디보다도 달이 가깝고 크게 보이는 우리 동네를 좋아했다.

'가난'을 거꾸로 하면 '난 가?'라는 말이 된다고 친구들과 아무렇지 않게 우스갯소리를 하며 자랐다. 부자 동네에서는 재산을 가지고 싸운다던데 우리는 대물림된 가난을 저항 한번 못 하고 받아들였다. 친구들의 부모님은 새벽이면 버스정류장에서 모닥불을 피워 놓고 서성이다가 반장이라는 사람이 지목하는 순으로 봉고차에 몸을 싣는 일용직 아저씨, 늘 동네 어느 집에 모여 하나에 몇 원짜리 인형 눈을 밤새 붙여 고작 만 원이 안 되는 돈을 버는 아주머니 들이었다. 그나마도 부모님이 있는 친구들은 사정이 나은 편이었다. 한 집 걸러 한 집은 이혼을 했고 편부모 가정, 조부모 가정에 알코올중독, 가정 폭력은 없는 집이 없었다. "누구 엄마 집 나갔더라"라는 말이 거의 일상다반사였다.

1990년대라고 믿기 어려울 만큼 문맹자가 많았지만, 하루 벌어 하루 먹고 살기도 힘든 동네에서 교육의 중요성은 이미 뒷전이었다. 내 친구들은 대학 진학을 포기하고 돈을 벌었다. 그럼에도 언감생심 내가 변호사를 꿈꾸게 된 건 넉넉한 환경에서 태어나 돈이 많아서가 아니었다.

어느 날부터인가 동네에 재개발 바람이 불어닥쳤다. 이미 재개발에 떠밀려 서울 이곳저곳에서 이사를 온 달동네 판잣집 사람들은 더 이상 갈 곳이 없었다. 이사를 나가지 않자 용역 깡패들이 포클레인으로 집을 부수고 불을 지르는 아비규환이 반복됐다. 아버지가 운영하던 야학도 방화로 한 줌 재가 됐다. 뛰어놀던 골목길이 하루아침에 포클레인에 밀려 버리고 이웃들이 길거리에 나 앉는 상황이었지만,

누구도 법의 도움을 받지 못했다. 도시는 발전해야 했고, 누구도 우리 이야기에 관심을 갖지 않았다. 그런 주변 환경이 나를 공부하게 만들었다.

가난한 동네에서 공부를 잘한다는 것은 '녹슨 칼'과 같았다. 맨주먹보다는 낫겠지만 그렇다고 특별히 날카롭지도 않아 잘 갈고 닦기 전에는 쓸모가 없었다. 녹슨 칼을 제대로 쓰려면 많은 노력이 필요했다. 그럼에도 '세상은 꿈꾸는 자들의 것'이라며 늘 꿈을 잃지 않게 도와주신 부모님, 자기들은 고졸이어도 나에게는 항상 공부하는 게 대단하다고 응원해 준 친구들이 곁에 있었기에 용기를 낼 수 있었다.

그럼에도 가난은 자주 내 발목을 잡았다. 학원 수업이나 과외 한번을 받기 어려웠다. 욕심도 꿈도 많았지만 그걸 다 채울 수는 없었다. 부모님과 갈등도 겪었고, 자꾸만 환경을 탓하는 나 자신에게 실망하는 날도 많았다. 그렇게 겨우 대학에 갔다. 성인이 됐으니 더 이상 부모님에게 손 벌리지 말자는 생각으로 고깃집과 도서관에서 아르바이트를 했다. 당장 생활은 가능했지만 성적이 떨어지기 시작하자 미래가 걱정됐다. 더 늦기 전에 제대로 된 공부를 해야 했다.

변호사가 되겠다며 사법시험에 도전했던 몇 년간 딱 한 번 사법고시 학원 종합반에 등록했다. 그 당시 300만 원 가까이 되던 수업료를 카드 할부에다가 부모님께 손을 벌려

마련했다. 은행 집인지 우리 집인지는 몰라도 작은 빌라에 살게 됐고, 나름대로 예전보다 형편이 나아졌다 생각했는데 종합반 수업료를 대기에는 어림도 없었다. 이후로는 단과반만 들었지만, 민법 기본 강의 한 과목만 해도 50만 원이 훌쩍 넘었다. 모의고사 강의, 판례, 마무리 특강까지 안 들으면 떨어질 것 같은데, 듣자니 너무 비싸서 마음을 졸이느라 온전히 공부에 집중할 수 없을 것 같았다.

원룸 월세는 30만 원, 식권은 한 장에 2700원이었다. 여기에 책값, 기타 생활비까지 합하면 평범한 직장을 다니는 부모라 해도 부담이 될 만큼 돈이 들었다. 직장이 없는 우리 부모님에게는 더 큰 부담이었다. 물론 집에서 혼자 공부해도 시험에 붙는 친구들이 있었지만 나한테는 그런 능력도, 멘탈도 없었다.

돈 얘기를 할 때마다 기약도 없는 미래를 붙들고 부모님까지 고생시키는 것 같아 염치없고 죄짓는 기분이었다. 그래서인지 이미 한참 지난 일인데도 전전긍긍하며 고시 공부를 했던 그 시절이 잊히지 않는다. 돈 때문에 꿈을 잃는 어린 친구들이 있을까 봐 대학 다니는 내내 500시간 넘게 멘토링 봉사활동을 했는데, 정작 내가 돈 때문에 꿈을 포기할 수도 있겠단 생각을 그때 처음 했다.

그렇게 공부를 제대로 하는 것도 아니고 안 하는 것도

아닌 고시생 생활을 하다가 건강이 악화됐고, 사법시험은 폐지됐다. 이미 20대 후반의 나이, 취업을 하기엔 준비된 것이 아무것도 없었다. 이렇게 포기하면 평생 후회가 남을 것 같아 로스쿨에 진학하기로 마음먹었다.

문제는 또다시 돈이었다. 고시생 생활도 돈 때문에 마음 졸였는데 '돈스쿨'이라는 로스쿨에 과연 내가 갈 수 있을까. 내가 다닌 로스쿨의 한 학기 등록금은 약 1000만 원이다. 나는 학자금 대출을 받고 마이너스 통장을 만들어 입학했다. 3년 전체 등록금의 3분의 2 이상 장학금을 받아 나머지만 학자금 대출로 메웠으니, 학부 다닐 때보다 더 적은 학비를 낸 셈이다. 그만큼 악착같이 공부했다. 분명 힘든 순간도 있었지만 적어도 당장은 돈 걱정 없이 감사하며 학교에 다녔다.

졸업해서 변호사가 되고 나니 학자금과 생활비 대출, 마이너스 통장까지 빚만 한가득했다. 그래도 내가 포기하지 않고 끝까지 꿈을 펼칠 수 있었던 건 로스쿨 덕분이다. 로스쿨이 아니었다면 나는 변호사가 될 수 없었을 것이다. 그런 고마움과 함께 나는 나 자신의 부족함을 누구보다 잘 알았다. 내가 로스쿨의 수혜로 꿈을 이룬 만큼, 보통 사람들이 다양한 곳에서 양질의 법률 서비스를 받을 수 있도록 한다는 로스쿨의 도입 취지에 걸맞은 일터를 찾고 싶었다.

그 바람대로 나는 대한민국의 23624번째 변호사가 되어 취약 계층을 상대로 무료 법률 상담을 진행하는 공공기관에서 직장 생활의 첫발을 내디뎠다. 어느 구청의 복도 한쪽이 내 사무실이었다. 복도에 앉아 있다 보면 변호사 선생님은 어디 계시냐는 질문이 가장 먼저 날아왔다. 정말 변호사가 맞나 하는 의심에 가득 찬 눈초리를 받으며 상담을 시작하곤 했다.

하루 평균 예닐곱 명을 상담했는데, 주로 기초생활수급자, 장애인, 고령의 어르신, 외국인 노동자 분들이 찾아왔다. 사선 변호사보다 내가 가깝게 느껴져서인지 원하는 대답을 듣지 못하면 고성을 지르는 건 기본이고 욕설을 퍼붓거나 울부짖는 사람들이 종종 있었다.

이 일을 시작할 때 존경하는 변호사님이 내가 만날 의뢰인들은 한 번도 누군가에게 존중받아 보지 못한 분들이 많아서 타인을 존중하는 일에 서툰 것뿐이라며, 더 친절하게 대해 드리면 진심이 통할 거라고 조언해 주셨다. 그 말처럼 더 친절하게 해 드려야겠다고 다짐을 그렇게 했건만 마음처럼 되지 않으니 참 서글펐다. 나 자신이 누구보다 어렵게 살았기에 어려운 사람들을 더 잘 이해하고 더 많은 도움을 줄 수 있다고 생각했는데 자만이었다.

한 달이 지나자 지치기 시작했다. 변호사라고 대접받는

삶을 기대하진 않았지만, 매일 같이 큰소리가 나고 같은 얘기를 수십 번씩 반복하다 보니 처음의 마음들이 자꾸만 흩어져 가는 게 느껴졌다. 몸도 마음도 뾰족뾰족한 시간들이었다. 한번은 도움을 드리려고 의뢰인에게 몇 번이나 전화했는데 연결도 잘 안되고 통화 때마다 모르겠다는 대답이 돌아오니 짜증이 났다.

"이렇게 연락이 안 되면 이제 못 도와드려요."

내 퉁명스러운 대꾸에 수화기 너머에서 우리 아빠보다도 더 연배가 높으신 분의 풀죽은 목소리가 들려온다.

"먹고사는 데 바빠서 도무지 신경 쓸 겨를이 없네요. 변호사님 죄송합니다"

그 말에 갑자기 정신이 번쩍 들었다.

무력한 의뢰인들의 모습이 예전 우리 동네 사람들을 보는 것 같아 나도 모르게 짜증을 부렸던 것 같다. 쑥대밭이 된 동네를 어떤 도움도 받지 못하고 그저 떠날 수밖에 없는 사람들, 부당 해고를 당하고도 법적인 구제 절차를 밟기보다 당장 눈앞의 생계를 위해 다른 일터에 나가야 하는 사람들. 그런 이들의 처지를 누구보다 잘 알면서도, 혹은 너무 잘 알기에, 가난 때문에 부당한 대우조차 다툴 여력이 없는 그 상황에 화가 났다. 정작 화를 내야 할 곳은 따로 있는데 엉뚱한 곳에 화풀이하는 내가 참 못나 보였다. 가난이 내가 꿈을 향해 나아가는 원동력이 되었다면, 이제는 내 상담이 의뢰인들에게 살아갈 힘을 보태 줄 수 있도록 더 노력해야겠다고 다짐했다.

한 달 사이 많은 것들이 변했다. 변호사의 '호(護)'자는 '말씀 언(言)'과 '자 확(蒦)'이 결합한 것으로, '말로 붙잡다'라는 의미다. 안타까운 상황에 놓인 사람을 말로 보살피고 돕는 것이 변호사다. 내 인생도 제대로 책임지지 못했던 츄리닝 수험생이 타인의 삶에 깊숙이 관여하여 그들을 이해하고 보살피고 도와야 하는 정장 입는 변호사가 됐다. 이 폭풍 같은 변화가 아직도 꿈만 같다. 내 앞의 작은 서류봉투 속에 담긴 의뢰인 한 분 한 분 인생의 무게를 느끼며, 변화는 있어도 변함없는 사람이 되길 기도했다.

2장

시작

변호사인 듯 변호사 아닌
변호사 같은

긴가민가할 때는
대부분 기다

변호사 시험에 합격하고 나면 바로 법정에 나갈 수 있는 것이 아니라 6개월간의 실무 수습 기간을 거쳐야 한다. 나는 100명 가까운 인원을 면접해 그중 20명 정도를 선발하는 국가기관에 합격했다. 수습이긴 해도 첫 직장인 만큼 무엇이든 잘 해내고, 누구와도 친하게 지내며 좋은 인상을 주고 싶었다. 그래서 꼭 안 가도 되는 주말 워크숍까지 따라 나섰다.

새벽까지 음주가무가 이어지는 가운데 술에 취한 유부남 직원이 계속 나한테 귓속말을 했다. 취한 사람을 상대해봤자 나만 손해라는 생각에 자리를 피해 밖으로 나왔다. 바람을 좀 쐬다가 사람들이 하나둘 잠들 무렵에 여자 숙소로 들어갔다. 같은 방을 쓰는 세 사람은 한쪽 구석에 내 이불을 펴 두고 반대쪽에서 이미 자고 있었다. 나도 피곤한 몸을 겨우 누이고 막 잠이 들려는 찰나, 조용히 방문이 열리더니 누군가 내 등 뒤에 눕는 기척이 들렸다. 뒤늦게 들어왔나 보다 하고 잠을 청하려다 문득 생각이 스쳤다. '오늘 워크숍에 참여한 여자 직원은 나 외에 세 명뿐이고 이미 저쪽에 다 누워 있는데, 지금 들어온 사람은 누구지?' 친구 네 명이 산장에 놀러 가 방구석에서 한 명씩 차례대로 숫자를 외치는데 마지막에 누군가 5를 외치는 공포영화가 떠올랐다.

　　오싹한 기분에 몸을 돌려 확인하니, 아까 술에 잔뜩 취해 나한테 귓속말하던 남자 직원이었다. 내가 비명을 지르자 사람들이 달려왔다. 남자는 내가 자기 스타일이라 옆에 누웠는데 뭐가 잘못이냐는 아무 말 대잔치를 했다. 월요일 아침 조회 시간에 공개 사과를 하는 것으로 마무리되었지만, 법을 다루는 국가기관에서, 그것도 변호사에게 과연 이게 있을 수 있는 일인가 싶었다. 남자 직원은 형식적인 사과만 했지 이후 나를 대할 때 특별히 조심한다거나 하는 것도 없었고, 기관에서 우리 둘을 분리해 주지도 않았다. 오히려 피해자인 내가 가해자를 피하고, 다른 사람들의 눈치를 보는 상황이 생겼다.

　　결국 다른 일들과 겹쳐 수습 기간을 마치지 못하고 직

장을 옮겼다. '내가 너무 무르게 보여서 이런 일이 생겼나?' 나한테 문제가 없었는지를 계속 되짚어 보게 되었다. 결국 나는 나에게 좋은 변호사가 되지 못했다.

우리나라는 형법과 여러 특별법으로 성폭력을 처벌하고 있다. 그중에서도 '성폭력범죄의 처벌 등에 관한 특례법'과 판례에서는 '성적 수치심'을 일으키는 행위를 처벌한다고 규정하거나 판시한다. 국어사전에서 '수치심'이란 다른 사람들을 볼 낯이 없거나 스스로 떳떳하지 못하다고 느끼는 마음을 뜻한다. 그렇다면 이건 피해자가 아니라 가해자가 느껴야 할 감정 같은데 무언가 잘못된 것이 분명하다. 이를 문제 삼는 사람이 많아지자 관련 기관에서도 단어를 변경하는 것이 좋겠다는 지침을 내리고 있다고는 하지만, 법은 여전히 그대로다.

이런 상황에서 내가 느껴야 할 것은 수치심이 아니라 불쾌감이나 분노다. 그런데 나 역시 아무렇지도 않게 활보하는 가해자를 나도 모르게 피하며 수치심을 가진 사람처럼 행동하고 있었다. 웃어넘기자니 내 존재가 무시당한 느낌이 들고, 웃어넘기지 말자니 굳이 문제를 만들어 내는 예민한 사람이 된 것 같았다.

서른 살 넘은 변호사도 이런 일을 겪는데 나보다 어린 20대 사회 초년생들은 얼마나 더한 어려움을 맞닥뜨릴까 싶다. 일자리 하나 얻으려고 꽃 같은 시절을 다 바치고, 졸업과 동시에 학자금 대출부터 시작해 갚아야 할 빚이 천지인 이들은 직장 내에서 부당한 일을 당해도 용기 있게 맞서거나 직장을 그만두겠다는 결단을 내리기가 쉽지 않다.

앳된 얼굴의 여자는 대학을 다니는 동안 학점 관리, 어학연수, 자격증 취득, 봉사활동 등 취업을 위해 남들이 하는 건 모두 빠지지 않고 해 왔다. 하지만 100장 가까이 원서를 썼어도 면접의 기회는 그리 많이 주어지지 않았다. 포기하지 않고 끝까지 노력해 드디어 취업에 성공했다. 어렵게 들어간 만큼 직장 생활을 잘하고 싶어서 관련 책도 열심히 읽었다. 먼저 취업한 친구들은 책 속의 다정한 직장 동료는 유니콘 같은 존재라며, 인간관계에 대한 허상에 빠지지 말고 처음부터 아무런 기대를 하지 않는 게 낫다고 조언했다.

여자는 설렘 반 걱정 반으로 직장 생활을 시작했다. 적당히 다정하고 또 적당히 무심한 동료들을 만났다. 문제는 상사였다. 처음에는 농담으로 시작됐다. 그저 유쾌한 상사인 줄 알았는데 점점 수위가 높아졌다. '처음부터 농담에 웃어 준 내 잘못인가. 이제부터는 그냥 정색해야 하나.' 자신을 탓하며 주저하는 사이에 어깨를 주무르거나 감싸 안는 등의 터치가 이어졌다. 가랑비에 옷 젖듯이 무언가 서서히 잘못되어 가고 있다는 생각이 들었지만, 이 정도로 그 사람을 처벌할 수 있는 건지, 처벌한다고 하면 직장 내에서 자신의 입지는 어떻게 되는 건지, 오히려 자신이 불이익을 받게 되는 건 아닌지 걱정이 앞섰다. 그렇다고 직장을 그만두자니 그동안 쏟아부었던 노력과 부모님의 기대, 그리고 자신의 미래까지 송두리째 망가뜨리는 것 같아 그럴 수 없었다. 직장 생활에는 적응이 되어 가는데, 상사의 행동에는 도무지 적응이 되지 않았다.

그러다 회식 날이 왔다. 상사라는 작자는 노래방에서 혼자 난리 부르스를 추다가 여자의 손을 잡아끌었다. 뿌리치려는 여자를 보니 놓지 못하고 일만 하느라 고생하는 딸같은 생각이 들어, 응원 차원에서 꼭 안아 주고 엉덩이도 몇 번 두드려 줬다고 한다. 어떤 아버지가 성인이 된 딸의 엉덩이를 더듬거리며 찾아 주물러 주는지 모르겠다. 나중에는 아들한테 거리낌 없이 하던 행동을 그대로 한 것뿐인데 자신은 딸이 없다 보니 딸에게는 이런 행동을 하면 안되는지 몰랐다는 어처구니없는 변명을 한다. 또 끝에 가서는 여자가 자신에게 호감을 내비친 것 같아 거기에 응했을 뿐이라는, 궁지에 몰린 쥐도 안 할 변명을 내뱉는다.

그냥 처음부터 사과를 했으면 좋았을 텐데, 아무 말이

나 한번 시작한 입에서는 의미 있는 말이 나올 리 없었다. 여자는 직장에 사실을 알렸다. 그러자 내부 징계 절차 외에 형사적으로 고소를 하게 되면 두 사람 다 다른 지역으로 발령이 날 것이라고 한다. 아무래도 그 편이 직장 다니기 편할 거라며 마치 피해자를 위해 주는 척, 사실은 회사를 시끄럽게 만드는 대가를 치르라는 일종의 협박을 늘어놓는다. 여자는 상사가 내부 징계만 받게 하고 자신은 이 지역에 머물지, 아니면 시간이 걸리고 자신이 다른 지역으로 발령이 나더라도 형사 고소를 할지 고민하다가 상담을 받으러 왔다.

먼저 형사 고소에 대한 여자의 의지를 확인했더니 처벌받게 하고 싶다고 한다. 그렇다면 고소를 진행하고, 회사에서 발령 조치를 하겠다고 하면 그 부분에 대해서도 다투라고 말씀드렸다. 회사가 내부 규정을 이유로 들어 피해자가 원치 않는 발령을 낼 수는 없다. 오랜 노력 끝에 얻은 첫 직장, 그래서 더 잘해 보고 싶은 마음에 억지로 상사에게 맞장구를 쳐 준 대가는 결국 성추행과 발령 조치였다.

또 다른 내가 거기에 있었다. 사람 사는 일에 변호사라고 예외는 없다. 부끄럽지만 나는 사기도 당해 보고, 뜻하지 않게 폭행 시비에 휘말려 경찰서에 가기도 했다. 법을 안다는 변호사도 살다 보면 이런 일을 겪는데, 법을 모르는 사람은 얼마든지 겪을 수 있는 일이다. 실제로 그 이후로도 비슷한 내용의 상담을 많이 했다.

긴가민가할 때는 안타깝게도 대부분 기다. 친구에게 일어났다면 분명 이성적으로 명확한 조언을 해 줄 수 있는 일도 나에게 일어나는 순간 판단이 잘 되지 않는다. 그럴 땐 이게 내 일이 아니고 친구 일이라면 어떤 조언을 했을까 고민해 보면 좋겠다. 과연 나는 나에게 좋은 친구인지, 오히려 내가 나를 너무 몰아세우고 엄격한 잣대를 들이대지는 않는지, 그래서 나를 탓할 일이 아님에도 나를 탓하고 있는 건 아닌지. 그럼에도 확신이 안 선다면, 전문가에게 도움을 청하길 바란다. 혼자만의 판단으로 자신을 탓하지 말자. 설령 탓할 게 있더라도 전문가의 말을 듣고 나서 해도 절대 늦지 않다.

진실과 사실은
다릅니다

"언니, 요즘 방콕이 그렇게 핫하대!"

"그래? 그러면 다음에는 방콕으로 가자!"

친한 동생과 함께 금요일 저녁 2박 4일의 짧은 일정으로 홍콩 여행을 가며 비행기 안에서 나눈 대화였다. 그때는 몰랐다. 내 캐리어가 나보다 먼저 핫한 방콕을 찾아 떠나고 있었다는 걸. 새벽 2시에 홍콩 공항에 도착했는데 아무리 기다려도 짐가방이 나오지 않았다. 동생이 물었다.

"혹시 또 천수이가 천수이 하는 거 아냐?"

나는 친구들 사이에서 '가만히 있어도 재수 없는 애'로 통한다. '수이하다'는 말은 '어이없는 일이 자꾸 일어난다'는 뜻으로 쓰이곤 했다. 일단 나는 새들의 공격을 자주 받는다. 점심시간에 밥 먹으러 가다가 난데없이 비둘기 똥을 맞질 않나, 친구 결혼식 날 부케를 받겠다고 샵에 가서 헤어 메이크업을 하고는 식장 입구에서 비둘기 똥을 맞은 일도 있었다. 내 가르마가 하늘에서 보면 화장실 표시로 보이는 걸까? 프랑스 루브르박물관 앞에서는 까마귀 똥을 맞는 바람에, 남들은 '루이비통' 사러 프랑스에 간다는데 나는 '루브르똥' 했다며 또 하나의 수이한(?) 기억을 만들기도 했다.

새만 나를 괴롭히는 게 아니다. 유럽 여행을 하면서 그렇게 소매치기를 조심했는데 정작 인천공항에 도착해서 공항버스를 타고 집에 가는 길에 누가 내 캐리어를 들고 가 버리기도 했고, 해외에서 여권을 소매치기당해 긴급 여권을 받아 귀국한 일도 있었다. 그러다 보니 여행 중에 어느 정도 사건 사고가 생기는 건 각오하는 편이지만, 그날처럼 여행을 시작하자마자 가방이 없어지는 건 예상 밖의 일이었다.

정말 수이하게도 가방은 끝까지 나오지 않았다. 결국 귀국하는 날 인천공항에서 수하물을 인도받았다. 가방은 제때 못 받았어도 사과와 보상은 제대로 받고 싶었다. 그러나 나를 기다리고 있는 건 100불의 보상 제안과 "돈 주면 사과지 무슨 사과가 더 필요하냐"라는 말이었다. 유사한 피해 사례가 더 있을 것 같아 검색을 해 봤다. 항공사 측에서 제시한 보상금에 불만이 있으면 소송으로 가야 하는데, 소송에는 비용과 시간이 든다. 그래서 항공사가 일방적으로 제시한 금액을 울며 겨자 먹기로 받거나, 아예 보상받기를 포기하는 경우가 태반이었다. 이런 잘못된 관행을 바로잡기 위해 셀프 소송을 하기로 했다.

차근차근 증거를 모으고 사건을 정리했다. 항공사에서 셀프 수하물 수속 기기의 오류 발생 가능성을 인지하고 있었음에도 사고 방지를 위한 최소한의 노력이나 장치도 마련하지 않은 점, 수하물이 방콕으로 간 것을 그다음 날 아침에 바로 확인하고도 내가 한국에 돌아와서야 찾을 수 있게 한 점, 사과도 없이 본인들의 내부 규정만 내세우며 보상 금액 100불을 제시한 점 등을 문제로 지적하고, 이로 인해 나에게 발생한 적극적 손해 34만 8109원 및 위자료 100만 원을 청구했다. 소장 말미에는 아래와 같이 소송의 목적을 분명히 밝혔다.

"변호사인 원고는 저와 같이 여행을 망치고도 어떠한 사과조차 받지 못하고, 본인이 입은 피해만큼의 보상도 받지 못하는 승객들이 없도록 소장을 공개합니다. 이러한 피해를 입는 분들이 변호사 없이도 소액이나마 책임을 물을 수 있도록 하고자, 원고가 변호사이기에 변호사 비용을 들이지 않고 소송을 제기할 수 있는 이점을 살려 이번 소송을 제기하게 되었습니다. 피고 측은 운이 없어 하필 변호사의 수하물에 이런 사고가 발생했다고 생각할지 모르겠으나, 이미 지적되어 개선되었어야 할 일이 발생한 것에 불과하다고 생각합니다.”

총 2년간 소송을 진행하며 서면 122장, 증거 15개, 첨부 자료 11개를 제출했다. 피고 항공사와 보조 참가인 공항공사 측도 변호사를 선임하여 맞대응했다.

그 2년의 시간 동안, 하루는 증거가 이렇게 많은데 당연히 내가 승소하겠지 생각하다가도, 다음날이 되면 내 말을 믿어 주지 않을까 봐 불안감에 시달렸다. 사실과 진실은 가끔 다를 수 있다. 아무리 진실이라도 재판에서 설득해 내지 못하면 그것은 사실이 될 수 없다. 진실이 윤리의 영역이라면, 사실은 논리의 영역이다. 진실은 사실보다 힘이 없다. 재판은 나만 떳떳하면 되는 일이 아니라는 걸, 많은 사람이 자신이 진실하지 못해서가 아니라 그 진실이 밝혀지지 못할까 봐 재판을 두려워한다는 걸 그때 처음으로 머리가 아닌 마음으로 이해했다.

“피고는 원고에게 74만 3675원 및 이에 대해 2018년 10월 27일부터 2019년 12월 3일까지는 연 5퍼센트, 그다음부터 다 갚는 날까지는 연 12퍼센트의 비율로 각각 계산한 돈을 지급하라.”

2018년 10월에 시작된 소송은 2019년 12월 1심을 거쳐 2020년 10월 항소심 선고를 끝으로 이렇게 마무리됐다. 대개 정신적 손해배상은 많이 인정되지 않는데, 그래도 청구한 100만 원 중 50만 원이 인정됐다. 친구들은 그렇게 많은 서면을 내어 싸우는 내 정신 상태를 보고 판사님이 가엽게 여기신 것 같다고 했다.

이 사건을 계기로 승객들이 확인할 수 있도록 항공사 수하물표에 그동안 없었던 안내 문구와 목적지 한글 표기가 생겼고, 추가적인 안내 표시판 등도 설치되었다. 진작 개선되었어야 할 부분들이 실행되는 걸 보면서 내가 불안에 떨었던 시간이 그리 헛된 것은 아니었구나 싶었다.

그동안 나는 의뢰인들을 위해 할 수 있는 최선을 다해 일해 왔다고 생각했다. 그런데 직접 원고가 되어 법정에 서 보니, 그렇게 수없이 법정을 드나들었음에도 이 사건만 생각하면 몹시 긴장되고 불안했다. 직장에 양해를 구해 시간을 내고, 경우에 따라 돌려받지 못할 수도 있는 큰 비용을 지출하면서 예측하기 어려운 결과를 기다리는 의뢰인의 심정이 변호사가 느끼는 사건에 대한 부담과 압박과는 비교할 수도 없이 무겁다는 것을 깨달았다. 소송도 결국 사람이 하는 일이라 그 과정에서 사람의 마음을 공감하고 이해하려는 노력이 먼저다. 변호사로서 최선을 다한다는 것은 결과뿐만 아니라 과정에도 적용되어야 한다.

예전엔 "하늘도 알고 땅도 알고 나도 안다"라며 결백을 주장하는 사람들을 만나면 "하늘도 알고 땅도 알고 나도 알아도, 판사님이 모르면 그건 모르는 거예요"라고 쉽게 이야기하곤 했다. 그러나 진실이 사실과 다르다면 그 진실을 판사에게 알리려고 변호사가 있고, 억울한 사람에게는 억울한 일이 생기지 않도록, 죄 지은 사람은 딱 지은 죄만큼 벌을 받도록 하려고 변호사가 있다. 그런데도 나는 진실을 말하지 않는다고 의뢰인만 탓했다. 이제는 증거가 없어 밝혀지지 못한 진실도 존재한다는 걸 안다. 그래서 누군가의 말이 진실하다는 것을 나라도 먼저 믿어 주기로 했다.

　　　　　　　　　퇴근이 임박한 시간, 저쪽에서부터 심상치 않은 냄새가 난다. 냄새가 나와 멀어지길 바라는 내 간절함을 비웃기라도 하듯, 코를 틀어막아도 냄새가 가까워진다. 냄새로 눈까지 따갑게 느껴질 때쯤, 냄새의 정체가 내 앞에 나타났다. 어릴 때 미술 시간에 도화지에 예쁜 색을 칠하고 그 위를 검은색 크레파스로 덮은 뒤 이쑤시개로 긁어내면, 안에 있던 예쁜 색이 드러나서 박수를 치며 좋아했던 기억이 있다. 하지만 그가 입고 있는 옷은 원래 무슨 색깔이었는지 짐작도 못 할 만큼 검게 변해서, 아무리 빨아도 원래 색이 나오지 않을 것 같았다.

역 주변에서 노숙인을 본 적은 많지만 이렇게 가까운 거리에서 마주 보고 앉아 대화를 나누기는 처음이었다. 겨우 숨을 참고 무슨 일로 오셨냐며 복화술에 가깝게 물었다. 큰 기대는 없었다. 지난번에 행색이 남루한 분이 찾아와서 변호사면 돈이 많지 않냐며 막무가내로 돈을 빌려 달라고 한 적이 있었다. 혹시 이번에도 그러면 학비를 대느라 마이너스로 가득한 내 통장부터 까야 하나 생각했다. 그런데 그런 우려가 무색하게 남자는 재심에 대해 알고 싶다고 했다. 따가워서 최대한 가늘게 뜨고 있던 내 눈에 조금 힘이 들어갔다. 어떤 사건이 있었냐고 묻자 남자는 한참 동안 답이 없다. 제발, 저 숨 못 쉬어 죽는다고요!

내 간절한 텔레파시가 통했는지, 이가 다 빠진 남자의 입이 움직인다. 그는 놀이터에서 놀던 아이 세 명을 추행한 혐의를 받아 교도소에 갔다. 아이들이 왜 자신을 모함했는지는 모르겠지만, CCTV도 없는 상황에서 재판부가 아이들 말만 믿고 자기 말은 끝내 들어 주지 않았다고 한다. 순간 내 머릿속에서 많은 생각이 오고 갔다. '아이들이 왜 놀이터에서 만난 생면부지의 아저씨를 모함하겠어. 아이들이 받은 상처는 생각 안 하나.' '화성연쇄살인사건의 범인으로 몰려 수년간 억울하게 옥살이를 한 분도 있잖아. 아무리 유죄 판결을 받고 형을 산 사람이라고 해도 재심을 청구할 권리는 있지.' 두 마음이 싸우기 시작했다.

재심 요건을 설명하며 그냥 억울하다고 해서 청구할 수
는 없다고 했더니, 남자가 갑자기 책상을 두드리며 분노의
말을 쏟아 낸다. 그런 행동이 무섭기보다는 그가 움직일 때
마다 나는 냄새가 더 나를 힘들게 하는 웃픈 상황이 벌어졌
다. 출소하고 나니 가족들은 다 이사가 버리고 어디 하나 자
신을 받아 주는 곳이 없었다고 한다. 그렇게 시작한 노숙이
어느새 10년이 넘었다. 남자는 자기가 옥살이한 것은 보상
받을 수 없겠지만 가족은 되찾고 싶다고 했다.

나는 남자의 말이 진실인지 알 수 없었다. 나라도 먼저
믿어 주겠다던 결심이 흔들리는 순간이었다. 그래도 그의
진실한 얼굴이 진짜이길 바랐다. 물론 남자의 말이 진실이
라면 그 또한 비극이겠지만, 적어도 지금 내 앞에 앉은 사람
이 다른 가정에 큰 죄를 저지르고도 내 가정을 찾겠다는 사
람은 아니었으면 했다.

집에 돌아와서 〈그래도 내가 하지 않았어〉(수오 마사유
키, 2006)라는 영화를 다시 봤다. 남자 주인공은 면접을 보
러 가는 지하철 안에서 성추행범으로 몰려 재판을 받게 된
다. 경찰과 그의 변호인은 혐의를 인정하면 벌금만 물고 끝
난다며 주인공을 회유하지만, 그는 끝까지 무죄를 주장한
다. 변호인은 피해자의 진술에 모순되는 부분과 제대로 답

변하지 못한 부분이 있음을 들어, 진술이 유일한 증거인 상황에서 그 진술에 합리적 의심이 든다면 신중하고 냉정한 판단을 해야 한다고 변론한다. 그러나 같은 진술을 두고 재판부는 피해자가 법정에서 진솔한 태도로 증언했고, 그 내용이 구체적이고 상세하여 경험자만이 가능하리라 판단되며, 피고인과 면식이나 어떤 이해관계도 없어 피고를 모함할 만한 이유가 없으니, 허위 진술일 가능성은 희박하다고 말한다. 결국 피고인에게는 징역 3개월 집행유예 3년의 형이 선고된다.

영화는 피고인의 독백으로 끝난다.

"나는 처음으로 이해했다. 재판은 진실을 밝히는 곳이 아니다. 재판은 피고인이 유죄인가 무죄인가를 주어진 증거에 따라 임의로 판단하는 곳에 불과하다. 그리고 거기서 나는 유죄가 되었다. 그것이 재판부의 판단이었다. 그래도… 그래도 내가 하지 않았어!"

내 재판은 후발대로 여행에 합류한 친구가 우연히 인천공항에서 기계 오류를 인정하는 말을 듣게 되어, 그 말을 증거로 제출한 것이 승소에 큰 도움이 됐다. 만약 그런 증거가 없어, 기계 오류가 아니라 내 실수라고 판결이 났다면 정말 억울해서 그 일을 평생 잊지 못했을 것 같다. 150만 원을 청구한 민사소송도 이러한데, 사안이 형사사건이고 내가 억울한 옥살이를 하게 되는 상황이라면 상상조차 할 수 없다.

　　이 영화의 도입부에 "열 명의 죄인을 놓친다 하더라도 죄 없는 한 사람을 벌하지 말지어다"라는 글귀가 나온다. 진실이 힘이 없어 사실과 균형을 잃었다면, 진실에 힘을 실어 줄 수 있는 사람이 변호사다. 소송이 끝나면 다른 변호사들의 역할은 끝이 나지만, 내 역할은 거기서부터 다시 시작이 아닐까. 누구라도 억울하다고 말하는 사람이 있다면, 비록 법은 그의 편이 아니었다 할지라도, 한 번쯤 귀를 기울여 주고 싶다. 사실과 다른 진실이 있을지도 모르니.

속는 것도 나,
속이는 것도 나

대학생 때 영화 오래 보기 대회에 나간 적이 있다. 300명의 도전자가 영화관에 모여, 누가 제일 오랫동안 잠 안 자고 영화를 보는지 기록 경쟁을 벌였다. 엔딩 크레딧이 다 올라갈 때까지 화면을 주시해야 하고, 그 전에 5초 이상 눈을 감으면 바로 탈락이다. 영화 한 편이 끝나면 5분간, 세 편이 끝나면 15분간 휴식 시간이 주어지며, 그때 식사를 하거나 화장실에 갈 수 있다. 기네스북에 도전하는 대회인 만큼 도핑 테스트는 물론, 세 명당 한 대씩 카메라를 배치해 실제로 안 자는지 엄격하게 확인했다.

나는 원래 화장실을 잘 안 가는 것으로 유명해서 화장실 걱정은 없었지만, 컴컴한 영화관에서 잠을 참아 내는 것은 아무래도 자신이 없어 대비를 해야 했다. 환기가 잘되지 않는 곳에서는 산소가 부족해 잠이 더 온다는 말에 의료 기기 매장에 가서 휴대용 산소 캔을 구입했다. 잠을 깨울 청양 고추와 엄청 신 사탕도 준비했다.

초반에는 화장실 때문에 중도 기권하는 사람이 많았다. 그러다 초저녁이 되자 나이 지긋한 분들이 잠을 이겨 내지 못하셨고, 아침이 밝아 오자 젊은 사람들도 나가 떨어졌다. 나는 보란 듯이 휴대용 산소를 들이마시며(사실 큰 도움은 안 됐다) 여유롭게 탈락자들을 지켜봤다. 중간에 대사 없는 예술영화가 나올 때는 허벅지를 꼬집어 가며 1등에게 부상으로 준다는 유럽 여행 상품을 떠올렸다. 고깃집 아르바이트로 시급 3000원을 받던 나로서는 꿈도 꿀 수 없는 초호화 부상이었다.

어느새 남은 인원은 40명 안팎. 코끝에 이탈리아 커피 향이 날락 말락 했다. 한창 〈투 가이즈〉라는 코미디 영화의 마지막 추격전을 보고 있을 때였다. 갑자기 대회 진행 요원이 내 어깨를 치더니 "탈락하셨습니다"라고 조그맣게 말했다. '무슨 소리야, 난 안 잤는데. 아직 안 졸려서 비장의 무기인 청양고추도 입에 안 넣었다고.' 뭔가 착오가 있겠지 싶어 엔딩 크레딧이 올라갈 때까지 꿋꿋이 앉아 있었다.

영화가 끝나자 진행 요원이 나를 데리고 밖으로 나가

녹화된 영상을 보여 줬다. 다른 참가자들은 대개 깜빡 졸다가 스스로 놀라서 '하아' 하고 아쉬운 탄성을 내며 짐을 싸서 나가는데, 영상 속의 나는 완전히 널브러져 자다가 진행요원이 깨우자 눈을 동그랗게 뜨며 "저 안 잤는데요?"라고 뻔뻔하게 주장하고 있었다. 귀신이 곡할 노릇이었다. 녹화영상이 없었다면 틀림없이 안 잤다고 난동을 부릴 판이었다. 그렇다면 저건 분명 조작된 영상이다. 날조다! 모함이다! 목구멍까지 올라오는 말을 누르며 아쉬움을 뒤로 한 채 햇살이 쏟아지는 거리로 나섰다. 이상하게 조금 개운해진 것 같기도 했지만 기분 탓이라고 생각하며 나도 모르게 한마디 툭 뱉었다.

"아, 나 진짜 안 잤는데."

때로는 남을 속이는 것보다 나를 속이기가 더 쉽다. 실제로 나는 종종 나를 속인다. 아직 내 능력이 부족한 것을 알면서도 내가 그걸 해낼 수 있는 사람이라고 주문을 건다. 자신에게 긍정적인 메시지를 반복해서 주입하다 보면 자존감이 높아지고 두려움이 사라진다. 그렇게 스스로 부여한 자신감이 긍정적인 결과를 가져오기도 한다. 뭐든 적당하기만 하면 문제 될 것이 없다.

문제는 이게 과해져서 근거 없는 자만에 빠지고 자기 객관화가 전혀 안 될 때다. 이런 경우에 나한테 불리한 기억을 지우고 사실과 다른 기억을 만들어 내거나, 내가 잘못한 일에 여러 이유를 갖다 붙여 방어하기도 한다. 보고 싶은 것만 보고 듣고 싶은 것만 듣고 생각하고 싶은 대로만 생각한다. 내가 나를 속이는 걸 모르고 세상이 나를 속인다고 생각하면 타인과 마찰을 빚을 수밖에 없다. 결국에는 정신 승리나 허언증, 리플리증후군*이라는 말을 들으며 손가락질당하게 된다.

동명의 소설을 원작으로 한 영화 〈리플리〉의 주인공 '리플리'(이 이름에서 리플리증후군이 유래했다)는 살인을 저지르고 피해자의 신분을 도용해 살아간다. 거짓된 누군가가 되는 게 초라한 자신보다 낫다고 믿으며 스스로를 합리화하고 모두를 속이는 데 성공한다. 그러나 거짓은 더 큰 거짓을 낳고, 결국 자신의 거짓말에 갇혀 버린 리플리는 이제 내가 누군지, 어디에 있는지, 아무도 찾지 못할 거라며, 모든 걸 지울 수 있다면 나 자신부터 지우고 싶다고 말한다. 나를 속이는 삶은 결국 안에서부터 허물어진다.

그러니 내가 맞다는 확신이 들더라도 한번씩 뒤돌아봐야 한다. 어떤 상황을 나에게만 유리하게 해석하고 있는 건

---

* 자신의 현실을 부정하면서 마음속으로 꿈꾸는 허구의 세계를 진실이라 믿고 거짓된 말과 행동을 반복하는 반사회적 성격장애.

아닌지, 반대로 그럴 필요가 없는데도 내가 나를 너무 몰아 붙이고 있는 건 아닌지 객관적 판단이 필요하다. 많은 실패나 문제는 자신에게 속아서 일어난다.

　　　　　　강도죄를 저질러 구속된 아들의 어머니가 찾아왔다. CCTV에 범행 장면이 다 찍혔는데도, 우리 아들이 흔한 얼굴이어서 우연히 저 사람과 닮은 것뿐이라고 주장한다. 얼굴은 그렇다 치고 CCTV 속 범인과 똑같은 옷차림으로 검거된 것은 어떻게 된 일이냐고 물으니, "변호사님 모르셨어요? 요즘 유행하는 스타일이잖아요"라고 답한다. 본인이 사는 동네에서는 저런 똑같은 옷 입은 사람을 3분에 한 명씩 만날 수 있다며, 내가 그 동네에 살지 않아서 잘 모르는 거라고 울부짖는다. 나는 유행에 뒤처진 변호사라 미처 몰랐다고, 진정하시라며 사과한다. 그럼 범행 시각에 현장 근처에서 목격된 것은 어찌 된 일이냐 하니, 그것 역시 그럴 리가 없다며 그 시간에 아들은 자신과 함께 있었다고 한다.

"그날 어머님은 다른 곳에 있었던 걸로 이미 조사 끝났다고 하시지 않았어요?"

"아, 내가 아들이 나랑 있었다고 했나요? 내가 아니라 아들 여자 친구랑 있었다는 걸 잘못 말했네요. 변호사님이 자꾸 다그치니까 내가 무슨 말을 못하겠어.”

아, 나는 유행도 모르는 데다가 의뢰인을 다그치는 나쁜 변호사구나. 어차피 나쁜 변호사로 찍힌 거 다시 차갑게 묻는다.

“정말로 그렇게 생각하세요?”

“우리 아들 진짜 아니에요!”

나도 모르게 “아, 나 진짜 안 잤는데”라고 말했던 내 모습이 떠올라 헛웃음이 난다.

“본인이 진짜 안 했으면 안 한 거죠. 제가 뭐라고 하겠어요. 부인하는 건 선택이지만 그 선택에 따른 책임도 본인이 지는 겁니다.”

스토킹 범죄로 조사받고 있는 남자를 상담했다. 남자는 상대방도 자기를 좋아했기 때문에 연락을 하고 찾아간 것이라고 주장한다. 어떤 부분에서 여자가 당신을 좋아한 것 같냐고 물으니, 우물쭈물하다가 좋아하는 건 그냥 느낌이라 느껴졌다고 한다. 구체적으로 어떤 행동에서 느꼈느냐는 질문에는 답하지 못한다. 그러면 여자가 그만 찾아오고 연락하지 말라고 한 것은 어떻게 생각하냐고 물으니, 자기가 소홀하게 대해서 좀 더 관심을 가져 달라는 표현이라고 한다. 지금도 자신이 사과하면 여자가 받아

줄 텐데 괜히 경찰이 접근 금지를 시켜서 곤란해졌다고 믿는다. 어리둥절한 내 얼굴을 보고도 억울하다는 표정을 짓고 있는 남자가 무섭다.

도스토옙스키의 《카라마조프가의 형제들》에는 "자신에게 거짓을 말하고, 그 거짓말을 들으며 사는 사람은 진리를 더 이상 분별하지 못하고, 자신도 남도 존중할 수 없게 된다"라는 말이 나온다. 자기만의 생각에 빠지면 결국 어떤 것이 진실인지 깨달을 힘을 잃어버리는 것이다. 가까운 누군가와 다퉜을 때, 혹은 일하다가 실수를 저질렀을 때, 겉으로는 남 탓을 하면서도 마음 한구석에서는 '내 잘못도 조금 있지 않을까?' 고민이 될 때가 있다. 그러다가 "아냐, 나는 잘못 없어"라고 그 생각을 외면해 버리기도 한다. 남의 행동에는 온갖 이유를 들어 엄격하게 따지면서, 내 행동에는 온갖 핑계를 들어 관대하게 합리화하는 것이다.

사실 나는 어렴풋이 알았다. 대회 진행 요원을 따라 나서던 순간, 컨디션이 좀 전과 다르게 약간 개운했다. 정말 피곤할 때 잠깐 눈을 붙이는 것만으로도 피로가 풀리는 것처럼 말이다. 몸이 그렇게 가벼워진 데에는 이유가 있을 텐데, 애써 기분 탓이라며 끝까지 나의 결백을 주장했다.

강도죄를 저지른 아들의 어머니나 스토킹을 한 남자 역시 마찬가지일 것이다. 그러나 아들은 이미 강도상해죄로 구속됐고, 남자는 여자에게 고소까지 당한 상황에서 타인의 의사나 객관적 현실을 무시하고 자신을 속이는 이들의 태도는 아무런 도움도 되지 않는다.

친구네 아이와 숨바꼭질을 한 적이 있다. 아이가 미처 숨을 시간이 없었는지 자기 눈을 가린다. "우리 ○○이 어디 숨었지? 안 보이네?"라며 장단을 맞춰 주자, 아이는 한참 동안 그러고 있다가 손을 슬쩍 내리면서 "나 여기 있는데 이모 몰랐지?" 하고 해맑게 묻는다. 손바닥으로 하늘을 가려서 하늘이 가려지는 건 어린아이일 때뿐이다. 손바닥으로 내 눈을 가려도 술래에게는 내가 보이는 것처럼, 내가 억지로 못 본 체하더라도 남들에게는 내 잘못이 다 보인다. 어쩌다 운 좋게 나도 속이고 남도 속이는 데 성공하는 경우가 있을지도 모르겠다. 그러나 설령 남을 속이는 것으로는 잠깐 행복해질 여지가 있다 하더라도, 나를 속여서는 결코 행복할 수 없다.

사실 우리는 모두
괜찮지 않다

──────────

나는 저런 눈을 잘 안다. 저런 표정을 잘 안다. 아무런 의욕도 희망도 없이 초점을 잃은 눈동자, 어떤 것도 느낄 수 없는 표정, 아무렇게나 구겨지고 얼룩져 있는 계절에 맞지 않는 옷차림. 우울증이다. 무얼 상담하기 위해 왔을까. 남자는 익명으로 상담 신청서를 적는다. 연락처를 쓰는 칸 역시 비워 둔다. 그러고는 누군가 사망하고 나면 그 자식들이 빚을 상속받느냐고 묻는다. 부모님이나 주변 지인이 돌아가셨냐고 되묻자, 만약 그렇다고 한다면 어떻게 되느냐고 다시 묻는다.

나는 저런 질문을 잘 안다. 내가 죽으면 자식들에게 더 이상 피해를 주지 않는지 묻고 싶은 것이다. 죽어야만 하는 이유다. 빚은 상속이 되니 그걸 피하려면 자식들이 상속 포기나 한정승인을 해야 하는데, 기간도 정해져 있고 신청도 법원에 해야 하는 것이라 만약 본인이 여력이 된다면 차라리 파산, 회생 신청을 하는 게 더 좋은 방법일 것 같다며 살아야 할 이유를 만들어 준다.

남자는 이미 다른 변호사 사무실에 찾아갔다가 최소 100만 원은 내라는 말을 들었다며, 그 돈이 있으면 파산, 회생을 하겠느냐고 한다. 나는 냉큼 국가에서 지원하는 파산 센터가 있고 거기서 하면 돈이 들지 않는다고 일러 준다. 마침 바로 뒤에 상담 센터가 있는데, 예약이 필수인 곳이지만 내 빽으로 간단한 상담은 받을 수 있다며 남자를 끌고 간다. 남자 몰래 상담 센터 선생님께 복화술로 '긴급'이라고 신호를 보낸다.

상담이 끝난 뒤, 차라도 한잔 드시고 가라며 남자를 억지로 다시 내 자리로 끌고 온다. 상담 센터 선생님이 쥐여 준 준비해야 할 서류 목록을 만지작거리던 남자가 "돈도 돈인데, 준비할 힘이 없어요"라고 나지막이 말한다. 돈벌이가 없어서 무기력해진 건지, 무기력이 계속되어 돈벌이가 안 된 건지, 아니면 두 가지가 동시에 벌어진 일인지는 알 수 없다. 그러나 그게 돈 때문이든, 우울증 때문이든 "죽어서 해결되는 건 아무것도 없어요"라고 내가 단호하게 답한다.

고시 공부를 하던 가을이었다. 나는 휴대전화를 포함한 모든 전자기기를 없애고 고시원에서 공부에 매진했다. 그러다 일주일에 한 번 PC방에 갔다. 신림동 고시촌은 PC방이 전국에서 제일 싼 것으로 유명했다. 정액권을 끊으면 한 시간에 600원으로 이용할 수 있어서, 돈을 많이 들고 간 날은 나도 모르게 날밤을 새우고 돌아오기도 했다. 그 뒤로는 1시간 이용료인 800원만 딱 들고 가서, 보고 싶었던 〈무한도전〉과 〈막돼먹은 영애씨〉를 2.5배속으로 틀어 1시간 안에 다 보려고 애썼다. 그러다 보면 슬픈 장면에서 주인공들이 눈에선 눈물을 흘리면서도 입으로는 랩을 하는 불상사가 생기기도 했다. 그래도 일주일 가운데 제일 행복하고 즐거운 시간이었다.

PC방 나들이를 한 어느 날, 문득 생각이 나서 싸이월드에 접속했더니 때마침 쪽지가 한 통 왔다. 고등학교 시절 내내 짝사랑했던 오빠였다. 나는 오빠네 교실 앞에 가서 과자나 음료수를 들고 서 있다가 내밀고 올 만큼 적극적이었다. 학교에서 나를 아는 모두가 내 짝사랑을 알 정도였다. 하지만 그렇게 일방적으로 몰아붙이는 내 마음을 오빠는 받아주지 않았다. 나도 안되는 것은 쿨하게 포기하는 성격답게 언제 내가 너를 좋아했냐는 듯이 대했다. 졸업할 무렵에 우리는 친남매처럼 지냈다. 대학에 가서도 서로 연애 상담을 해 주기도 하고, 오빠는 행정고시, 나는 사법고시를 준비하면서 진로 고민을 나누기도 했다. 그러다 내가 본격적으로 고시원에 들어오고 나서는 연락을 못 했다.

오랜만에 받은 오빠의 쪽지에는 '연락도 안 되고. 공부 잘하고 있니? 밥 한번 같이 먹자'라고 적혀 있었다. 하지만 나는 오빠가 더 말을 걸기 전에 황급히 싸이월드 창을 닫았다. 사실은 좀 잘돼서 만나고 싶은 마음이 컸다. 그래도 한때 짝사랑했고, 지금은 친오빠 같은 사람에게 츄리닝에 고무줄 머리가 아니라 근사한 옷을 빼입고 멋진 사람이 된 모습을 보여 주고 싶었다. 그런데 지금 밥을 먹자니. 고시생에게 남는 건 시간뿐이라 거절할 만한 핑계도 마땅치 않아 바로 접속을 끊어 버렸다. '이제 곧 합격할 테니 그때 먹자'라고 마음속으로만 답장을 보냈다.

그리고 이틀 뒤, 길에서 친한 친구를 만났다. 고시촌에서 나고 자라다 보니, 가끔 이렇게 뜻하지 않게 친구들을 마주칠 때가 있다. 친구가 피자를 사 주겠다기에, 매일 고시원 밥만 먹다가 신이 나서 따라갔다. 피자를 열심히 먹고 있는데 친구 휴대전화가 울렸다. 전화를 받은 친구의 얼굴이 굳었다.

"어떡해. 근데 나 지금 정말 우연히 같이 있어."

그 순간 갑자기 온몸에 소름이 돋으며 나도 모르게 질

문이 흘러나왔다.

"혹시 오빠한테 무슨 일 생겼어?"

아직도 내가 왜 그때 오빠를 떠올렸는지는 모르겠다. 아마도 내가 접속하기를 기다렸다는 듯이 날아왔던 그 쪽지가 계속 신경 쓰였던 모양이다. 그리고 그 쪽지는 거짓말같이 오빠가 나에게 건넨 마지막 말이 되었다. 동네방네가 다 알았던 내 짝사랑을 기억한 사람들이 오빠 가는 길에 내가 와 봐야 할 것 같다고 생각했고, 휴대전화가 없는 나를 여기저기 수소문하다가 정말 우연히 내 친구에게 연락이 닿았다고 한다. 그렇게 나는 오빠의 마지막 길을 배웅하러 가게 됐다.

외동아들이었던 오빠의 장례식은 장지를 정하지도 못한 채 부모님의 통곡과 실신이 반복되고 있었다. 고시생인 나는 옷도 제대로 못 갖춰 입고 꼬질꼬질한 모습으로 사진 속 오빠를 마주했다. 어차피 이런 모습으로 만날 거였으면 차라리 이틀 전에 당장 밥 먹게 오라고 할 걸. 그랬다면 오빠의 결론이 달라질 수도 있지 않았을까.

나는 깊은 슬픔에 빠졌다. 사실 그때는 내가 세상에서 제일 존경하던 외할아버지가 돌아가신 지 얼마 지나지 않은 때였다. 어려운 사람을 도우며, 남들에게는 관대하고 본인에게는 엄격했던 할아버지. 그런 분이 폐암 말기 선고를 받고 허망하게 돌아가시는 걸 보며 나는 삶과 죽음에 대해서 진지하게 고민하기 시작했다. 과연 삶을 왜 살아야 하고, 어떻게 살아야 하는 걸까? 답도 없는 의문이 들었다. 관련 책도 보고 수업도 들었다. 친구들만 보면 너는 어떻게 생각하냐고 물었다. 처음에는 내가 많이 힘들어서 그런다고 생각하며 대답해 주던 친구들도 나중에는 재수 없는 소리 그만하라며 핀잔을 줬다. 겨우 잊어 가고 있었는데, 오빠가 또 그렇게 떠났다.

작은 고시원 방에서 컵라면에 소주를 마셨다. 두 사람이 떠나고도 세상은 아무 일 없다는 듯이 돌아갔다. 내가 사라져도 달라지는 건 내일 저녁에 이 방에 불이 켜지지 않는 것뿐이겠지. 그렇게 생각하니 모든 게 부질없었다. 소중한 사람들을 위해 성공하고 싶었는데, 그 사람들이 떠나가는 마당에 나 혼자 성공하겠다고 이러고 있는 게 무슨 소용이 있을까. 방에 누워 눈물을 줄줄 흘리는 것 외에 아무것도 할 수 없고 먹을 수도 없었다.

낮인지 밤인지도 모르겠는 시간이 흘러갔다. 지금 생각해 보면 정말 터무니없지만 그때는 "오늘은 죽어야지"라는 게 계획이었고, 기력 없이 누워만 있다가 밤이 오면 "오늘도 못 죽었네" 하고 잠들고, 다시 아침에 눈 뜨면 "또 살아 있네"라고 혼잣말을 했다. 튼튼한 나무를 보면 '저 나뭇가지는 잘 부러지지 않아서 한 방에 갈 수 있겠다' 하는 끔찍한 생각을 하기도 했다. 스스로 세상을 등지는 사람을 보면 흔히 안타까운 마음에 "가족을 생각해서라도 살아야지"라고 말한다. 나 역시 가족들을 너무나 사랑하고 소중하게 여기지만, 그때는 오로지 내 괴로움만이 전부였고, 남겨질 가족에 대한 생각은 비집고 들어올 틈조차 없었다. 이런 정도가 되면 죽는 게 쉽지, 사는 건 더 어렵다.

어느새 겨울이 왔다. 시험이 코앞이었는데, 시험장에 들어가지 않아도 결과는 알 수 있었다. 마음의 병은 어느새 몸까지 쇠약하게 만들었고, 병원에서 갑상선암이 의심된다는 소견을 들었다. MRI를 찍자 그 부분이 까만 점으로 보였다. 작고 까만 그 점이 마치 내 마음이 타들어 간 흔적 같았다. 갑상선암은 일본에서는 진단도 하지 않는, 잘 먹고 잘 쉬면 낫는 황제 암이라고도 하지만, 스물다섯 살의 내가 감당하기에는 너무 많은 시련이 한꺼번에 파도처럼 밀려오는 듯 느껴졌다.

태어나서 단 한 번도 부모님 앞에서 힘들다는 말을 해본 적 없던 내가 그날은 처음으로 용기를 내어 "마음이 좀 힘든 것 같아"라고 엄마에게 털어놓았다. 그리고 "공부는 계속하고 싶어"라고 덧붙였다. 엄마는 크게 놀랐다. 나는 어떤 일도 상의라는 것 없이 혼자 내지르고는 씩씩하게 알아서 하는 K−장녀였다. 그런 무적의 딸내미가 약한 소리를 하다니.

"부모 가슴에 못 박으면서 네가 성공을 하면 얼마나 할 수 있는데. 그런 성공은 필요 없다. 집에서 설거지를 하는 한이 있더라도 몸도 마음도 건강하게 살아."

엄마는 바로 고시원으로 가서 내 짐을 쌌다. 나는 그날로 집으로 끌려들어 갔다. 혼자 쪽방에서 지내다가 가족들과 함께 생활하니 상태가 조금 나아졌다. 하지만 계속 고시 공부를 할 수는 없었다. 봄이 되자 3년간 쉬었던 학교에 복학했고, 거기서 군 휴학을 마치고 돌아온 후배를 만났다. 내가 누군가와 연애를 할 만한 상태는 아니었지만, 그 친구는 지극정성으로 내 몸과 마음을 일으켜 세워 줬다. 그 시절 묵묵히 내 곁을 지켜 준 그 친구에게 정말로 감사한다.

평소 누구보다 밝고 긍정적이었던 나는 소중한 사람들과의 이별 앞에서, 그리고 늘 자신했던 건강 앞에서 스스로가 무너지는 모습을 더욱 참기가 힘들었다. 그 모습을 남들에게 보이고 싶지도 않았다. 그래서 친한 친구들조차 내가 그런 시간을 겪고 있다는 걸 몰랐다. 괜찮아 보이려고 죽을힘을 다해 노력했지만 그 노력이 오히려 나를 더 병들게 했다.

만약 누군가 지금 많이 힘들다면 억지로라도 가족이나 친구에게 그 마음을 털어놓고 의지하는 게 정말로 필요하

다고 말해 주고 싶다. 약해진 나를 인정하고 주변의 도움을
받는 것. 그렇게 해도 달라질 게 없다고 생각하기 쉽지만,
지나고 보니 삶과 죽음을 결정하는 정말 큰 기로였다.

다시 내 앞에 앉아 있는 남자를 바라본다.
텅 빈 눈, 무엇도 느낄 수 없는 표정.

"마음이 힘드세요?"

남자가 천천히 눈을 깜빡인다.

"힘을 내려고 해도 잘 안되시죠? 힘내지 마세요. 죽는
데 쓸 힘이면 안 내시는 게 더 나아요. 저는 죽을힘조차 없
어서 석 달 동안 누워 있었어요. 그때 망가진 허리가 요즘도
비가 오기도 전에 먼저 쑤셔요."

남자가 울어야지 할지 웃어야 할지 모르겠다는 미묘한
표정을 짓는다.

"주변에 도움 주실 분이 안 계시면, 정신건강복지센터
에 가 보시는 것도 좋을 것 같아요. 남들은 나라에서 공짜
로 뭐 주는 거 없나 하잖아요. 그 공짜인 걸 왜 활용을 못 하
세요. 그리고 여기 한번씩 오셔서 저랑 얘기도 좀 하시고요.
저는 공짜 변호사고, 들어 드릴 시간 많아요."

이게 다 무슨 소린가 싶은지, 남자가 눈을 조금 빠르게
깜빡이더니 묻는다.

"여기 법률 상담소 아니에요?"

"뭐, 이것저것 다 해요 저는. 그러니까 언제든 오세요."

정신건강복지센터 지도와 전화번호를 프린트해서 남자 손에 쥐여 줬다.

"아까 제 뺵 보셨죠? 여기도 많이 기다리시지 않게 미리 전화해 둘게요. 그러니 이름 좀 알려 주세요."

남자가 익명이라고 적은 곳에 두 줄을 긋고 자기 이름을 적고 일어선다. "또 오세요"라고 하니 눈인사를 하고 나간다. 내가 이렇게 누군가의 마음에 공감해 주려고 그런 힘든 시간을 보낸 게 아닌가 또 멋대로 긍정 회로를 돌려 본다.

살다 보니 "괜찮다"는 말이 쉽지 않다. 그래서 괜찮냐고 물어 보기도 쉽지 않다. 사실은 우리 모두 괜찮지 않을 때가 있다. 괜찮지 않은 것을 괜찮지 않다고 인정하고 누군가에게 도움을 청할 수 있는 사람이 많아졌으면 좋겠다. 그리고 누군가 힘들어 보인다면, 예전의 내가 내밀지 못했던 손을, 그렇지만 나는 잡을 수 있었던 그 손을 먼저 내밀어 주는 사람이 더 많아졌으면 좋겠다.

변호사를
고소하고 싶어요

　　　　우리나라 변호사법은 변호사가 인권을 옹호하고 사회정의를 실현하는 공공성을 지닌 법률 전문직으로서, 성실하게 직무를 수행하고 사회질서 유지와 법률제도 개선을 위해 노력해야 한다는 의무를 명시하고 있다. 공무원, 국회의원 같은 공직이나 의사, 변리사, 세무사 같은 전문직 종사자와 달리 유독 변호사에게만 이러한 사명과 지위를 요구한다. 변호사도 다른 직업과 마찬가지로 내 돈 들여 힘들게 공부하고 시험에 합격했는데, 국가가 나한테 밥 한번 안 사줘 놓고 왜 사익보다 인권, 정의 같은 공익을 위해 일하라고 법으로까지 규정해 놓았는지 억울할 따름이다. 그래도 명색이 변호사가 법을 지키지 않을 순 없으

니, 나는 오늘도 공익을 실현하기 위해 나의 칸막이 우주 안에서 열심히 의뢰인들을 맞이한다.

　일을 하다 보니 자주 오시는 분들이 생기고, 냄새만으로도 그들의 얼굴과 이름이 떠오른다. 내 의뢰인들에게는 삶의 향기가 있기 때문이다. 중국집에서 양파를 까며 모은 쌈짓돈을 빌려줬다 떼인 아주머니에게는 찐득한 기름 냄새가, 반지하 고시원에서 먹고 자며 아낀 돈을 사기당한 청년에게는 아무리 빨아도 지워지지 않는 눅눅한 곰팡내가, 우리나라에 자기 손 안 탄 건물이 없다며 늘 자랑하지만 그 멋진 건물과 손가락 하나를 맞바꾼 일용직 아저씨에게는 시큼한 땀 냄새가 난다. 꽃이나 나무 같은 자연의 향기가 어떤 어려움 없이 처음부터 타고나는 것이라면, 이들의 냄새에는 말로 설명할 수 없는 역경과 고난이 배어 있다. 내 의뢰인들은 냄새로 각자의 삶을 보여 준다.

　　　　진한 향수 냄새가 코끝을 찌른다. 향수 냄새만큼 진한 화장을 한 여자가 자리에 앉는다. 어떤 삶을 가리기 위해 향수를 저렇게 진하게 뿌렸는지, 아니면 그냥 취향인지는 이제 곧 알게 되리라.

　"변호사를 징계받게 하거나 고소하려면 어떻게 해야 하나요?"

향수 냄새 때문인지 질문 때문인지 머리가 어질하다. 내가 같은 변호사를 해하는 답변을 해야 한다니 동족상잔의 비극이다. 잘못했다가는 나한테도 고소장이 날아올 수 있으니, 비장의 무기인 아이스 커피를 탄다. 옆 부서에 가서 얼음을 얻어다가 복도 끝 정수기에 가서 물을 받아 커피 둘, 프림 둘, 설탕 셋을 넣는다. 휘휘 저어 "이거 변호사가 탄 비싼 커피예요" 하고 내밀면 아무리 무서운 얼굴을 한 의뢰인도 이렇게 먹는 사람이 아직도 있냐며 웃는다.

　　여자는 자기 사건을 맡은 변호사가 너무 무성의한 것 같아 화가 났다. 변호사법에는 변호사가 성실히 직무를 수행해야 하고, 변호사의 품위를 손상하는 행위를 한 경우에 징계할 수 있다고 규정하고 있으니, 성실하게 직무를 수행하지 않아서 변호사의 품위를 손상한 변호사는 징계를 받아야 한다고 주장한다. '무성의'의 객관적 정의는 국어사전에 나오겠지만, 주관적 정의는 개인마다 다를 수 있으므로 조심스러웠다. 변호사에게는 여러 사건 중 하나인 사건이 의뢰인에게는 삶을 좌지우지할 만큼 중요하다면, 서로가 느끼는 무성의의 정도는 충분히 다를 수 있다.

　　사건 내용을 들어 보니 여자가 화난 이유를 일정 부분 알 수 있었다. 나는 중간자적 입장에서, 아작아작 얼음을 씹는 건지 변호사를 씹는 건지 모르겠는 여자의 편도 들어 줬다가, 또 여자가 적당히 얼음이 녹은 커피를 삼키는 틈을 타 변호사를 옹호해 주는 발언도 했다. 어느새 얼음이 다 녹고 커피도 남아 있지 않았다. 이야기 끝에 변호사 입장도 조금은 이해한 의뢰인이 비로소 웃으며 일어난다. 처음의 향수 냄새가 많이 옅어졌다. 변호사에 대한 반감 때문에 나한테도 그런 느낌을 주려고 향수를 진하게 뿌렸는지는 모르겠지만, 향수가 걷힌 그녀에게서 어쩐지 좋은 냄새가 났다.

"변호사님은 다른 변호사님들과 다르시네요."

여자가 씽긋 웃고 떠난 자리에서 혼자 끄적끄적 메모를 해 본다.

내가 다른 변호사와 다른 점

* 전문 분야가 없다.

대한변호사협회에서는 3년 이상 변호사 자격을 취득하고 일정 분야에서 일정 수의 사건을 수행한 변호사에게 전문 변호사 자격을 부여한다. 그러한 자격이 아니더라도 대개 자주 수행하는 사건에 민사, 형사, 가사 등 전문 분야가 있다. 그런데 내게는 분야를 가리지 않고 법과 조금이라도 관련이 있으면 무차별적 질문이 들어온다.

심지어 한 초등학생이 딸기 주스를 사 들고 와서 자기

꿈이 원래 파일럿이었는데 고소공포증이 있는 걸 알고 포기했다며 뜬금없는 이야기를 시작한다. 꿈을 포기한 뒤 한동안 좌절에 빠졌다가, 법정 드라마를 보고 나서 꿈을 변호사로 바꿨다며 갑자기 진로상담을 요청한다. 긴 상담 끝에 누나가 응원하겠다고 했더니, 누나는 아니지 않냐며 이모뻘은 될 것 같고, 선의의 거짓말조차 못하는 아주 훌륭한 변호사 자질을 보여 주고 갔다. 진로 상담도 상담 일지에 기재해야 하나 고민했던 날이다.

* 법 이야기보다 인생 이야기를 듣는 시간이 더 길다.

보통 변호사들은 상담, 서면 작성, 재판 출석 등 여러 업무를 담당하기 때문에 상담에만 시간을 집중적으로 할애할 수 없다. 그래서 의뢰받은 사건, 그중에서도 중요하게 생각되는 부분에 대해서만 듣고 변론의 방향을 잡는다. 변호사 친구들과 대화하다 보면 직업병처럼 "그래서 지금 여기서 중요한 게 뭔데?" "내가 묻는 말에만 대답해" 같은 말들이 오간다. 다른 사람들에게는 다소 무례하게 들릴 수 있지만, 우리 사이에서는 그게 오히려 자연스러울 정도다.

그런데 내 상담에서는 법적인 해결책을 제시하기보다, 의뢰인의 인생 이야기를 듣고 공감하거나 위로해 드려야 하는 일이 더 많다. 언젠가 자신이 소유한 모텔에서 불이 나 건물을 사용하지 못하게 된 할머니가 찾아오셨다. 화재는 방 한 칸을 장기 임차하던 30대 초반의 청년 때문에 발생했다. 당연히 그 청년에 대한 처벌과 손해배상 등을 물어보러 오신 줄 알았는데 아니었다. 자기가 1970년에 모텔을 짓기까지 얼마나 힘들게 젊은 시절을 보냈는지, 그 모텔을 짓고 열심히 일하며 얼마나 치열하게 중년을 살았는지, 그리고 이제는 남편과 사별하고 홀로 남아 건물과 함께 낡아져 가는 노년이 얼마나 쓸쓸한지를 1시간가량 말씀하셨다.

할머니의 긴 이야기는 낡은 모텔 방에 살던 청년의 처지가 자신의 젊은 시절처럼 안타까워서 어떤 민·형사적 책임도 묻지 않기로 했다는, 변호사에게는 다소 당황스럽지만 인간적으로는 참 아름다운 결론으로 마무리됐다. 낡고 불까지 나서 더 이상 팔리지도 않고, 안전상 문제로 리모델링도 불가능한 모텔의 처지가 꼭 자신 같다고 느끼시는 할머니. 철거만이 답인데, 불에 타지 않은 공간에는 여전히 갈 곳 없는 사람들이 살고 있어서 일부라도 보수를 해야겠다며 일어나신다. 좋은 일 하시는 분이니 반드시 복 받으실 거라고 손을 잡아 드렸다.

이처럼 나는 다른 변호사들이 결코 들을 수 없는 동화 같은 이야기를 듣는다. 그들이 의뢰인에게 답을 줄 때, 나는 의뢰인에게서 내 인생의 답을 배운다.

* 수임료를 돈으로 받지 않는다.

어느 날 아침, 누군가 내 사무실 앞문으로 사용되는 입간판을 치우고 먼저 다녀갔다. 훔칠 것도 없는데 누가 왔다 갔나 하고 보니, 따끈한 오징어 튀김이 든 봉지가 책상 위에 놓여 있다. 납작한 종이 물컵 위에 '별것 아니지만 드세요. 해 먹다가 생각이 나서요. — 주민 할머니'라고 적은 편지도 보인다.

어르신들은 상담받으러 올 때 늘 아껴 두었던 박카스나 사탕, 음료수 등을 건네 주신다. 그 마음은 너무나 잘 알지만 마냥 받아 먹을 수 없어 거절을 하면 서운한 눈치를 보이신다. 그래서 연양갱을 사 두었다. 어르신들이 선물을 내밀면, 물물교환이라며 연양갱을 드린다. 그분들이 아끼고 아껴 들고 온 것에 비하면 보잘것없지만, 그래도 무언가 내드릴 수 있어서 마음이 편하다. 이 작은 간식에도 내가 무언가 더 해 드려야 될 것 같아 마음이 불편한데, 큰 수임료를 받고 사건을 진행하면 그 부담감을 어떻게 감당해야 할지 겁이 난다. 수임료를 받고 그만큼 법정에서 열심히 일을 해내는 변호사들이 새삼 대단해 보인다.

내 이름처럼 내가 남과 다르다는 건, 뒤집어 말하면 남도 나와 다르다는 뜻이다. 우리는 각자의 영역에서 각자의 고유한 냄새를 갖고 살아가며, 그 냄새들이 모여 사회에 필요한 것들을 만들어 낸다. 변호사 일도 마찬가지다. 나처럼 들어 주는 변호사가 있는가 하면, 법정에서 싸워 주는 변호사도 있다. 맡은 영역이 서로 다를 뿐, 의뢰인에게 사명을 다하고 사회질서 유지를 위해 애쓴다는 점에서 모두 소중하다.

선임한 변호사가 다소 마음에 들지 않더라도 의뢰인에게 좋은 결과를 가져오기 위해 최선을 다하고 있을 테니 조금만 기다려 주시라고, 가재가 게 편을 들어 본다. 오늘도 각자의 자리에서 커피 냄새, 종이 냄새를 풍기며 변호사라는 이름으로 사명을 다하고 있는 모든 분들, 고소당하는 일이 없도록 힘껏 응원합니다!

목도리도마뱀의
가을

___

　　가을이 왔다. 한 풀 기세가 꺾인 햇살과 이제 막 기지개를 켜는 선선한 바람이 계절의 시작을 알린다. 봄과 함께 성장하고 여름과 함께 구슬땀을 흘렸던 시간을 뒤로하고 수확을 거둬야 하는 이 계절 앞에 서면, 지난 한 해를 되돌아보고 남은 한 해를 고민하며 마음이 바빠진다. 새로운 계획을 세우기엔 너무 늦은 것 같고, 그렇다고 아무것도 안 하고 흘려보내기엔 남은 날들이 아직 많은 것 같아 조바심이 들며 바람이 더 차게 느껴진다.

　　가을에는 내가 하는 일에도 더 많은 의문을 품게 된다. 구청 복도 작은 칸막이 속 세상이 어떤 날은 우주보다 더 크게 느껴지지만, 또 어떤 날은 한없이 나를 작아지게 한다.

지금 하는 일이 가치 있는 일이 맞을까? 좀 더 의미 있는 일을 해야 하지 않을까? 여름까지는 열정에 가려져 있던 질문들이 찬바람에 하나둘 떠오를 때면, 드라마 〈사막의 왕〉(김보통, 2022) 속 주인공들이 매몰차게 답해 주기도 한다.

"연극을 한다고 생각해. 의미는 없어."

"왜라고 생각하지 마. 아니 생각 자체를 하지 마. 오늘 하루치 일당 받은 만큼, '오늘 하루 내 인생 여기 있습니다!' 하고 상납하면 되는 거야."

희미한 바람에도 마음이 갈대같이 나부끼던 어느 날, 하루에도 세 번씩 전화를 걸어 나를 괴롭히던 의뢰인이 기어이 찾아오겠다며 으름장을 놓는다. 남자는 가족들이 강제 입원을 시켜 오랜 기간 정신병원에서 지냈다. 겨우 퇴원했지만 언제 다시 가족들이 자신을 입원시킬지 모른다는 생각에 두려움이 크다. 그래서 매일 내게 전화를 걸어, 강제 입원을 막을 선제 조치가 없냐는 질문을 반복한다.

처음에는 가장 가까운 가족에게 두려움을 느끼는 안타까운 상황을 헤아려 주고 싶었다. 하지만 보호의무자에 의한 입원이나 응급 입원은 이를 사후에 다툴 수 있는 절차가 있으니 염려하지 말라는 것 외에 별다른 답을 줄 수 없었다.

그는 원하는 대답을 듣지 못하면 폭언과 고성을 일삼았고, 알코올 중독 증상도 심한 것으로 보였다. 석 달 가까이 같은 질문을 반복하는 것은 이미 명백한 상담 거절 사유임에도, 나까지 소통을 끊으면 안 될 것 같아 인내심을 갖고 대답했다. 그러나 내 앵무새 같은 대답은 그에게 어떤 도움도 되지 않았다. 그는 결국 또다시 폭언을 쏟아 내더니 나를 찾아오겠다고 했다.

억울했지만, 억울해할 틈도 없이 안전에 대비해야 했다. 우선 구청 담당 부서에 사실을 알렸다. 청원경찰이 대기하고, 근처에서 일하는 덩치 큰 친구도 와 주기로 했다. 겁이 없기로 유명한 나였지만 그 전날 밤에는 잠이 오질 않았다.

자는 듯 마는 듯 아침이 밝았다. 어제보다 하루만큼 겨울에 가까워진 차가운 바람이 두 뺨을 스쳤다. 자리에 앉아 약속 시간인 11시를 기다렸다. 어느새 11시가 넘었는데도 남자는 나타나지 않았다. 걱정이 되어 와 준 친구가 복도 끝에서 한참 나를 바라보다가 이제는 가 봐야겠다고 메시지를 보냈다. 고맙다고, 이제 그만 가 보라고 답장을 하고 휴대폰을 내려놓는 순간, 빨간 옷을 입은 사람이 칸막이 안으로 불쑥 들어온다. 마침 청원경찰과 담당 공무원에게서 수상한 사람을 발견해서 쫓아가고 있으니 걱정 말라는 메시지가 온다. 아뿔싸, 덩치가 크고 조금 험상궂게 생긴 친구를 불렀더니 그 친구를 남자로 오해하고 따라간 모양이다. 영화 같은 엇갈림이었다. 아니라고 답장을 할 새도 없이 남자가 내 앞에 앉았다. 얼핏 봐도 큰 키에 큰 몸집, 나 혼자서는 어떻게도 감당이 되지 않을 것 같았다.

무슨 일이냐고 묻자 석 달간 매일 나를 괴롭히던 그 목소리가 들린다. 제대로 된 대답을 들으러 왔다며 또 같은 질문을 한다. 그가 원하는 그런 선제적 조치가 있다면 나야말로 당장 해 주고 싶은 심정이었다. 앵무새는 다른 대답을 할 수 없다. 배운 대로 아는 대로 대답한다. 결국 남자가 책상을 내리치며 분노를 쏟아낸다. 눈에 살기가 번뜩인다. 남자의 옷 색깔처럼 내 얼굴도 벌겋게 달아오른다. 요동치는 심장 소리가 밖에까지 들릴 것 같다. 터질 듯한 심장을 부여잡고 말했다.

"같은 질문에 대한 반복적인 상담은 거부할 수 있습니다. 그동안 저는 해 드릴 수 있는 모든 답변을 했고, 앞으로 이 질문에 대한 상담은 거부합니다."

나는 눈을 최대한 크게 뜨고 어깨를 쫙 폈다. 떨림을 감추려고 말을 처음 배우던 때보다 더 또박또박 말했다. 덩치 작은 목도리도마뱀이 위협에 대항하려고 목도리처럼 생긴 신체 부위를 최대한 크게 펼쳐서 최후의 발악을 하는 듯한 이 상황이 스스로 너무 애처로웠다. 내 말이 끝남과 동시에 나와 남자는 침묵 속에서 눈싸움을 했다. 절대 질 수 없었다. 한참 서로 노려보고 있는데, 친구를 잘못 따라갔던 청원경찰과 공무원이 뛰어왔다. 남자가 일어나서 자리를 떠났다.

남자의 뒷모습이 보이지 않자, 그제야 긴장으로 경직됐던 온몸이 풀리며 부들부들 떨렸다. 속이 상했다. 잠시 마음을 추스르고 오겠다며 건물 밖으로 나갔다. 그런데 그때 빨간 옷을 입은 사람이 보였다. 남자가 나를 기다리고 있는 줄 알고 소스라치게 놀랐는데, 다른 사람이었다. 꽤 오랫동안 산책로를 걸었다. 날이 찼다. '그래 이제 이 일을 그만두자. 나는 최선을 다했다. 그럼에도 이렇게 나온다면 나는 더 이상 할 수 있는 게 없다.' 바람에 심장이 차갑게 식었다.

하염없이 걷다가 보이는 편의점에 들어갔다.

"궁금해서 그러는데, 혹시 머리에 브릿지 했어요?"

주인아주머니가 묻는다. 무슨 뜬금없는 소린가 하고 봤더니, 내 머리가 하얀 비둘기 똥 범벅이다. 그때까지 참았던 눈물이 왈칵 쏟아져 나왔다. 갑자기 엉엉 우는 나를 보며 당황한 아주머니가 급하게 물티슈로 머리를 닦아 주셨다.

"흰색으로 브릿지를 했길래 이상해서 물어봤는데, 닦으면 되지 뭘 울고 그래요."

"아니, 그게 아니라. 이제는 비둘기까지 저를… 함부로 해요."

영문을 알 리 없는 아주머니 앞에서 한참을 울었다. 더러워진 머리야 닦으면 그만이지만, 엉켜 버린 마음은 어떻게 풀어야 할까.

실컷 울고 나니 좀 진정이 됐다. 아주머니가 따뜻한 음료를 건네며, 무슨 일이 있었는지 모르겠지만 마시고 힘내라고 하신다. 손에 음료를 쥐고 나왔더니 편의점에 들어갈 때보단 덜 춥다. 근처 운동장을 뛰었다. 몸이 어느새 따뜻해지며 얼굴이 벌겋게 달아오르고 심장이 뛴다.

'그래. 지금 열심히 뛰어서 심장이 뛰고 얼굴이 달아오르는 것처럼, 아까 얼굴이 벌게지고 심장이 뛴 것도 상담을 열심히 하다 보니 생긴 일이야. 계절이 가을이라고, 날씨가 춥다고, 마음도 차가워질 필요는 없지.'

사무실로 돌아가니 담당 공무원이 걱정스러운 얼굴로 나를 기다리고 있다. 머리는 다 젖은 채로 가을에 땀까지 흘리는 나를 보며 어리둥절한 표정을 짓는다.

그 후로 남자는 더 이상 전화하지 않았다. 그럼에도 한동안 길에서 빨간 옷을 입은 사람을 보면 깜짝깜짝 놀랐다. 남자는 사라졌어도, 이 일을 하며 마주치는 위협이 전부 해소된 것은 아니었다. 느닷없이 가방에 든 칼을 보여 주며 돈을 달라고 한 사람도 있었고, 노숙자가 찾아와 억울하니 재심을 청구해 달라면서 위협적인 행동을 한 적도 있었다. 하지만 이미 빨간 옷에 단련이 되어서인지 더 이상 무섭지 않았다. 목도리도마뱀으로 변신해 눈을, 아니 마음을 크게 뜨고 경찰을 부르겠다며 맞섰다.

다양한 사연만큼 다양한 사람들이 나를 찾아온다. 그들에게는 그들만의 계절이 있고, 아마도 의도치 않게 계속 겨울이 반복되는 사람도 있을 것이다. 그들에게도 다시 봄이 돌아올 수 있게 돕는 것이 내 역할이다. 지금 그들의 계절이 나의 계절과 다르더라도, 그들의 계절을 한 번 더 이해해 보기로 한다.

〈사막의 왕〉 후반부에 "이 일이 의미가 있어?"라는 딸의 질문에 아버지가 이렇게 답한다.

"돈을 주잖아. 그 돈으로 너를 만날 수 있고 너에게 책과 학원비 그리고 예쁜 옷을 사줄 수도 있으니까. 일은 의미가 없지만 이 돈으로 가족을 지키는 것은 의미가 있지."

나를 위협하는 의뢰인을 상담하면서 의미를 찾기는 어렵다. 그렇지만 이 일을 하다 보면 누군가를 지키는 의미 있는 일도 할 수 있게 될 것 같다.

가을의 끝자락, 봄과 여름을 열심히 보냈지만 큰 수확이 없는 것 같은 나의 가을이 조금 아쉽다. 그러나 더 이상 이 자리가 내 자리가 맞는지 고민하지 않게 된 것만으로도,

나는 이 계절을 잘 보냈다고 생각한다. 그래서 남은 겨울도 이렇게 살기로 다짐한다. 다시 계절이 한 바퀴를 돌아 내년 가을이 올 때쯤에는 나와 상담하고 간 많은 분이 나와 같은 가을을 함께 맞이하길 바란다. 그게 이 일을 하며 내가 얻을 수 있는 가장 큰 수확일 것이다. 그 수확을 얻기 위해 다가올 겨울과 봄, 그리고 여름을 또 열심히 살아 내야겠다.

3장

가족

가장 가깝고도
먼 사이

압구정 이 씨도
가능한 세상인데

낯익은 중년 여성이 들어온다. 꼭 좀 도와 달라며 무언가 빼곡히 적힌 수첩을 꺼낸다. 수첩에는 어느 복지관에서 다음 예약자 때문에 시간에 쫓겨 대강 전한 내 부끄러운 대답을 비롯해, 여러 무료 상담에서 만난 변호사들의 조언이 적혀 있다. 이미 수십 번은 넘겨 보느라 마음처럼 너덜너덜해진 종이가 이 일을 해결하려고 어머님이 얼마나 열심히 발품을 팔았는지를 대신 설명해 주었다.

6.25 전쟁 즈음에 다섯 살이었던 여자는 서울 어디에선가 친구들과 뛰놀다 미군 차를 얻어 탔다. 너무 어린 나이라 본인 이름 말고는 아무것도 기억하지 못했다. 그 길로 집

으로 돌아가지 못하고 부모님과 헤어져 제주도 보육원으로 보내졌다. 그곳에서 지금의 남편을 만나 결혼했다. 남편이 김 씨로 일가를 창설하여 호적을 만들었는데, 김해 김 씨라는 본은 증거가 없다는 이유로 등록할 수 없었다. 세월이 흘러 자녀를 낳았고, 그 자녀가 또 자녀를 낳았지만 여전히 본은 '미상'으로 기재되었다. 자식과 손자, 손녀에게 본을 찾아 주고 싶었던 남편은 나아지지 않는 형편에 결국 그 소원을 이루지 못하고 눈을 감았다. 여자는 살아생전에 남편의 못다 한 소원을 본인이 꼭 이뤄 주고 싶었다.

몇 년 전 큰아들이 이혼했는데, 큰며느리가 부부싸움 도중에 "근본도 없는 놈"이라는 말을 자주 했다고 한다. 취적 당시 본이 미상으로 기재된 여자 역시 어릴 때부터 같은 놀림을 받고 자라 그 아픔을 누구보다 잘 알았기에 아들에게 한없이 미안했다. 부모가 누구인지, 내가 어디서 왔는지조차 모르고 살아온 여자와 그 가족에겐 누군가 농담처럼 던지는 그런 말들이 큰 상처가 됐다. 똑같은 아픔을 손자, 손녀에게는 물려주고 싶지 않아 변호사를 찾아갔지만, 기초생활보장 수급자로 살고 있는 여자에겐 변호사가 제시한 300만 원이라는 수임료가 너무 컸다. 그래서 발품을 팔아 각종 무료 법률 상담을 찾아다녔다.

생각해 보면 '천' 씨 성을 가진 나도 어린 시절에 놀림을 받곤 했다. '천방지축마골피'라는 일곱 개 성씨를 천민 계급의 대표 성씨로 잘못 알고 있는 사람이 많은 탓이었다. 천민 계급은 애초에 성씨가 없다가 갑오개혁 이후에 신분 제가 폐지되면서 그제야 성을 갖게 되었는데, 대체로 주인 의 성을 따랐기에 오히려 흔한 성이 많았다고 한다. 내 성씨 를 가진 조상은 임진왜란 때 우리나라를 도우려고 중국에 서 건너왔다가 전쟁에서 그 공을 인정받아 귀화한 외국인 이었다.

왜곡된 정보 때문에 놀림을 당하면서, 나도 김, 이, 박 같은 평범한 성씨였다면 얼마나 좋았을까 늘 생각했다. 성 과 본은 태어남과 동시에 정해지는 것으로 내 선택이 아닌 데도 그것 때문에 놀림을 받는다는 게 억울했다. 그럼에도 누군가 이름을 물어볼 때면 괜스레 작아지는 마음을 어쩔 수 없었다. 그런 경험이 있는 내가 어머님의 마음을 잘 헤아 려 드리지 못하고 대강 대답했다니 부끄러웠다.

요즘은 우리나라에도 다문화가정이 늘어나고, 예전만 큼 자기 뿌리에 대한 관심이 높지 않은 것이 사실이다. 개 인 증명서에 본이 기재되는지조차 모르는 사람도 많다. 본 이 뭐가 그리 중요하냐고, 미상이면 좀 어떠냐고, 그냥 살라 고 말하는 사람도 있을 수 있다. 그러나 세상의 온갖 문제는 작은 일에서부터 시작된다. 직접 겪어 보지 않고는 그 작은 일이 한 사람의 인생에 얼마나 큰 상처가 되는지 알 수 없다. 그러니 그런 아픔에 가슴 깊이 공감하지는 못하더라도, 그까짓 일이라며 대수롭지 않게 여기거나 비난하는 사람은 되지 말아야 한다. 변호사로 많은 사람을 만나면서 느낀 한 가지는 누구의 삶도 내가 감히 쉽게, 아무렇지 않게 이야기해서는 안 된다는 것이다.

나 역시 내 아픔을 남들이 이해해 주지 않는다고 야속해하면서도, 정작 타인의 아픔에 대해서는 이해해 보려고 하기보다 어쭙잖은 충고를 앞세우는 사람이었다. 돈이 드니까, 시간이 드니까 그냥 좀 적당히 넘어가라고 말하면서, 그게 얼마나 절실한 일이기에 그렇게 돈이 들고 시간이 드는데도 원하는지에 대해서는 관심이 없었다.

그동안 숱한 이들이 성과 본에 관련된 문제로 헌법재판소 문을 두드렸다. 그 덕분에 이제는 팔촌 이내 친족이 아닌 이상 동성동본 간의 혼인이 가능하고, 아버지의 성이 아닌 어머니의 성을 따를 수 있으며, 없던 성과 본을 창설하여 살아갈 수도 있게 세상이 바뀌었다. 그럼에도 여전히 성과 본에 관한 상담이 자주 들어온다.

부모가 곁에 있어도 어려움이 컸을 전쟁 직후의 시절, 어머님과 남편 분이 부모도 없이 보육원에서 어떻게 자랐을지 그 설움은 감히 헤아릴 수조차 없다. 그분들께는 성과 본을 찾는 일이 오래전 잃어버린 부모와의 마지막 연결고리를 찾는 일일 것이다. 누군가 내 뿌리가 되어 나를 지탱해 주고 있다는 사실이 혈혈단신으로 고생해 온 시간 동안 조금이나마 위안이 된 것처럼, 본인들 역시 자손들에게 대대로 그런 깊은 뿌리가 되어 주고 싶었을 것이다.

제가 도와드리겠다며 본 창설(부활)허가 심판 청구서를 작성했다. 아버님이 김해 김 씨라는 증거는 없지만 부디 한평생 계속된 일가족의 고통을 헤아려 주시고, '압구정 이씨'처럼 성본 창설이 가능해진 개정법의 취지를 고려하여 재판부의 유연한 판단을 간곡히 부탁드린다고 적었다. 그리고 어머님의 간절한 마음을 담은 인우보증서*를 첨부했다.

일주일 후, 내가 출근하기도 전에 어머님이 먼저 사무실 앞에서 눈물을 흘리며 기다리고 계셨다. 본 창설허가 심판 청구가 인용되었다는 판결문과 함께였다. 그래도 시간이 좀 걸릴 줄 알았는데, 이렇게 간단한 일을 왜 진작 도와드리지 못했을까 죄송하면서도, 오랜 고통에서 드디어 벗어나게 해 드릴 수 있었다는 것에 기뻤다. 그렇게 좋은 기억으로 사건이 마무리되었다.

* 가까운 관계에 있는 사람이 특정 사실에 대해 증명하는 서류.

몇 달 뒤, 어머님이 다시 사무실에 오셨다. 무슨 일이 생긴 건지 걱정스러웠는데, 고구마와 야쿠르트를 꺼내신다. 도움이 감사했는데 가진 게 없어 드릴 것도 없다고, 키우던 고구마를 수확해서 쪄 왔다고 하신다. 고구마가 얼른 익어 가져다줄 날을 손꼽아 기다렸다는 말에 울컥한다. 어찌나 정성과 사랑으로 키우셨는지 고구마가 실하다. 어머니께 찾아 드린 뿌리처럼, 이 고구마도 튼튼하게 뿌리를 내렸기에 이렇게 잘 자랄 수 있었을 것이다. 비록 나를 찾아오는 분들의 사연이 고구마처럼 퍽퍽하더라도, 척박한 땅에서도 뿌리를 내리고 병충해 없이 잘 자라서 누구든 배를 든든히 채워 주는 고구마 같은 답변을 하는 사람이 되고 싶다.

　지난 몇 달간 너무 바빴다. 얼마나 정신이 없는지 소송에 이기게 도와드린 분도 까맣게 잊어버리고 있다가, 고맙다고 걸려 온 전화에 "제가 뭘 도와드렸죠?" 하고 되묻는 웃지 못할 일들도 있었다. 하루는 힘들고, 하루는 웃고, 또 하루는 울고, 정신없이 시간이 흘러간다. 집으로 돌아가는 길, 찬바람이 부는데도 가슴에 품은 고구마 덕분인지 오늘만큼은 참 따뜻하다.

끔찍하게 소중한 내 아이가
끔찍한 사람이 되지 않길

친구가 엄마가 됐다. 초보 엄마는 모든 것이 조심스럽다. 품속에 잠든 아기가 혹시라도 깰까 봐 아기의 숨소리에 맞춰 조심스레 숨을 쉬는 친구의 모습이 왠지 낯설었다. 아기는 친구 몸속에서 그 일부였다가 이제는 독립해서 세상에 나왔지만, 숨소리마저 닮은 두 사람이 완전히 각자의 삶을 산다는 건 불가능해 보였다.

또 다른 친구가 투덜댄다. 오늘도 엄마가 횡단보도에서 차 조심하라고 잔소리를 해서, 자기 나이가 이제 마흔인데 언제까지 그런 걱정을 할 거냐며 볼멘소리를 했다고 한다. 친구 어머니도 질세라 "내 관뚜껑 닫히면 그때는 못 하겠지"라고 하셨단다. 나도 산에 갈 때마다 엄마한테 "뛰지 말고, 까불지 말고"라는 일곱 살 때 듣던 말을 아직도 듣고 있다. 아마 내가 일흔이 되어 뛸 힘이 없어도 엄마는 이 말을 빼놓지 않을 것 같다. 도대체 자식이 뭐길래 부모는 늘 이렇게 노심초사할까.

중학교 2학년 아들 일로 한 어머니가 찾아왔다. 사실 자녀에 대한 법률 상담은 조심스럽다. 자신이 가장 소중하게 여기는 존재에 대한 부정적인 말은 그게 아무리 객관적 사실이어도 받아들이기 힘들기 때문이다. 그래서 자식 일로 오는 사람은 상담실에 들어서는 순간부터 몹시 흥분해 있기 마련인데, 이 어머니는 어쩐지 차분하다.

아들이 학교에서 3학년 선배의 지갑을 훔친 혐의로 검찰 조사를 받고 있다. 그동안 한 번도 비행을 하거나 부모를 실망시킨 일이 없고, 공부도 착실하게 하는 모범생이었다. 그런 아이가 절도로 조사를 받는다는 것이 충격이었다. 아들은 처음부터 일관되게 남의 지갑을 훔친 적이 없다고 가족과 경찰 앞에서 이야기했다. 그러나 아들이 지갑을 훔치는 걸 봤다는 목격자가 있어서, 경찰은 솔직하게 말하는 것이 좋겠다고 설득했다. 그러나 아들은 끝끝내 부인했고, 검찰은 거짓말 탐지기를 시행하겠다고 일정을 통보했다.

어머니는 마지막으로 아들을 불러 진실을 물었다. 아들은 정말 아니라고 했다. 아이를 믿지만, 그렇다고 아이의 모든 것을 알 수는 없기에 두려웠다. 만약 거짓말 탐지기에서 거짓 반응이 나오면 그건 전부 아들을 잘못 키운 본인 탓이라고 생각했다. 한편으로는 앞으로 아들을 어떻게 훈육해야 할지도 큰 걱정이다.

부모로서 내 아이의 사소한 잘못도 받아들이기 어려운데, 그보다 더 큰 범죄 사실을 인정한다는 것은 참 어려운 일이다. 일전에 70대 노모가 공연음란죄로 기소되어 재판 중인 50대 미혼 아들의 사건을 들고 온 일이 있었다. 50대 아들도 70대 어머니 앞에서는 그저 어린아이였다. 자기 아들이 소변이 급해 차 뒤에서 소변보던 것을 지나가던 커플이 오해한 거라고, 우리 아들은 그런 아이가 아니라며 눈물을 흘리셨다. 탄원서 작성을 도와드리긴 했지만, 아들은 이미 과다 노출로 경범죄처벌법을 위반하여 벌금을 낸 전력이 있었다. 여기에 커플 중 남성 목격자가 재판에 나와 남자인 자신이 봤을 때 음란 행위를 한 게 맞다고 증언한 것이 유죄의 결정적 증거가 되었다. 어머니는 끝까지 아들의 결백을 믿었으나, 법원의 판단은 달랐다.

이런 비슷한 사례들을 경험하다 보니, 중학교 2학년 아들의 어머니가 대단해 보였다. 뉴스에서도 끔찍한 학교 폭력이나 집단 성범죄를 저지른 아이들의 부모가 오히려 피해자를 탓하는 경우를 많이 본다. 가해자를 나무라야 하는 사안이 분명함에도, 객관적 판단력을 상실하고 내 자식을 먼저 감싸는 것이다. 반면 이 어머니는 내 자식을 객관적으로 바라보려 한다는 점에서 다른 부모들과 달랐다. 만약 거짓말 탐지기에서 거짓 반응이 나오더라도, 이렇게 훌륭한 어머니 밑에서라면 아이가 반드시 정신을 차리고 잘 자랄 거라고 용기를 드렸다.

며칠이 지나 의뢰인의 전화를 받았다. 거짓말 탐지기 결과는 안타깝게도 '거짓'이었다. 어머니는 아이가 끝까지 거짓말을 한 것에 실망감을 감추지 못했다. 그러면서도 아이가 그렇게 된 데에는 자신의 잘못이 크다며, 아이를 제대로 가르치는 것은 물론이고 본인도 부모 교육을 제대로 받아야겠다고 했다. 씁쓸한 마음으로 전화를 끊었다.

몇 해 전에 한국과 미국 엄마의 모성을 비교하는 방송 프로그램을 본 적이 있다. 우리나라 엄마들이 자녀에 대해 유난히 극성이라는 말을 들어왔기에, 당연히 두 나라의 모성은 차이가 있을 거라고 생각했다. 방송에서 다양한 실험을 진행했는데, 첫 번째는 뇌 스캔을 통해서 뇌가 느끼는 모성을 확인하는 실험이었다. 사람은 보통 자신에 대한 정보를 판단할 때는 '내측전전두엽'이, 타인에 대한 정보를 판단할 때는 '등축전전두엽'이 활성화된다. 그런데 자녀에 대해서는 한국과 미국 엄마들 모두 '내측전전두엽'이 활성화됐다. 자녀를 자신과 동일시한다는 뜻이다. 숨소리마저 닮은 엄마와 아기를 생각하면 당연한 결과일 수도 있다. 이 결과만 놓고 보면 한국 엄마들이 유난스럽다고 볼 수는 없는데, 다음 실험이 굉장히 흥미로웠다.

아이에게 어려운 과제를 주고 직접 해결하게 했는데, 엄마에게는 절대 아이를 도와줘서는 안 된다고 미리 말했다. 이 실험에서 한국 엄마들은 아이가 문제를 해결하지 못하면 매우 안타까워하며 대신 해결해 주려는 모습을 보인 반면, 미국 엄마들은 그저 아이가 문제를 잘 풀 수 있도록 격려만 했다. 우리나라에서 엄마의 역할은 아이가 생존하는 데 필요한 요소들을 제공하는 것을 넘어, 성공까지 책임져야 한다는 점에서 확실히 달랐다. 그리고 우리 엄마들은 교육이 곧 그 성공을 의미한다고 봤다. 아이의 성공이 곧 나의 성공이고, 아이의 실패가 곧 나의 실패가 된다. 성공한 사람들 뒤에는 그들을 뒷받침해 준 어머니가 존재하고, 방송이나 책에서 그 후일담을 이야기하며 저마다 이것이 교육의 정답이라고 목소리를 높인다.

자녀 교육에 대한 사람들의 관심이 그 어느 때보다 높

다. 그러나 그런 관심에도 불구하고 애석하게도 아이들의 일탈과 범죄 역시 그 어느 때보다 심각한 시대다. 사회적 성공으로 가는 학업 교육에만 신경을 쓰고, 아이의 평생을 좌우하는 인성 교육은 미뤄 둔 결과다. 부모의 사랑은 자녀에게 삶의 원동력이 되지만, 그 사랑이 지나치게 맹목적이면 오히려 해가 된다. 무조건적인 사랑을 베풀었다고 해서 아이가 그 사랑을 깨닫고 타인에게도 사랑을 베푸는 사람이 되는 것은 아니다. 잘못하면 부모처럼 세상도 나에게 무조건 관대하길 바라는 잘못된 인식이 자리 잡을 수 있다.

내 주변에서 결혼을 후회하는 친구들조차 아이를 낳은 것에는 후회가 없다고 말한다. 아이가 내 뜻대로 되지 않아 힘들기도 하지만, 그런 힘듦을 뛰어넘어 무엇과도 바꿀 수 없는 기쁨이라고 한다. 어느 부모에게나 내 아이가 세상에서 가장 소중한 것은 틀림이 없다. 그러나 내 자녀가 소중한 만큼 누군가의 자녀인 타인 역시 소중한 존재라는 걸 기억한다면, 적어도 내 자식만 감싸고 도는 일은 없지 않을까.

"우리 아이는 절대 그런 아이가 아닙니다"라고들 하는데, 그런 아이는 정해져 있는 것이 아니다. 처음부터 절대 아닌 것은 없고, 누구나 그럴 수 있지만, 그렇게 되지 않게 만드는 것이 부모의 바람직한 역할이 아닐까 생각해 본다. 끔찍하게 소중한 내 아이가 끔찍한 사람이 되지 않길.

내 딸이 아닌 사람이
호적에 있어요

갑자기 아주머니 한 분이 기척도 없이 들어와 내 앞에 서 있다. 내가 화들짝 놀란 얼굴로 쳐다봤다.

"혹시 상담 되나요?"

슬쩍 시계를 보니 곧 퇴근 시간이다.

"여기는 예약을 하고 오셔야 하는데…"

말끝에 어쩐지 아주머니의 변화 없는 눈빛이 마음에 걸린다. "오늘만 상담해 드리고 다음에는 예약하고 오셔야 합니다"라며 의자를 빼 드렸다. 직장인에게 퇴근 시간을 뒤로 미룬다는 건 엄청난 것을 내준 것인데, 아주머니는 고마워하는 기색도 없이 불쑥 가족관계증명서를 내민다.

"내 딸이 아닌 사람이 내 호적에 있어요."

가족관계증명서에 기재된 아주머니의 자녀는 두 명이다. 한 명은 1974년 1월 1일에 태어난 김○○이고, 다른 한 명은 딱 일 년 뒤인 1975년 같은 날에 태어났고 같은 이름에 성만 다른 이○○이다. 아주머니 말로는 이○○은 자기 자녀가 맞지만, 김○○은 모르는 사람이라고 한다.

과거에는 남편이 외도로 낳은 아이를 말도 없이 출생신고하는 바람에, 아내가 자신이 낳지 않은 아이가 호적에 올라 있는 것을 뒤늦게 발견하는 경우가 많았다. 내가 상담한 분 중에도 기초생활수급을 신청하려고 보니 알지도 못하는 자녀가 호적에 있고, 그 자녀에게 재산이 많아 대상자에서 탈락한 할머니가 있었다. 남편의 외도도 기가 막힐 노릇인데, 생면부지의 사람에게 유전자 검사까지 해 가며 내 자식이 아니라고 친생자관계부존재확인의 소를 제기해야 하다니 참 억울한 노릇이었다.

결국 호적상으로만 모녀 관계였던 두 사람은 법정 앞에서 큰 싸움을 했다. 할머니는 내연녀의 자식을 만난 것에 불쾌감을 표현했고, 딸은 자기도 모르는 엄마가 호적에 기록되어 있어 평생 느꼈던 불편함을 토로했다. 결국 아무런 잘못도 없는 두 사람이 일생일대의 피해를 보고 법정에까지 가게 된 것이다.

처음에는 이런 사건과 유사하게 아주머니의 남편이 밖

에서 아이를 낳아 출생신고를 한 것이 아닌가 생각했다. 그런데 아주머니의 반응이 영 이상했다. 만약 내 가족관계등록부에 내가 모르는 사람이 딸로 기재되어 있으면, 나는 일단 구청이나 동 주민센터에 가서 한바탕 난리를 칠 것 같은데, 법률 상담에 와서 이렇게 차분하게 이야기한다는 것 자체가 이해가 가지 않았다.

"사실대로 말씀하시지 않으면 도울 수가 없습니다."

그래도 아주머니는 한참 동안 아무 말 없이 앉아 있었다. 이미 퇴근 시간이 훌쩍 넘었지만 "결심이 서면 이야기해 주세요"라며 따뜻한 녹차를 한 잔 드렸다. 차가 다 식어갈 즈음 아주머니가 어렵게 입을 뗀다.

스물세 살 되던 해, 같은 마을에 살던 청년을 만나 사랑에 빠졌고, 서로를 충분히 알기도 전에 사랑의 결실이 생겨 이른 결혼을 결정했다. 뱃속의 아이는 무럭무럭 자라는데, 두 사람의 사랑은 더 이상 자라나지 못했다. 남편은 술을 마시고, 임신한 아내에게 폭력을 행사했다. 결국 아이를 낳기도 전에 집을 나왔다. 갑작스러운 결혼과 이혼에 갓 태어난 아이까지, 어린 나이의 아주머니는 세상의 시선이 두려웠다.

아주머니의 아버지는 혼인신고를 하지 않았으니 이혼은 아니라며, 급하게 다른 혼처를 알아 왔다. 아주머니는 그렇게 법적으로는 첫 번째, 그러나 사실상 두 번째 결혼을 했다. 문제는 아이였다. 입양을 보내라는 가족들의 설득에도 아주머니는 그럴 수 없었다. 결혼 직후에 임신을 한 것처럼 남편을 속였다. 몸이 약해 친정에서 출산 준비를 하겠다고 했다. 열 달 후, 이미 돌이 된 아이를 마치 새로 태어난 아이처럼 출생신고했다.

그 후로 50년의 세월이 지났다. 얼마 전 남편이 사망하여 사망신고를 하러 갔다가 자신의 가족관계증명서를 발급받아 보니, 그토록 지우고 싶었던 50년 전의 흔적이 아직 그대로 남아 있었다.

이야기를 마친 아주머니는 하염없이 눈물만 흘렸다. 저 작은 체구로 이 무거운 비밀을 어떻게 평생 혼자 짊어졌을까? 표정 변화 없는 아주머니의 얼굴에서 기쁜 날도 마음껏 기뻐하지 못하고 잠 한번 편히 자 본 적 없었을 삶이 느껴졌다. 이전 혼인의 자녀는 현재 남편의 가족관계증명서에는 표기되지 않으므로, 남편은 평생 남의 딸을 자기 딸로 알고 살다가 생을 마감했고, 딸은 그런 아버지를 자신을 낳아 준 아버지라 생각하고 지금까지 살고 있을 것이다. 결혼 생활 동안 아주머니는 수만 번도 더 진실을 고백하려고 용기를 냈지만 번번이 실패했다. 그러다 남편이 허망하게 사고로 사망하면서 마지막 기회마저 놓쳤다.

　아주머니는 자기만 이 비밀을 짊어지고 고통받으면 모두가 행복할 수 있다고 말한다. 그러기 위해서 1974년생 김○○의 흔적을 지울 방법을 물었다. 같은 사람에게 이뤄진 두 개의 출생신고. 딸이 알지 않고는 해결하기 어려워 보였다. 그리고 딸에게는 딸의 인생이 있으니, 본인이 1974년생 김○○임에도 1975년생 이○○의 삶을 살고 있다는 것을 알려 줄 필요가 있지 않을까 싶었다. 훗날 아주머니가 사망하게 되면 가족관계등록부상의 자녀가 두 명이니 상속 문제가 발생할 것이고, 결국 딸도 알 수밖에 없는 상황이 무조건 일어난다고 말했다. 아주머니는 한참을 고민하다가 딸이 환갑쯤 되면 이야기하겠다고 한다. 그때쯤이면 딸이 엄마의 삶을 온전히 이해해 주지 않을까 한다고.

　　다음날 출근했더니 전화가 온다. 웬 젊은 여자가 자기는 남편도 있고 애인도 있는데, 애인과 낳은 아이를 남편과 낳은 아이처럼 출생신고를 하고 키우고 있다고 한다. 여자의 애인도 아내가 있는데 둘 사이에 아이가 생기지 않자, 애인이 아내에게 밖에서 낳은 아이를 데리고 오겠다고 했다. 그러면서 여자에게 아이에 대한 인지 청구*를 하겠다고 선포했다. 여자가 내게 물었다.

"결혼 중에 출생한 아이는 친생추정**을 받고, 그러면 다른 남자가 인지 청구를 못 한다고 하던데 사실인가요?"

"친생추정을 받는 아이는 말씀하신 대로 다른 사람이 인지할 수 없지만, 아이 아버지가 친생부인의 소***를 제기해서 친생자 관계를 부인하고 나면 가능합니다."

"그러면 지금은 못 하겠네요?"

"물론 지금은 그렇지만, 남편 분이 본인 아이가 아닌 걸 알면 친생부인의 소를 제기하지 않을까요?"

"우리 남편은 아이를 엄청 사랑하니까 그렇게는 안 할 거예요. 다행이네요. 감사합니다."

여자는 안도하며 전화를 끊었다. 대체 어느 대목에서 안도한 것인지 의문이었다. 남편이 자기 아이가 아내와 불륜남 사이에서 생긴 아이이며, 아내가 지금까지 자신을 속이고 키워 왔다는 사실을 알고도 과연 그 아이를 사랑할 수 있을까? 현실은 드라마보다 더 드라마 같아서, 출생의 비밀은 드라마처럼 한 번의 폭로와 한 번의 눈물로 해결될 일이 아니다. 누군가에게는 평생의 짐과 고통으로, 또 누군가에

-     법률상 자녀로 인정받기 위한 청구.
-     혼인 성립일로부터 200일 이후에 출생한 자, 혼인 관계 종료일로부터 300일 이내에 출생한 자는 혼인 중에 잉태한 것으로 추정한다.
-     혼인 중의 출생자임을 부인하는 소송.

게는 자신이 알던 삶의 모든 것이 뒤바뀌는 혼돈과 충격으로 다가온다.

　　　　　　지인에게 사정이 생겨서 내가 대신 아이를 데리고 대학 입시 서류를 내러 간 적이 있다. 그곳에서 접수 담당자에게 생각지도 못한 질문을 받았다.

"그럼 엄마가 두 명인가요?"

순간 공기가 싸늘해졌다. 너무 화가 나서, 잠시 따로 이야기를 나누자며 아이를 밖으로 내보냈다.

"아직 친양자 입양 절차가 진행 중이고, 이게 끝나면 친엄마와의 관계는 단절됩니다. 잘 몰라서 그렇게 말씀하셨을 수는 있는데, 아이 앞에서는 조금 조심해 주셨으면 좋겠습니다."

"어쨌든 지금 서류상 엄마가 두 명인 건 맞잖아요."

"최대한 예의를 지켜서 말씀드렸는데 의미 없는 설명이었네요. 하긴 예의 있는 분이면 처음부터 그렇게 말씀도 안 하셨겠죠."

날선 대화를 하고 나오니 먼발치에서 아이가 고개를 떨구고 있다. 아이를 데리고 커피숍으로 갔다.

아이의 아버지는 어린 자녀를 데리고 재혼을 했다. 재혼한 상대방은 초혼으로, 결혼과 동시에 아내라는 역할과 엄마라는 역할을 동시에 부여받았다. 내가 낳은 자식과도 익숙해지려면 시간이 걸리는데, 하물며 타인의 자녀를 자기 자녀로 받아들이는 데는 큰 의지와 긴 시간이 필요했을 것이다.

　우리나라의 장화홍련과 콩쥐팥쥐부터 서양의 신데렐라와 백설공주에 이르기까지 동서고금을 막론하고 계모는 전처의 자식들을 괴롭히는 존재로 그려져 왔다. 아이를 진정 내 자식처럼 사랑하는 계모에 대해서는 누구도 관심을 갖지 않는다. 그러다 보니 그들은 편견과도 맞서 싸워야 한다. 아이가 잘못했을 때 엄마라면 당연히 혼낼 수 있는데도, 계모니까 자기 자식이 아니어서 냉정하다고 험담을 한다. 그렇다고 혼내지 않으면 또 자기 자식이 아니어서 무관심하다고 손가락질한다. 자신의 다짐과는 무관하게 온전한 엄마가 될 수 없도록 만드는 시선이 존재하는 것이다. 그럼에도 여자는 어느 날 갑자기 맡게 된 엄마라는 역할을 받아들이고 지극정성으로 아이를 키웠다.

　생모의 존재가 각인되기도 전에 새로운 엄마와의 관계가 시작됐기에, 아이는 지금의 엄마를 생모로 알고 자랐다. 그러다 대학에 들어갈 나이가 되어 가족관계증명서를 제출할 일이 잦아지면서 법적인 정리가 필요한 시점이 왔다. 마침 기존 양자제도와 다르게 이전 부모와 완전히 단절할 수 있는 친양자제도가 도입되어, 이제 법적으로도 온전한 가족이 될 수 있는 기회가 생겼다. 하지만 가족들은 이 상황을 아이에게 어떻게 설명해야 할지, 오히려 혼란만 주는 건 아닌지 고민에 빠졌다. 이런 경우 다들 아이의 마음을 걱정하지만, 나는 한순간에 엄마에서 새엄마가 될 어른의 마음도 신경이 쓰였다. 그동안의 노력과 희생이 새엄마라는 이름에 가려지지는 않을까 걱정스러웠다.

결국 아이에게는 알리지 않은 채 법적 절차를 진행했다. 그렇게 조심하고 또 조심했는데, 낯선 누군가가 갑자기 툭 던진 돌에 그동안의 모든 노력이 산산히 부서지는 것만 같았다.

"아까, 그 직원이 한 말…" 어렵게 입을 떼니, "우리 엄마 새엄마인 거 저도 알아요"라는 답이 돌아온다. 오래전 친척 한 분이 "너희 새엄마는 어디 갔니?"라고 물었다고 한다. 아이는 어렴풋이나마 엄마를 아빠의 친구로 여긴 기억도 있고 굉장히 혼란스러웠다. 평소와 다름없는 엄마의 말에도 새엄마여서 저런 말을 하나, 새엄마여서 나한테 관심이 없나, 혼자 고민한 적이 많았다.

"내가 네 마음을 다 이해할 순 없지만, 너희 엄마가 너를 친자식 이상으로 키웠다는 건 너무 잘 알아. 자식을 대하는 걸로 치면 우리 엄마가 더 새엄마에 가깝지. 나는 단지

'내 엄마니까'라는 말로 이해를 하는 거고, 너는 '내 엄마가 아니니까'라는 말로 오해를 하는 것뿐이야. 엄마의 희생과 노력을 헛되게 하지 않았으면 좋겠다."

　　　　　거짓말을 하기로 한 누군가의 결정이 옳은지 그른지 내가 판단할 순 없다. 진실만이 정답은 아니다. 누군가의 삶에는 선의의 거짓말이 필요한 순간이 있을 수 있고, 내가 그 삶을 살아 보지 않고선 어떤 것도 쉽게 말할 수 없다. 어쩌면 아주머니의 딸은 얼굴 한번 본 적 없는 주정뱅이 생부보다 자신을 평생 사랑으로 길러 준 사람을 아버지라고 믿고 사는 게 더 행복할지도 모른다. 그러나 결국 그조차 아주머니의 판단 혹은 나의 판단이지, 딸의 생각은 아니다. 선의의 거짓말에서 '선의'란 것도 내 기준일 뿐, 누군가에게는 그들의 눈과 귀를 가리는 것일 수도 있다.

내 결정과 판단이 내 인생뿐만 아니라 타인의 인생에도 크게 영향을 미치는 것이라면, 차라리 진실을 이야기하는 편이 혼란을 줄일 수 있지 않을까 생각해 본다. 딸을 위해서만이 아니라 본인의 삶을 위해서도, 아주머니가 지금이라도 용기를 내길 바란다. 지난 50년은 그렇게 흘러갔어도 남은 생은 조금이나마 맘 편하게 웃고 밥도 먹고 잠도 자며 사실 수 있기를 기원해 본다.

나도 엄마가
되고 싶다고요

난자를 보관하러 난임병원에 갔다. 몇 년 전 생일에 부모님이 그렇게 시집 안 가고 있을 거면 난자라도 보관하라며, 생일 선물로 난자 보관 비용을 보태 주시겠다고 했다. 내가 "만약 결혼을 늦게 해서 자식을 못 낳게 된다면 그 또한 내 팔자다"라고 했더니, 엄마는 "요즘 팔자는 돈 주고 살 수 있으니 보관을 해라"라고 반박할 수 없는 대답을 했다.

주변에는 벌써 초등학교 학부모가 된 친구도 있다. 엄마가 된 친구들과 만날 때면 대화에 끼지 못한다는 느낌을 받기도 한다. 나만 노처녀로 남아 있다는 걸 인정하는 것 같아 괜히 욱하는 마음에 부모님께는 '알아서 하겠다'고 했지만, 한 번도 아이가 없는 삶을 생각해 보지 않았기에 슬슬 걱정이 되는 것도 사실이었다.

조용히 혼자 산부인과에 찾아가 난소 나이 검사를 했다. 체력도 좋고 운동도 꾸준히 해 왔으니 내 난소가 남들보다 어리면 어렸지 결코 나이가 많진 않을 거라고 확신했다. 사실상 앞으로 얼마나 더 마음 편히 놀 수 있는지 공식적으로 확인받기 위해 병원을 찾은 셈이었다. 하지만 내 인생에는 늘 위기와 고난이 함께한다는 것을 간과했다.

나는 장기간의 고시 생활 이후로 하루 한 끼만 먹는 게 습관이 되어 있었고, 잠도 5시간 이상 자 본 적이 거의 없었다. 그럼에도 몸을 보살피기는커녕 밤 10시 이전에 집에 들어가면 큰일 나는 사람처럼 늘 온 동네를 싸돌아다녔다. 취미로 등산을 하고 매년 마라톤을 뛰었다. 그렇게 아낌없이 체력을 소비하며 살아 놓고 이제 와서 난소 나이가 어리길 바라는 건 도둑놈 심보인 걸 모르진 않았다. 그럼에도 세상의 빌 수 있는 모든 신에게, 심지어 물을 받아 놓은 세숫대야에도 빌었다.

그러나 신들은 역시나 공정한 분들이었다. 내 난소는 적지 않은 내 나이보다도 앞서 늙어 가고 있었다. 인정하고 싶지 않아서 그 해에 한라산을 두 번 완등했다. 정상에서 나는 아직 젊다며 소리 높여 외쳤다. 하지만 시간은 그렇게 또

속절없이 흘러 결국 다시 병원을 찾게 된 것이다.

TV에서 여자 연예인들이 난자를 얼렸다고 쿨하게 이야기하는 걸 보면서 나도 그들과 어깨를 나란히 하는 멋진 골드미스가 되고 싶었는지도 모르겠다. 그러나 나처럼 골병든 미스에게 난자 채취는 쉬운 과정이 아니었다. 별생각 없이 찾아간 난임병원은 분위기부터 심각했다. 의사는 한껏 늙어 있던 내 난자가 그 사이 더 늙었다며 나를 한껏 위축시킨다. 이제 시간이 별로 없다며, 가능할 때마다 와서 난자를 채취해 놓으라고 한다. 왜 이렇게 시간을 낭비했을까. 그저 열심히 살았을 뿐인데 갑자기 죄인이 된다.

각종 검사를 마치고 주사를 처방받았다. 복부에 내 손으로 직접 놔야 하는 주사가 처음에는 2개에서 나중에는 4개까지 늘어났다. 배에 바늘 자국이 남았고, 입맛은 떨어지는데 살이 찌기 시작했다. 두통과 우울감이 밀려왔다. 고작 열흘 남짓인데도 고용량 호르몬을 강제로 주입하는 건 몸에 엄청난 무리가 됐다. 산소마스크를 끼고 수술대에 누워서야 이게 그렇게 간단한 일이 아니구나 싶었다.

시술이 끝나고 마취에서 깨어나 채취된 난자 개수를 듣는데 눈물이 났다. 내가 사회적 능력을 키우는 동안 내 생물학적 능력은 퇴화하고 있었구나. 다른 난자들은 짝을 찾아 수정을 하고 다시 몸속으로 들어가는데, 내 난자는 냉장고로 들어가는구나. 어쩐지 서러운 마음이 밀려왔다. 난자 채취만 해도 이렇게 힘든데, 매달 아이를 기다리는 난임 부부들의 마음은 감히 헤아릴 수조차 없다.

출산율이 낮다고, 젊은 사람들이 아이를 낳지 않는다고 말한다. 공부하고 취업하고 자리 잡고 결혼해서 아이를 낳으려고 보니 이미 나이가 차서, 안 낳는 게 아니라 못 낳는 사람도 많다는 걸 나도 잘 몰랐다. 게다가 비용도 만만치 않다. 나는 난자 채취에만 1회에 400만 원 가까이 들었다. 시험관까지 하려면 그 이상의 돈이 든다. 국가에서 지원을 한다고는 하지만, 맞벌이 부부의 경우 대부분 소득 기준에 걸려 지원을 못 받거나, 소득 기준을 통과하더라도 횟수나 비용이 정해져 있어 고차수로 갈수록 부담이 커진다. 그래서 처음부터 비용 상한을 정해 두고 시작하는 부부들도 많다고 들었다.

한 회 시술할 때마다 병원을 여러 차례 방문해야 하는 것도 걸림돌이다. 나 역시 난자 채취 한 번을 위해 병원을 네 차례 방문했다. 예약을 하고 가도 앞에 대기 인원이 수십 명씩 있어서 갈 때마다 거의 반나절씩 보내곤 했다. 회사에는 당연히 휴가를 낼 수밖에 없는데, 그 사유를 말하자니 남들은 다 아기 낳고 잘만 사는데 나만 제 기능을 못하는 사람이 된 것 같아 속이 상했다.

한없이 놀라운 생명의 신비를 느끼며 나도 새로운 생명을 탄생시키고 싶었다. 세상에 없던 존재를 만들어 내고, 그 존재를 키우고 보살피며 함께 성장해 나가고 싶었다. 엄마가 된 친구들이 인류애를 풀 충전해 마더 테레사같이 온화하고 현명해지는 모습을 보면서(다 그런 건 아니지만), 나 역시 그런 성숙의 기회를 갖고 싶었다. 아이를 낳아 키우려면 큰 희생과 고통을 감내해야 한다는 걸 알지만, 인류가 지금까지 계속 유지되고 있는 걸 보면 그런 힘듦을 뛰어넘는 기쁨이 있을 거라고 생각했다.

이렇듯 나처럼 간절하게 엄마가 되고 싶어 하는 분들이 종종 상담을 받으러 온다.

여자는 악바리처럼 열심히 살았다. 좋은 학교를 나와 좋은 직장에 다녔고, 연애를 오래 했지만 회사에서 자리 잡기 전까지 결혼을 미뤘다. 어느 정도 승진을 하고 능력을 인정받기 시작할 때쯤 결혼했다. 커리어를 위해 아이도 계획해서 낳아야 했다. 그래서 산부인과에 가서 여러 가지 검사를 했는데, 청천벽력같이 조기 폐경 진단을 받았다. 난자를 공여받는 것만이 임신할 수 있는 유일한 방법이라고 했다. 월경을 거르는 때가 잦아서 몸에 문제가 있는 줄은 알았지만, 단순히 스트레스 때문이라고만 생각했지 이렇게 큰 문제가 될 줄은 몰랐다.

여러 병원을 찾았지만 대답은 똑같았다. 여자에게는 다른 선택지가 없었다. 국내에 정자를 기증받을 수 있는 정자은행은 몇 곳 있으나, 난자의 경우는 절차와 비용 등의 문제로 기증이 어려운 탓에 수증자가 공여자를 직접 알아봐야 한다. 자매에게서 난자 공여를 받는 경우가 종종 있지만, 여자는 자매가 없다. 우리나라는 장기 기증 비율조차 굉장히 낮은 나라인데, 하물며 난자 기증은 더욱 받기가 어렵다. 이런 사정을 난임 커뮤니티에 호소하면 대가를 바라고 난자를 팔겠다는 사람들이 댓글을 달아서, 그때마다 유혹에 시달리기도 했다. 겨우 마음을 다잡기는 했지만, 혹시 그렇게라도 해서 아이를 낳으면 어떤 처벌을 받게 되는지 조심스레 묻는다.

이 상담을 하기 전까진 우리나라에서 난자 공여가 되는지조차 몰랐다. 난자 채취를 하면서 난임의 세계에 대해 많이 배웠다고 생각했는데, 타인의 난자와 배우자의 정자로 수정된 배아를 품어 아이를 낳는 엄마도 있다는 건 처음 알았다.

한번은 정자를 공여받아 아이를 낳으려고 계획한 부부가 상담하러 온 적도 있다. 무정자증인 남편은 아내가 아이를 갖고 싶어 하는 걸 잘 알고 있었고, 본인 역시 아빠가 되고 싶었다. 나중에 후회하는 일이 없도록 오랜 기간 진지하게 고민하고 부부 상담도 받았다. 혹시나 벌어질 수 있는 법적 문제를 문의하기에, 2007년 판례를 이야기했다.

무정자증인 남편의 부인이 정자 공여를 받아 인공수정으로 아이를 출산했는데, 이후 두 사람이 이혼하면서 남편이 아이에 대해 친생부인을 한 사건이었다. 그러나 법원에서는 신의성실의 원칙에 반한다고 하여 친생부인을 허용하지 않았다. 이런 판례를 볼 때, 혹여 남편이 친생을 부인하거나 정자 기증자가 자기 아이라고 주장하더라도, 현재 남편과 자녀 사이에 친자관계가 깨질 우려는 없어 보인다고 답변했다.

우리나라 출산율은 2023년 4분기에 0.6명으로 역대 최저치를 기록했다. 2023년 출생자가 23만 명인데, 아이러니하게도 2022년 난임 환자 수 역시 23만 명이다. 난임 환자 수는 2018년부터 2022년까지 16퍼센트가량 늘어났고 진료비도 68퍼센트까지 급증했다.[*] 그럼에도

* 〈2023년 인구동향조사 출생·사망통계〉, 통계청, 2024.
  〈2023년 12월 및 4분기 인구동향(출생, 사망, 혼인, 이혼)〉, 통계청, 2024.
  〈불임 및 난임 시술 진료현황 분석〉, 건강보험심사평가원, 2024.

난임 지원의 규모나 대상, 방법 등에는 별로 달라진 점이 없다. 게다가 2022년부터 난임 지원 정책이 중앙정부에서 지방자치단체로 이양되면서, 난임 부부가 거주하는 곳의 지자체 상황에 따라 지원의 격차가 생기고 있다.

뉴스를 보니 OECD 국가 중 출산율 1위인 이스라엘은 소득에 상관없이 모든 난임 부부에게 지원금을 준다고 한다. 연구에 따르면 우리나라의 모든 난임 부부에게 시술비 전액을 지원하는 데 약 3000억 원이 든다. 국내 저출산 예산이 한 해에 50조 정도라는데, 그 돈이 왜 시급하게 필요한 곳에 쓰이지 않는지 의문이다. 결국 아이를 낳는 비용도, 키우는 비용도 다 개인이 부담해야 하는 현실에서, 요즘 젊은 사람들이 아이를 안 낳는다고 무턱대고 비판할 수는 없을 것이다. 늦어지는 결혼과 출산은 이제 되돌릴 수 있는 현상이 아니다. 그렇다면 난임은 더 이상 개인의 문제가 아니라 사회적 문제다.

아침 출근길, 방을 엉망으로 만들고 허겁지겁 달려 나가는 내 등 뒤로 아빠의 한 맺힌 저주가 들린다.

"내가 부모로서 100퍼센트 너 닮은 딸 낳으라고 하는 건 너무 심한 것 같고, 너 반만 닮은 딸 낳아 봐라!"

그런데 그 저주가 이뤄지길 바라는 건 아빠만이 아니다.

'나도 엄마가 되고 싶다고요!'

브라보,
아빠의 인생

나는 등산을 좋아한다. 산에 오르는 동안은 다른 생각을 하지 않고 오로지 그 행위에만 집중할 수 있어서다. 산토끼라는 별명처럼 그날도 뛰어서 산에 올라가고 있는데, 한 아저씨가 "나도 아가씨처럼 젊었을 때는 뛰어서 산에 올라가곤 했었는데 세월이 진짜 무상하네요" 하신다. 평소 같았으면 그냥 "감사합니다" 하고 올라갔을 텐데 어쩐지 이날은 아저씨 곁에 잠시 멈춰 서서 이야기를 나눈다.

젊은 시절을 대기업에서 보낸 아저씨는 밤낮 없이 열심히 일하며 가족들을 먹여 살렸다. 그러다 30년 넘게 다닌 직장에서 은퇴하고 보니 일밖에 몰랐던 세월만큼이나 가족과 멀어져 있었다. 아이들은 엄마를 보며 재잘대다가도 아빠가 들어오면 말수가 줄었다. 어릴 때는 장난감을 사 주고 어느 정도 커서는 용돈으로 환심을 샀지만, 이제 사회생활을 하는 자식들에게는 어떻게 다가가야 할지 알 수가 없다.

직장을 떠나니 직장 동료도 사라지고 친구도 몇 안 남았다. 빈 시간을 메우려고 산을 오르는데 그마저도 몸이 따라 주지 않아 서글프다. 그래도 계속 산에 오르는 이유는 운동화 한 켤레만 있으면 돈도 안 들고, 시간도 훌쩍 가고, 건강식품 안 먹어도 건강해지니 이만한 취미가 없어서다.

맞벌이가 일반화된 요즘은 아빠들도 육아에 참여해서 가족 간의 유대감이 예전보다 커진 듯하지만, 과거에는 그렇지 않은 가정이 대부분이었다. 과중한 스트레스와 책임감을 덜어 줄 취미 생활도 별로 없던 옛날 아빠들은 대개 좋은 일에도 술, 나쁜 일에도 술 한잔이 전부였다.

언젠가 아이들이 크고 그런 무게감에서 벗어날 날을 꿈꾸지만, 막상 은퇴를 하고 가족들과 오순도순 지내 볼까 하면, 어느새 아이들은 독립해서 나가고, 아내는 친구들과 어딜 그렇게 재미나게 다니는지 모르겠다. 뭘 해야 될지, 어딜 가야 할지 모른 채 시간만 흐른다. 사람들은 아이를 낳고 키우는 엄마의 고생과 희생만큼 아빠의 삶에 대해서도 궁금해하진 않는 것 같다.

나 역시 그랬다. 어느 날 아빠가 요새 자기 고민이 뭐인 것 같냐고 생뚱맞게 물었다. "아빠 어디가 안 좋대? 어디 아파?" 하고 내가 걱정하자, "그럼 아빠의 꿈은 뭐인 것 같니?"라고 재차 묻는다. 보통 부모가 자식에게 꿈을 묻지, 자식이 부모에게 꿈을 묻진 않는다. '아빠의 꿈'이라니. 뭔가 세상에 없는 단어 같은 이상한 조합이다. 엄마의 고민은 잘 들어 줬어도, 아빠의 이야기는 들어 볼 기회도 생각도 별로 없었다. 엄마가 되면 엄마를 이해한다는데, 나는 아빠는 될 수 없으니 그럼 영원히 아빠를 이해할 수는 없는 걸까?

나에게 찾아오는 아빠들이 많다. 때로는 밀린 임금을 받지 못해서, 때로는 채무를 다 갚지 못해서, 때로는 자식일로 나를 찾는다. 사연은 다양하지만, 그 밑에 깔린 아빠들의 고단한 삶은 어쩐지 비슷한 모양이다.

20대 초반의 여자에게 사기를 당한 적이 있다. 여자의 사기 행각은 10대 후반부터 시작됐다. 신생아를 키우는 초보 엄마들이 모인 인터넷 카페에 아기 용품을 판다고 글을 올리고는, 거래가 성사되면 돈만 받고 물건을 보내지 않았다. 피해금은 대부분 5만 원 미만이었다. 이제막 출산을 하고 몸도 추스르지 못한 채로 아기를 돌보던 피해자들은 사기를 당하고도 신고하러 가기가 어려웠다. 그런 피해자가 수십 명이 넘었다. 피해자와 피해금이 늘어나다 보니 결국 여자는 검거됐다. 여자의 아버지는 피해자들에게 한 명 한 명 전화해서 사과하고 합의를 부탁했다. 아기 엄마들은 아버지의 정성에 못 이긴 척 합의해 줬다.

아직 미성년이었던 여자는 아버지의 노력 덕분에 처벌을 면했으나, 그게 오히려 화가 됐다. 사기를 치고도 어떠한 처벌도 받지 않았으니, 같은 휴대폰 번호와 계좌 번호로 이번에는 의류 사이트에서 품절된 상품을 찾는 사람들에게 접근했다.

나도 그 피해자 중 한 명이었다. 복학을 앞둔 대학생이던 나는 핑크빛 학교 생활을 꿈꿨는데, 그에 걸맞지 않게 갖고 있는 옷들이 너무 후줄근했다. 근사한 가죽 자켓이라도 걸치면 좀 세련되어 보일 것 같았다. 인터넷 사이트를 뒤지다가 인조가죽 자켓을 발견했는데 이미 품절이었다. 사람은 왜 갖지 못하는 것에 더 간절해질까? 이미 품절되어서 못 사는 옷인데도 상품 후기를 읽고 또 읽었다. 이 옷을 입으면 체형도 커버되고 얼굴도 환해 보일 텐데. 밤새 그걸 입고 캠퍼스를 누비는 꿈을 꿨다. 이미 그 자켓은 내 마법의 망토였다. 간절한 마음에 궁여지책으로 혹시 중고로 옷을 파실 분이 있냐고 게시판에 글을 남겼다.

1분도 안 돼 문자가 왔다. 정가 8만 원인 옷을 3만 원에

판다고 했다. 옷 사진 좀 볼 수 있냐고 물으니, 본인이 지금 밖에 나와 있고 오늘 당장 급전이 필요해서 파는 것이라 내일이면 팔지 않겠다고 했다. 갑자기 심장이 두근거렸다. 옷이 필요한 나와 돈이 필요한 매도인, 이것이 운명이 아니면 도대체 무엇이 운명이란 말인가. 바로 입금하고 문자를 보냈다. 그동안 칼답을 하던 매도인이 답이 없었다. 다시 옷 파는 사이트에 들어갔더니 익숙한 계좌번호, 전화번호와 함께 상습 사기에 주의하라는 팝업 창이 떴다.

옷값 3만 원. 그때 내 고깃집 알바 시급이 3000원이었으니, 무려 10시간 동안 꼬박 불판을 갈고 서빙을 해야 벌수 있는 돈이었다. 돈을 잃은 것보다도 그 옷을 입고 캠퍼스를 누비는 나를 볼 수 없다는 사실이 괴로웠다. 사법시험을 준비한다면서 사기나 당하는 내 모습도 좀 처량했다. 바로 다시 문자를 보냈다. 나는 사법시험을 준비하는 고시생이고 반드시 고소할 테니까, 고소당하고 싶지 않으면 돈을 돌려달라고 했다. 그러나 이미 나보다 경찰서나 재판 경험이 많았던 사기꾼은 자기가 고소당해 봐서 아는데 별로 큰일이 일어나지 않더라, 속아 줘서 고맙다며 답장을 보냈다. 분했다. 내 꽃 같은 복학 생활을 망치다니.

사이버수사대에 글을 남기려고 했으나, 사이버수사대는 정말로 사이버상에만 존재하는 것인지 아무리 신고해도 연락이 잘 오지 않는다고 했다. 그럼 경찰서에 찾아갈까 했으나, 고작 3만 원 피해로 신고하면 바쁜 경찰관 분들께 내가 오히려 피해를 끼치는 것 같았다. 그래서 나와 같은 피해자들을 모았다. 사기당한 사람들이 모이는 인터넷 사이트에 수소문하니 수십 명이 나왔다. 이 정도면 됐다 싶어서 함께 고소하자고 뜻을 모았다. 고소장을 작성해서 경찰서에 제출하고, 그 상황을 가해자에게 전했다. 친절하게 알려 줘서 고맙다고 답장이 왔다.

처음에는 어린 여자가 왜 그렇게 사는지 납득이 안 되고 화가 났다. 그러다 나중에는 내가 왜 그런 뻔한 사기에 속았을까, 오늘 아니면 안 판다는 말, 오늘만 싸게 해 준다는 말, 당장 물건을 확인시켜 주기는 어렵지만 돈은 지금 보내라는 너무나도 허술한 말에 왜 속았을까 자책했다.

그렇게 가죽 자켓 없이 복학을 하고, 계절이 몇 번 바뀌어 기억도 흐려질 때쯤 모르는 번호로 전화가 왔다. 중년 남자였다. 자기 딸이 그 사기꾼이고 너무 죄송하다며, 피해금을 변제하고 합의하고 싶다고 했다.

"저는 3만 원 안 받아도 되고요. 그냥 따님이 처벌받았으면 좋겠네요. 왜 돈 없는 사람들한테 사기를 치나요? 소액이라 신고 안 할 거라고 생각하고 계속 그러는 게 너무 괘씸해요. 왜 속은 사람들이 죄책감을 느껴야 하나요? 이번에

처벌 안 되면 따님은 또 그렇게 평생 살 거예요. 저는 합의
못 해 드려요."

"제가 딸을 잘못 키워서 죄송합니다. 용서는 해 주지
않으셔도 됩니다. 처벌해 달라고 탄원서를 내셔도 됩니다.
그래도 피해를 입힌 부분에 대해서는 제가 도리를 다하는
게 맞다고 생각해서 이렇게 염치 불고하고 전화드렸습니
다. 면목이 없지만, 제가 아버지인 걸 어떻게 하겠습니까.
어차피 구속도 되어 있고 이번에는 처벌을 받을 겁니다. 하
지만 이렇게 안 하면 더 나쁜 아이로 살게 될 것 같아, 어려
운 살림이나마 돈을 마련해서 피해라도 변제하려고 합니
다."

차라리 알겠다고 하고 그냥 전화를 끊지, 왜 끝까지 사
과를 하실까. 저 아버지의 잘못은 무엇일까? 그런 딸을 낳
은 것이 잘못일까? 제대로 교육하지 않은 것이 잘못일까?
처음 기소되었을 때 처벌받게 내버려 두지 않은 것? 또다시
죄를 저지를 때까지 방관한 것? 성인이 된 자식이 죄를 지
어도 여전히 아버지가 고개를 숙여야 하는 걸까? 딸은 이런
아버지의 마음을 알까? 자식만큼 내 맘대로 안 되는 것도
없다는데, 나중에 내 자식이 그렇게 되면 나는 저 아버지처
럼 용서를 구할 수 있을까? 잘못을 저지르고도 억울해하는
것이 인간의 본성이라던데, 부모라는 인간은 또 다른 존재

인 걸까? 꼬리에 꼬리를 무는 복잡한 질문이 마음을 흔들었지만, 답은 쉽게 찾아지지 않았다.

"아버님의 3만 원이 어떤 의미인 줄은 알겠지만, 아버님이 피해를 변제하고 사과하시는 동안 따님은 뭘 하고 있나요? 결국 아버님의 사과와 보상만 있는 건데, 그래서 따님은 이번에는 반성을 좀 하나요?"

다른 것보다 그게 궁금했다. 이러고도 또다시 사기를 친다면 아버지의 노력은 물거품이 될 테니까.

"구속까지 되고 나니 이번에는 좀 정신을 차릴 거라고 생각합니다. 그렇게 되도록 저도 더 노력해야겠지요."

범죄자는 자신을 범죄자라고 생각하지 않는데, 범죄자를 키운 아버지는 범죄자가 되어 있다. 차마 내 손으로 합의서를 써 드리진 못하겠고, 3만 원을 변제했다는 내용으로 서면은 내시라고 했다. 점점 작아지는 목소리를 뒤로 하고 전화를 끊었다.

아빠는 언제부터 아빠라는 이름의 무게와 역할에 눌려 작아지게 되었을까? 우리가 아빠의 꿈을 묻지 않는 이유는 어쩌면 나의 존재로 인해 가슴 한편에 묻어 둘 수 밖에 없었을 아빠의 진짜 꿈을 마주하는 것이 미안해서일지도 모르겠다. 아빠가 아빠가 된 그 순간부터 주어진 책임을 다하기 위해 자신의 꿈을 슬며시 뒷전으로 미뤄 두진 않았을까? 그렇게 가슴 속에만 간직한 소중한 꿈을 정신없이 사느라 잊기도 하고, 일부러 애써 잊기도 하다가, 어느새 딸의 꿈을 이뤄 주는 것, 그렇게 훌륭한 아빠가 되는 것이 원래의 꿈이었다고 아빠 자신도 나도 믿게 된 것은 아닐까?

아빠는 늙어도 아빠의 꿈은 늙지 않는다. 아빠의 꿈은 여전히 진행형이다. 내가 어떤 꿈을 꾸든 항상 나를 응원하고 지지해 준 아빠에게 이제는 묻는다.

"아빠는 꿈이 뭐야?"

이제 고작 100일 주제에
탕수육을

일을 시작한 지 100일이 지났다. 여전히 모르는 것이 많지만 조금은 알 것도 같다. 무슨 일이든 적응하는 데 최소 100일은 필요한 듯하다. 아기가 어둠과 양수로 가득 채워진 엄마 뱃속을 나와 세상의 빛과 공기에 적응하는 데도, 그 아기의 부모가 자신들이 부모가 되었다는 사실에 익숙해지는 데도 100일의 시간은 필요하다. 이제 막 사랑을 시작한 커플에게도 100일은 관계를 계속 이어 나갈지 결정짓는 중요한 시간이 된다. 낯설고 혼란스러운 이 시간이 지나면 좀 더 안정된 시기가 찾아오고, 우리는 그렇게 무사히 버텨 낸 100일을 축하한다.

나 역시 100일이 지나자 상담 기술이 조금씩 늘었다.

처음에는 사람들이 모두 진실만을 이야기한다고 생각하고 그걸 전제로 답변했다. 그런데 같은 사람이 다음번 상담에서는 전과 다른 말을 하는 경우가 많았다. 자신에게 불리한 부분은 생략하고 유리한 부분을 확대해서 말하기도 한다. 그래서 이제는 조금 걸러서 듣기도 하고, 대답을 확정적으로 하지 않기도 한다. 전에는 한도 끝도 없이 듣고만 있었다면, 이제는 거짓말 같거나 꼭 알 필요가 없는 내용이면 자연스럽게 다른 이야기로 유도하는 기술도 쓴다.

이런 나의 성장을 스스로 기특해하며 앞으로 더 잘해보자는 의미로 점심 메뉴는 조금 사치스럽게 짬뽕에 탕수육까지 시켰다. 이런 날도 있어야지! 혼자서 2인분이 넘는 음식을 앞에 두고 나만의 잔치를 벌인 뒤, 포만감을 느끼며 다시 자리에 앉았다.

나의 100일 손님이 들어온다. 다소 어눌한 말투로 인사를 건네며 장애인 복지 카드를 내민다.

"무슨 일 때문에 오셨죠?"

"아빠가, 아니 아이 아버지가 아이를 데려가려고 해요."

"아이 아빠요? 그러니까 남편 말씀하시는 거죠?"

"아니, 제 아빠이면서 제 아이 아버지인 사람이요."

내 아빠이면서 내 아이의 아버지인 사람이 있을 수가

있나? 기분 좋은 포만감이 갑자기 불쾌한 더부룩함으로 다가온다.

여자는 어린 시절부터 엄마와 둘이 살았다. 엄마는 계절마다 다른 남자를 아빠라며 데리고 왔는데, 어쩌다 그들을 아저씨라고 부르면 화를 냈다. 그래서 여자는 계절마다 다른 아빠를 맞이했다.

고등학교를 졸업하고 일을 시작했다. 지체장애가 있어서, 복지관을 통해 직장을 구하고 적은 수입을 얻었다. 월급날이 오면 엄마가 그 돈을 가져갔다. 엄마는 딸의 장애 때문에 남편과 이혼했다고 생각했고, 딸을 부끄러워했다. 여자가 살면서 엄마에게 제일 많이 들은 말은 "방에 들어가 있어"였다. 그래도 자신을 떠나지 않은 엄마가 좋았고, 엄마가 좋아하는 아저씨들이 혹시나 자기 때문에 엄마를 떠날까 봐 잘 보이려고 애썼다. 그러나 아무리 노력해도 엄마는 여자를 좋아해 주지 않았다. 딸이 번 돈을 계속 가져갔고, 더 벌어 오라고 강요했다. 돈 벌어다 줄 날만 기다리며 여태 키워 준 거라는 나쁜 말도 서슴지 않았다.

여자의 마음속에 어느새 엄마에 대한 미움이 자리 잡았다. 엄마를 고통스럽게 하고 싶었다. 그래서 새로 아빠가 된 사람에게 접근해 아이를 가졌다. 엄마와 여자, 그리고 여자에게는 아빠이면서 남편이고, 아이에게는 할아버지이면서 아빠인 남자, 여기에 아기까지 네 사람의 말도 안 되는 동거가 시작됐다. 엄마와 여자는 매일같이 싸웠다. 남자는 이런 콩가루 같은 집안에서 아이를 데리고 나가겠노라며, 양육권을 가져오기 위한 소송을 하겠다고 선포했다. 여자는 아이를 뺏길까 봐 두려움에 시달렸다.

내 동공이 흔들리고 있었다. 무슨 질문을 해야 할지 머릿속이 하얘졌다. '그 이야기가 진짜인가요? 제가 지금 뭘 들은 거죠?'라는 말이 입 밖으로 튀어나오려는 것을 간신히 참았다. 매번 다른 남자와 살림을 차리는 엄마, 그런 엄마에게 복수하려고 엄마의 남자에게 다가가 그의 아이를 가진 딸. 당사자가 너무나 덤덤하게 말해서 오히려 더 믿기지 않았지만, 그렇다고 한 사람의 인생을 그저 거짓말로 치부할 수는 없었다. 이러지도 저러지도 못하다가, 한참 만에 겨우 입을 뗐다.

"두 분이 혼인신고가 되어 있는 법적 부부가 아니기 때문에, 남자가 자신의 아이라는 것을 입증하기 위해 인지청구를 먼저 해야 할 겁니다. 인지 청구가 인용되고 나면 양육권 소송도 들어올 테니 일단 그때까지 기다려 보시고, 소장이 오면 다시 연락 주세요. 그리고 지금처럼 어머니랑 아이

아버지랑 다 같이 사는 건 아이에게도 별로 좋지 않을 것 같고, 나중에 양육권 관련해서도 문제가 될 수 있으니, 아이와 함께 다른 거처로 옮기셔서 분리하는 게 좋을 것 같아요."

여자가 알겠다며 일어난다. 결국 내가 묻고 싶은 말은 끝내 묻지 못하고 상담이 끝났다.

지난 100일간 많은 사람을 만나고 많은 이야기를 들으면서 이제는 의뢰인의 말을 가려서 들을 수 있다고 판단한 내가 얼마나 편협하고 오만했는지를 깨달았다. 돌아보면 그 시간 동안 같은 사건은 단 하나도 없었다. 세상만사라는 말처럼 천 명의 사람에게는 천 개의 사연이 있다. 이렇게 한 번도 생각해 보지 않은 일들이 일어나는 세상에서, 내가 진실 여부를 미리 판단하여 조언할 수는 없다. 영화보다 더 영화 같은 상황이라고 해서, 내가 임의로 거짓으로 판단해 걸러 들을 수는 없는 것이다. 나는 그저 나를 찾아온 분들의 말이 진실이라 전제하고 답을 드려야 할 뿐이다.

아기도 돌은 되어야 걷고, 커플도 100일, 아니 1주년은 되어야 서로를 이해하는 진짜 연인이 된다. 그런데 이제 고작 100일 주제에 탕수육까지 시켜 먹었다니. 뱃속에서 짬뽕이 용솟음친다. 아직 너무 멀게만 느껴지는 1주년이 되면 내 능력치도 그만큼 상승해 있길 바라지만, 오늘의 경험에 비추어 보면 그때도 내 상담 기술이 그렇게 크게 늘 것 같지는 않다. 다만, 앞으로도 드라마보다 더 드라마 같은 사건들이 나를 당황하게 할 것이고, 그 앞에서 내 동공은 흔들릴 것이며, 그렇게 거짓말인지 진짜인지 모를 사연들 속에서 나는 그저 최선을 다해 조언할 것이다. 그렇게 버티다 보면 언젠가는 떳떳하게 한입 가득 탕수육을 베어 물 수 있는 날이 오지 않을까.

4장

관계

원치 않게 맺어지기도
끊어지기도 하는

매일 아침 10시에
동료가 온다

"변호사님, 이거 하나 잡수고 일하세요."

매일 아침 10시, 시계보다 더 정확하게 같은 시간에 복도를 지나는 야쿠르트 아주머니가 내가 주문한 유산균 음료 외에도 신상 제품을 내민다. 연신 손사래를 쳐 보지만, 마시고 어려운 사람들 많이 도와주라며 기어이 책상 모서리에 음료를 올려 두고 간다. 함께 일하는 동료는 없지만 이렇게 마음을 나누는 든든한 지원군들이 내 직장 동료다.

오늘은 점심시간을 훌쩍 넘겼는데도 아주머니가 보이지 않는다. 무슨 일인지 걱정스러운 마음에 칸막이를 나와 둘러보는데 어디에도 흔적이 없다. 퇴근 시간이 거의 다 되어서야 아주머니가 늦어서 죄송하다며 부랴부랴 배달 음료를 건넨다. 어쩐지 얼굴에 눈물자국이 그득하다. 무슨 일 있으시냐고 물으니 눈물자국 위로 또다시 눈물이 쉴 새 없이 흐른다. 음료를 따서 연신 거절하시는 아주머니께 건네 드린다. 아주머니는 자기가 이걸 어떻게 마시냐며, 2000원도 안 하는 음료를 신줏단지 모시듯이 꼭 움켜쥐고는 한참을 바라본다.

"저한테는 그렇게 잘 주시면서 왜 제가 드리는 건 거절하세요?"

"제가 변호사님한테 드리는 거랑 변호사님이 저한테 주시는 건 다르죠."

"뭐가 다른가요? 사람이 사람한테 정을 주는 건데 다 같은 거죠."

아주머니는 그제야 음료를 조심스레 한 모금 마시더니 묻는다.

"혹시 제가 질문을 좀 드려도 실례가 안 될까요?"

남편은 오랜 기간 신장 투석을 받으면서도 힘든 몸을 이끌고 일을 하려고 노력했다. 초등학교를 겨우 졸업한 아주머니는 그런 남편을 도우려고, 특별한 경력을 요구하지 않고 자신의 친화력을 적극 활용할 수 있는 야쿠르트 배달 일을 시작했다. 싹싹한 성격 덕분에 단골도 늘었고, 그럭저럭 입에 풀칠은 할 수 있었다. 그러다 남편의 상태가 급격히 나빠졌다. 야쿠르트 배달만으로는 치료비조차 감당하기 어려웠다. 낮에는 배달을 하고, 저녁에는 식당에서 일하며 하루하루 겨우 버텼다.

그러던 어느 날, 문자를 한 통 받았다. 저금리로 돈을 빌려준다는 서민 금융이었다. 그쪽에서 시킨 대로 계좌를 신설하고 통장과 직불카드를 만들었다. 그들은 직불카드는 아주머니가 보관하되 혹시라도 나중에 돈을 갚지 않을 것에 대비해 통장은 자신들이 보관할 테니, 알려 주는 주소로 통장과 비밀번호를 보내고, 통장이 도착했다는 문자를 받으면 비밀번호를 변경하라고 했다. 그런데 통장과 비밀번호를 보내고 3일이 지나도록 문자가 없었다.

밤낮 없이 일하며 남편 간병에 매진하던 중, 대포 통장을 만들어 제공했다는 혐의로 조사를 받아야 한다는 경찰의 연락을 받았다. 한 군데도 아니고 전국 곳곳에 있는 경찰서에서 연락이 왔다. 경찰서에 가서 돈을 빌리려고 통장을 만들어서 보냈다고 말했다가, 요즘 세상에 누가 통장을 빌려주냐며, 대포 통장으로 이용될 줄 알았던 것 아니냐는 추궁을 당했다. '내가 이렇게까지 무지했구나.' 그저 살아 내기에 바빠 세상 돌아가는 것도 몰랐던 자신의 처지가 그제야 서러웠다.

그동안 보이스피싱과 관련한 상담을 많이 했다. 한 보이스피싱 일당은 전 재산을 쌀통에 보관하던 할머니의 돈을 눈앞에서 가져갔다. 할머니가 좌절감에 스스로 생을 마감하자, 환갑이 넘은 아들이 그놈들 좀 꼭 잡게 해 달라며 나를 붙잡고 호소했다. 취업이 되지 않아 아르바이트를 구하던 청년이 물건만 잘 전달하면 된다는 말에 일을 맡았다가 보이스피싱 전달책으로 이용되어 기소된 사건도 있었다. 앳된 얼굴의 청년은 이제 자신이 전과자가 되는 거냐고 물었다. 그뿐인가? 중국에 취업을 시켜 준다고 해서 따라갔다가 거대한 보이스피싱 업체에 붙잡혔던 30대 남자는 겨우 탈출하고 돌아와 두려움에 떨며 눈물을 흘렸다.

요즘 보이스피싱은 피해자에게 돈을 편취하는 것은 물론이요, 사람을 교묘하게 이용해 심리를 위축시키고 결국 가해자로까지 만든다. 당한 사람은 피해자가 되든 가해자가 되든 간에 재산만 빼앗기는 것이 아니라 스스로에 대한 원망과 자책감에 시달리게 된다. 내 주변 변호사들이 보이스피싱을 당하는 경우도 봤다. 보이스피싱은 무지해서 혹은 조심하지 않아서 당하는 일이 아니다. 살다 보면 아무리 조심해도 문제가 생기는 때가 분명히 있다. 그럼에도 사회는 그 사람에게 왜 조심하지 않았냐는 비난을 멈추지 않는다.

아주머니는 처음 경찰 조사를 받을 때부터 내게 상담을

하고 싶었지만, 자신이 왜 멍청하게 의심조차 안 하고 통장을 줬는지 부끄럽고, 피해자들은 자기 때문에 괴로워하고 있을 텐데 나만 살자고 상담을 받는 것이 죄스러워 혼자 속앓이했다고 한다. 또한 상담을 청하면 그동안 자신이 베풀었던 선의가 마치 무엇을 바라고 한 것처럼 보일까 봐 걱정되기도 했다.

"무엇을 바라고 선의를 베풀면 안 되는 건가요?"라고 내가 물었다. 세상에는 악의적인 행동으로 남에게 손해를 끼치는 사람도 많은데, 정작 선의를 베풀며 성실히 사는 사람들은 왜 누군가에게 작은 도움조차 요청하지 못하는지 답답했다. 아주머니께 매일 얼굴 보는 직장 동료 사이에 이 정도도 서로 이야기 못 하냐며, 오히려 내가 서운하다고 툴툴댔다.

의견서를 작성해 경찰서에 제출했다. 정말로 어려운 형편에 돈을 대출하기 위해서였을 뿐, 계좌를 대여하여 얻은 이익이 전혀 없고 작은 전과 하나도 없음을 꼼꼼하게 밝혔다. 최고의 집중력을 발휘할 수 있도록, 그동안 아주머니가 건네 주셨던 건강 음료들이 몸속에서 힘을 내고 있었다.

몇 주 뒤 아침 10시, 괘종시계의 경쾌한 종소리 같은 발걸음 소리가 들려온다. 내 동료가 무탈하게 오고 있다. 무혐의에 걸맞은 밝은 얼굴로 동료가 건네 준 야쿠르트가 오늘 따라 유독 더 달큰하다. 꼭 같은 일을 해야만 동료는 아니다. 동료의 '료(僚)'는 '사람 인(人)'과 '횃불 료(尞)'가 결합하여 만들어진 글자로, 밝게 빛나는 사람이라는 뜻이다. 그렇다면 동료란 '함께 있을 때 밝게 빛나는 사람'이라고 해석할 수 있지 않을까?

우리는 각자의 위치에서 각자 맡은 일을 하고 서로를 위해 주며 함께할 때 더욱 빛이 난다. 매일같이 내 책상을 닦아 주는 청소 아주머니, 별일 없냐며 일부러 순찰을 돌아 주는 청원경찰 아저씨, 소속도 이름도 모르지만 한번씩 간식을 가져다 주는 같은 층 공무원까지 동료들이 건네는 말과 행동은 건강 음료처럼 내 몸에 흡수되어 하루치 힘을 책임진다.

때로는 사소한 불행이 나를 힘들게 하지만, 좋은 동료들을 매일 같은 자리에서 다시 볼 수 있다는 사소한 행복이 나를 기쁘게도 한다. 이 글을 읽고 있는 당신 주변에도 분명 당신을 빛나게 해 주는 동료가 오늘도 함께하고 있을 것이다.

명예에 살고
명예에 죽는다

　　　　　　명예훼손죄를 범하여 기소 유예를 받은 사람들을 대상으로 강의를 했다. 초범이고 사안이 경미한 경우에는 대부분 교육 받는 것을 전제로 기소를 유예해 준다. 기소만 안 할 뿐 죄가 없다는 뜻은 아니다. 다음번에 같은 죄를 또 저지르면 이전에 유예받은 죄도 "묻고 따블로 가!"라는 영화 대사처럼 함께 기소되어 처벌받을 수 있다. 그래서 재범을 하지 않는 것이 중요한데, 안타깝게도 같은 행동을 반복하는 경우가 많다.

　　수업이 끝날 무렵, 질문이 있냐는 말에 이 시간만을 기다렸다는 듯 손들이 쑥쑥 올라온다. 예상한 반응이라 이제는 한숨도 내쉬지 않고 입안으로 삼키며 선수를 친다.

"혹시 다른 나라에서는 사실적시 명예훼손을 처벌하지 않는데 왜 우리나라만 처벌하냐는 질문 외에 다른 질문 있으신가요?"

몇몇 손들이 멋쩍게 내려간다.

"내 자유와 권리가 중요한 만큼 타인의 자유와 권리도 중요하기 때문에, 아무리 개인의 자유라고 하더라도 질서 유지, 공공복리에 반하면 헌법 제37조 제2항에 따라 제한될 수 있습니다. 우리나라는 허위 사실뿐만 아니라, 사실이라도 타인의 사회적 가치를 저하하는 발언을 하면 처벌합니다. 만약에 이 부분에 불만이 있으시면 헌법소원으로 해결하시면 됩니다. 본인이 부당하다고 생각해서 지금 있는 법을 안 지키면 처벌됩니다."

다소 단호하게 답변하고 강의를 마쳤다. 명예훼손은 유독 처벌 자체를 인정하지 않는 사람이 많아서, 상담할 때 설득에 어려움을 겪곤 한다. 악법도 법이라는 진부한 이야기를 하고 싶진 않지만, 분명히 피해를 보는 사람이 있고, 이 법이 위헌이 되지 않는 한 처벌받을 수밖에 없기 때문에 좀 더 엄격하게 말하곤 한다. 명예라는 것이 눈에 보이는 것도 아니어서 그 값어치를 따질 수는 없다. 그러나 어떤 이에게는 명예가 자기 생명이나 신체보다 더 중요한 법익일 수 있다.

내 나이 또래에 기초생활수급을 받고 있는 남자의 명예훼손 사건을 도와준 적이 있다. 깔끔한 옷차림에 멀쩡하게 생긴 남자는 자신의 직업을 '인터넷에서 의견을 개진하는 방랑객'이라고 소개했다. 경찰 조서에는 '무직'이라고 적혀 있었다. 그는 아침에 눈 뜰 때부터 밤에 잠들 때까지 인터넷에 댓글을 달았다. 그 가운데 동영상 유출 사건을 보도하는 기사에 피해자 여성을 '걸레'라고 표현하고 가족을 험담하는 등 명예를 훼손하는 내용의 댓글을 쓴 것이 문제가 되어 기소당했다.

그는 상담 중에도 일면식도 없는 여자의 행동을 지적하며, 자신은 의견을 개진했을 뿐인데 이 나라는 표현의 자유도 없냐며 큰소리를 쳤다. 죄를 인정하든 하지 않든 본인의 자유지만, 변호사로서 조언하건대 본인의 이익을 위해서라도 사과하고 반성하는 태도를 보여야 좋을 거라고 인내심을 발휘해 가며 거듭 말했다.

재판 당일, 죄를 인정하느냐는 판사의 말에 남자는 당당하게 소리쳤다.

"저는 무죄이며, 변호사가 죄를 인정하라고 해서 인정했을 뿐입니다."

살면서 그렇게 등골이 오싹하기는 처음이었다. 경찰도 검찰도 아니고 변호사인 내가 허위 자백을 강요했다니. 내 명예가 훼손되고 있었다. 법정 내부가 술렁였다. 판사가 어떤 부분에서 허위 자백을 강요받았냐고 물으니, 남자가 이렇게 답했다.

"걸레 같은 여자에게 걸레라고 했는데 그게 명예훼손이 된다면서 죄를 인정하고 사과하라고 강요했습니다."

법정 내부가 다시 고요해졌다. 판사가 나를 노려보며 물었다.

"변호인, 명예훼손죄에 대해 설명해 주었습니까?"

"아… 설명했지만 보시다시피 전혀 들을 생각이 없는 것 같습니다."

남자는 끝까지 자신이 뭘 잘못했는지 몰랐고, 그 기사에 댓글을 달았던 수많은 악플러 중에서도 가장 높은 벌금을 받았다. 죄를 지은 사람도 본인이 지은 죄에 더하거나 덜하지 않은 합당한 처벌을 받을 수 있도록 변호인의 조력이 필요하다는 내 신념을 아주 박살 내 준 것으로 기억에 남는 사람이다. 이후 명예훼손에 관한 상담은 그날의 오싹한 기억과 겹쳐 아주 껄끄럽게 느껴졌다.

40대 중반쯤 되어 보이는 여자가 서류 보따리를 낑낑 들고 와 자리에 앉는다. 테이블 위에 놓인 서류가 내 눈높이까지 온다. 변호사가 경험하는 서류 보따리는 크게 두 종류다. 자신의 억울함을 호소하기 위한 사연이 그득 담긴 이야기보따리거나, 다른 사람을 해하기 위해 갈고 닦은 흉기 보따리다. 부디 이야기보따리가 열려 내가 조금이나마 도움을 줄 수 있기를 바라 보지만, 이렇게 열정적으로 서류를 모을 때는 대부분 자신을 위해서보다는 타인에게 제재를 가하고 싶어서인 경우가 많다. 역시나 맨 위 서류 첫 장에 명예훼손이라는 단어가 보인다.

여자는 영문학을 전공한 프리랜서 번역가였다. 일을 하다 보니 혼기를 놓쳤지만, 능력 있는 싱글로 모두의 부러움을 샀다. 그러나 친구들이 결혼해서 하나둘씩 떠나자 외로움이 찾아왔고, 중년 솔로들이 모인 등산 동호회에 가입했다. 운동으로 다져진 다부진 몸매에 능력도 있고 말도 잘하고 얼굴까지 예쁜 그녀를 남녀 구분하지 않고 다들 좋아했다. 늘 혼자였던 여자의 삶에 들어온 동호회 사람들은 가족이자 동료이자 친구이자 애인 같은 존재였다.

그러던 어느 날 같은 또래의 여자 회원이 새로 가입했다. 개인 영어 교습소를 운영하는 회원 K는 어쩐지 여자와 여러 가지 면에서 비슷했다. 친해지고 싶은 마음도 있었지만 묘하게 경쟁심이 들기도 했다. 아마 상대방도 그랬던 것 같다. 그때부터였다. 등산을 가면 인공위성처럼 항상 여자 주변을 맴돌던 사람들이 이제는 새로 온 K를 중심으로 돌았다. 한번씩 여자를 향해 곱지 않은 시선을 보내기도 했는데, 무슨 얘기를 하는지 궁금해서 가까이 다가가면 전부 입을 닫았다. 그렇게 두 사람은 서로를 헐뜯었다. 여자는 K를 명예훼손으로 고소했고, K 역시 여자를 명예훼손으로 맞고소했다. 전쟁의 시작이었다.

명예훼손죄는 반의사불벌죄로, 피해자의 명시적 의사에 반하여 처벌할 수 없기 때문에 경찰과 검찰 모두 두 사람이 서로 화해하고 고소를 취하할 것을 권했지만, 이미 상할 대로 상한 자존심이 허락하지 않았다. 사이좋게 벌금 100만 원씩 받았다. 그러나 형사 처벌과 민사 손해배상은 별개라, K는 여자에게 민사 손해배상을 청구했다. 여자도 K에게 똑같이 손해배상을 청구해서 각자 50만 원씩 손해배상금을 받았다.

그게 끝이 아니었다. 두 사람은 서로 험담을 멈추지 않고, 끝도 없는 고소와 손해배상 청구 열전을 이어 갔다. 여자가 다른 회원에게 K의 험담을 했다는 소리가 들리면, K는 그 소리를 들었다는 사람을 찾아서 진술서를 받았다. 그러면 여자가 다시 그 사람을 찾아가 진술서가 허위라는 새로운 진술서를 받아오기를 되풀이했다. 같은 사람이 상반된 진술을 하자 그 사람까지 명예훼손으로 고소했다. 법원에 A 진술서가 증거로 나오고, 그 진술서가 거짓이라는 B 진술서가 나오고, 다시 그것이 사실이라는 C 진술서가 증거로 제출되는, 이제 무엇이 진실인지 본인들조차 혼란스러운 지경에 이르렀다.

판사조차 화해를 권고했지만, 두 사람은 생업마저 포기하고 여기에 몰두했다. 사실이면 사실인 대로 처벌되고, 허위면 허위인 대로 가중처벌이 되는 명예훼손죄의 특성을 누구보다 잘 이용하고 있었다.

나를 찾아온 여자의 궁금증은 새로운 사람들을 고소하기 위해 어떤 준비를 하면 좋겠냐는 것이었다. 여자는 또다시 고소를 준비하고 있었다. K와 그녀를 옹호하는 사람들을 전부 처벌하고 싶다고 했다. 한 시간 동안 남을 헐뜯는 이야기만 들어서인지 집중력이 흐려지면서 명예훼손이라는 글자의 '명예'가 자꾸만 '멍에'로 보였다. 칼이나 총만 흉기가 아니다. 누군가를 미워하고 증오하는 마음도 사람을 해치는 흉기가 될 수 있다. 서로를 찌르고 있는 저 보따리 안의 사연들이 그 어떤 흉기보다 무섭다.

잘나가던 프리랜서 번역가와 영어 교습소 원장이 생업을 제쳐 두고 녹취와 진술서를 받으러 뛰어다니고 경찰서와 검찰청, 법원을 제집처럼 드나드는 것도 모자라, 이제는 다른 사람들까지 그 전쟁에 참전시키려 하고 있었다. 결국 남의 명예뿐만 아니라 자신들의 명예까지 스스로 훼손하고 있다는 걸 모르고 말이다. 이고 지고 온 저 서류 보따리가 자신이 짊어질 멍에가 된다는 걸 정말 모르는 걸까?

안타깝지만 상담을 도와드릴 수 없을 것 같다고 말했다. 여자는 이제 자신에게 남은 것은 명예뿐이어서, 명예에 살고 명예에 죽을 터인데 왜 이 상담이 안 되냐고 물었다.

"어차피 설명해 드려도 알고 싶지 않으니 이 자리까지 오신 것 아닌가요? 주제넘지만, 서류 뭉치들 사이에 번역하신 글 한 장이 잘못 끼어들어 가 있었는데 번역이 너무 훌륭해서 저는 그것밖에 잘 생각이 나지 않네요."

누구에게나 한 번뿐인 인생, 그래서 저마다 자기 인생이 제일 애틋하다. 본인의 소중한 인생을 위해서라도, 나는 그녀가 멍에를 벗고 진정한 명예를 되찾길 바라는 마음으로 그렇게 답했다. 여자는 더 이상 묻지 않고 자리를 떠났다.

하늘 아래 태양은
둘이 될 수 있어요

　　고시 공부를 할 때다. 고시원을 탈출해 원
룸으로 거처를 옮겼다. 원룸이라고 해 봤자, 신발 벗고 들어
서면 복도에 마주 보는 방들이 쭈욱 늘어선 것이 고시원과
별반 다를 바 없어 보이긴 했다. 그래도 방마다 화장실이 딸
려 있어서 더 이상 다른 사람들과 함께 쓰지 않아도 된다는
사실이 좋았다. 더욱이 방 안에 놓인 자그마한 수도 덕분에
화장실에서 그릇을 씻지 않아도 됐다. 무려 월세 5만 원을
더 줘야 했으니 주변 시세나 내 형편을 생각하면 조금 사치
였지만, 갑갑한 한 칸짜리 고시원을 벗어나 나름대로 구획
된 공간에서 생활하다 보면 내 삶도 숨통이 트이고 정돈될
것 같았다.

집주인 할머니도 상냥한 분이었다. 이 집이 터가 좋아서 시험에 붙은 사람이 많다며, 좋은 선택이니 당장 계약하자고 채근했다. '그래, 사람답게 살아 보자. 좋은 환경에서 공부해서 빨리 시험에 합격하면 방값도 덜 내니까 그게 남는 장사지.' 그렇게 생각하니 마음이 좀 편해졌다.

며칠 뒤 할머니가 문을 두드렸다. 사실은 관리비가 따로 있는데 본인이 요즘 정신이 깜빡깜빡해서 말을 못 했다고 한다. 손가락 다섯 개를 쫘악 펼치며, 원래 다른 학생들한테는 5만 원을 받는데 본인 실수도 있으니 나한테는 3만 원이란다. 이사 한 뒤로 매일 할머니를 마주칠 때마다 밝게 안부를 여쭙곤 했는데 괜히 쉬운 사람으로 보인 걸까. 이럴 줄 알았으면 다른 집을 알아볼 걸 후회가 막심했다.

"근데 전기세랑 수도세도 제가 따로 내고, 여기는 엘리베이터도 없는데, 3만 원은 어떻게 쓰이는 관리비를 말씀하시는 거예요?"

"학생이 착해 보여서 방값도 싸게 해 줬는데, 어른한테 이렇게 말대꾸하는 줄 알았으면 방 안 줬지."

"처음부터 말씀하시지 않았고 계약서에도 없는 내용이니 어려울 것 같아요."

그래도 명색이 법 공부하러 들어와 있는데 계약 조건에 명시되지 않은 별도의 돈을 낼 순 없고, 그럴 형편도 되지 않았다. 설움 중에 가장 큰 설움은 집 없는 설움이라더니. 인자했던 할머니의 표정이 그때부터 달라진 듯한 건 내 자격지심이었을까? 독서실이나 고시 식당에 가려고 매일 같은 시간에 나서는 나를 기다렸다는 듯이 나타난 할머니는 문을 세게 닫았다는 둥, 분리수거를 제대로 하지 않는다는 둥 꼬투리를 잡았다. 억울한 심정으로 CCTV를 보자고 했더니 "사람끼리 믿고 살아야지. 아무리 법 공부한다고 사람 사는 일에 그렇게 증거 증거 하면 안 된다"라고 또 꾸짖으셨다.

어린 시절 '사당동 아줌마'라고 불리던 우리 집주인 아주머니의 자녀들이 나한테 이런저런 심부름을 시키면서 "내 말 안 들으면 너희 집 쫓겨나"라고 거드름을 피우던 모습이 떠올랐다. 그렇게 잘난 체할 때마다 마구 때려 주는 상상을 했지만, 실제로 행동으로 옮길 수는 없었다.

사업이 망해서 신림동 판잣집으로 이사 온 '사당동 아줌마'는 사당동에서는 망한 사람일지 몰라도, 그보다 더 가난한 사람들이 모인 달동네에서는 판잣집을 몇 채나 가지고 세 주는 파워 임대인이자 부자였다. 거기에 세들어 사는 우리 같은 사람들은 형편이 어려워져 더 이상 사당동에 살지도 않는 집주인을 '사당동 아줌마'라고 부르며 치켜세워 줬다. 그 모습을 보면서 어린 마음에도 사당동은 부자 동네고, 지금 같은 동네에 산다고 해도 사당동 아줌마와 우리 동네 사람들은 전혀 다른 레벨이기 때문에, 그 집 사람들 심기를 건드리면 무슨 일이든 단단히 생길 수 있다는 경고등이 들어왔다. 커서 꼭 사당동에 살겠다고 이를 꽉 깨물고 결심했건만, 30년이 지난 지금도 신림동 지박령으로 살며 이렇게 갑질을 당하는 내 모습을 보니 쓴웃음이 났다. 사당동 아줌마의 자녀들도 여전히 어딘가에서 갑으로 살고 있을까?

임대차보호법이 계약 기간 동안 내가 이 집에서 살 수 있는 권리는 보장해 줄지 몰라도, 편안하게 살 수 있는 권리까지 보호해 주는 것은 아니다. 매일 찾아와서 문을 두드리고 트집을 잡는 할머니로부터 법은 나를 보호해 주지 못했다. 당장 이사를 가려면 또 집을 알아봐야 하고 돈도 드니, 그냥 꿋꿋하게 할머니를 피해 지내다가 빨리 합격해서 떠나는 게 답이라고 생각했다.

공부하다가 새벽 2시쯤 잠자리에 들려는데 손에 펜 자국이 묻어 있길래 씻으려고 방 안에 있는 수도꼭지를 틀었다. 그런데 분명 손만 씻으려던 내가 이상하게 샤워를 하고 있었고, 한 손에는 수도꼭지가 들려 있었다. '내가 꿈을 꾸나?' 이게 무슨 일인지 상황 파악이 안 되어 어버버하다가, 벽을 자세히 보니 수도관이 올라온 곳에 시멘트로 대충 발라서 고정한 수도꼭지가 빠져 버린 것이었다. 수도꼭지가 없는 수도관은 더 이상 자신을 방해할 것이 없다는 듯 물을 콸콸 쏟아 내고 있었다.

손으로 벽을 막아 봤지만 소용없이 방바닥에 물이 차오르기 시작했다. 누가 바닥에 놓인 책과 전자제품만이라도 치워 주길 바라며 도와달라고 소리쳤다. 그런데 항상 열려 있던 우리 층의 모든 방문이 약속이라도 한 듯 닫히는 소리가 들렸다. 그래, 저 사람들에겐 내일의 공부와 내일의 삶이 있으니 어떤 일에든 휘말리고 싶지 않겠지. 쳇바퀴처럼 돌아가는 고시생의 삶을 이해하지만, 이러다가 물이 다른 방에도 넘치면 어쩌려나 싶었다.

심호흡을 한 뒤, 벽을 막고 있던 손을 떼고 책상으로 뛰어갔다. 휴대폰을 집어 들어 부모님에게 도움을 청했다. 집주인 할머니는 전화기가 꺼져 있어 큰일 났다 싶었는데 어찌어찌 겨우 연락이 닿았다. 잠시 후 부모님과 집주인 할머니가 달려와 물탱크를 잠그면서 한밤중의 소란은 끝이 났다. 엉망이 된 방에서 잘 수 없어 본가로 갔다. 젖어 버린 책과 노트를 말려서 쓸 수 있을까 걱정하며 얼굴도 젖고, 마음도 젖었다.

밤을 꼬박 새우고 원룸으로 돌아왔다. 아무 일도 없었다는 듯이 우리 층 방문들이 전부 열려 있다. 그 소란 뒤에도 다들 오늘의 공부를 하고 있었다. 간밤에 강하게 항의하는 우리 부모님에게 집주인 할머니는 깔끔하게 수리해 주겠다고 약속했다. 그런데 방에 가 보니 할머니 혼자서 수도꼭지를 다시 수도관에 억지로 욱여넣고 그 주변에 시멘트를 바르고 계셨다. 그렇게 하면 수도꼭지를 틀고 잠글 때 비틀리면서 또 빠진다고 항의했지만, 이번에는 시멘트를 꼼꼼하게 바를 거라 괜찮다는 말도 안 되는 소리만 반복한다. 나는 이제 저 수도꼭지를 사용하지 않을 테지만 아마도 훗날 누군가는 또 나처럼 봉변을 당하겠구나 싶었다.

젖은 장판과 벽지가 마르는 데 한참 걸렸고 그동안 방을 사용하지 못했지만, 월세를 깎아 달라거나 장판이나 도배를 새로 해 달라고 하진 않았다. 할머니를 탓하고 싶기보다는, 어서 합격하지 못하고 이런 곳에서 실갱이나 하는 내가 한심할 뿐이었다. 잠들기 직전까지 누워서 보던 책들이 물을 먹어 울퉁불퉁 부풀어 오르고, 필기 자국이 알아보기 힘들게 번져 있었다. 그날 내 마음 같던 책들을 한 장 한 장 드라이기로 말리며, 모든 법이 그렇겠지만 임차인의 권리가 아무리 법에 나와 있어도 그건 최소한의 보장일 뿐, 언제나 나는 내가 스스로 지켜야 한다는 걸 다시 한번 깨달았다.

결국 계약 기간을 다 채우지 못하고 짐을 쌌다. 한여름에 기름값을 써 가며 보일러를 틀어 말렸는데도 젖었던 벽지에 곰팡이가 폈다. 할머니는 환기를 잘 시켰으면 이런 일이 없었다며 보증금에서 제하겠다고 했다. 더 이상 다투고 싶은 마음도 들지 않았다. 멋대로 공제된 보증금이 입금되자 할머니 얼굴도 보지 않고 짐을 뺐다. 이후에도 할머니한테 전화가 계속 왔다. 알고 보니 내가 현관문 출입 카드를 반납하지 않은 것이다. 일주일 안으로 보내겠다고 문자를 보냈다. 그럼에도 할머니는 보증금을 이미 돌려줬으니 내가 카드를 반납하지 않아도 보상을 못 받을까 봐 걱정되었는지 그사이 100통 가까이 전화를 했다.

내가 나중에 집주인이 되어 누군가에게 임대차를 할 기회가 생긴다면 적어도 나쁜 임대인은 되지 말아야지 생각했다. 착한 임대인 아래 나쁜 임차인은 있을 수 있어도, 나쁜 임대인 아래 착한 임차인은 절대로 있을 수 없다.

변호사가 되어서도 가장 많이 상담한 분야가 임대차 분쟁이다. 금리가 오르고 정책이 자주 바뀌면서 임대인과 임차인 간의 갈등이 더 다양하고 깊어지는 형세다 보니, 임대인은 임대인대로 자신의 억울함을 호소하고 임차인은 임차인대로 자신의 신세를 한탄한다.

멀리서부터 성난 발걸음 소리가 들렸다. 저런 발걸음은 보통 본인의 억울함을 호소하는 형사 관련 상담이다. 할아버지 한 분이 "왜 변호사가 여자야? 남자 변호사 없어?"라고 투덜대며 들어온다. 아무렇게나 빗어 넘긴 머리에 제자리를 잃고 한 칸씩 밀려 겨우 매달려 있는 셔츠 단추에서마저 다급함이 느껴지는데, 그 와중에도 남자 변호사를 찾고 있다. "네, 저는 실력 없는 여자 변호사니까 실력 있는 남자 변호사님 찾아서 상담받으세요"라고 받아치니, "그건 아니고…" 하며 뒷머리를 긁적거리고 자리에 앉는다.

할아버지는 온라인에 유출된 유명 연예인을 닮은 사람의 사생활 동영상을 메신저로 전달받았다. 친구가 그 영상이 있냐고 물어보길래 '공유하기'를 눌렀는데, 잘못해서 본인이 소유한 건물 1층 상가를 임대차하고 있는 여자에게 영상을 보냈다. 실수로 그랬거니 여길 줄 알고 별생각 없이 있었는데, 임차인에게서 "뭐 하시는 거죠?"라는 메시지가 왔다. 임차인은 사과를 기다리고 있었다. 거기에 눈치 없이 "실수로 보내기는 했지만 요즘 핫한 동영상이라고 하니 한번 보세요"라고 답장했고, 바로 고소를 당했다.

고소 직후 조사 과정에서 만난 검사도 여자고, 판사도 여자였다. 남자라면 실수로 생각하고 넘어갈 수도 있는 문제를 아무도 이해해 주지 않으니 정말 억울하다. 오늘도 여자 변호사라서 이 또한 공정한 상담이 이뤄지지 않을 것 같은 불안감이 든다.

그래서 사과는 하셨냐고 물으니, 여전히 본인은 사과할 일이 없다고 한다. 나이 많은 사람이 눈이 어둡고 손이 떨리는 바람에 친구 목록에서 친구를 잘못 선택해 벌어진 일인데 너무 몰아세운다고 억울해한다.

"눈이 안 보이고 손이 떨리면 안 보셨어야죠. 사과는 선생님이 선택하실 수 있지만, 처벌은 선택이 아닙니다."

"내 상가에 저렴한 가격으로 임대차를 하고 있으면 이런 정도는 넘어가 줄 수도 있지. 사람이 그렇게 작게만 사니까 남의 건물에 세 들어 사는 거야."

"저도 지금 남의 집에 세 들어 살고 있으니 사람이 작아서 그런지, 아무리 생각해도 선생님이 잘못하신 것 같은데요. 사과하시는 게 좋을 것 같고, 만약 억울하시면 법정에서도 그렇게 말씀하세요. 혹시 아나요? 판사님도 집주인이어서 이해해 주실지."

임차인으로 살아온 세월의 서러움이 가득 담긴 내 답변이었다. 임대인 할아버지는 자기 건물이 있는 큰 사람답게 결국 사과를 선택하지 않았다. 남들보다 더 많은 벌금을 내고, 민사소송이 들어와 손해배상까지 해 줬다.

가해자들은 흔히 "나는 그럴 의도가 없었다"라는 말을

자주 한다. 하지만 법은 의도를 궁금해하지 않는다. 가해자가 저렴한 금액에 임대차를 해 준 임대인인지는 더더욱 궁금해하지 않는다. '정보통신망 이용촉진 및 정보보호 등에 관한 법률'은 메신저를 이용하여 사생활 동영상과 같은 영상을 배포한 사람을 처벌한다. 많은 사람이 '나도 건네받았는데⋯'라고 생각할 텐데, 물론 다 처벌 대상이 된다.

며칠이 지나 성난 발소리가 다시 들려온다. 할아버지는 엉덩이가 의자에 채 닿기도 전에 소리친다.

"하늘에 태양이 두 개가 될 순 없잖아!"

은혜도 모르고 자신을 범죄자로 만든 여자를 자기 건물에서 내쫓아야겠단다. 아무리 집값이 천정부지로 오른다고는 하지만, 임대인의 지위가 '사당동 아줌마'에서 '하늘의 태양'까지 간 것인가 씁쓸했다. 쫓겨난다는 말에 화들짝 놀라 주인집 아이들에게 잔심부름을 해 주던 꼬마가 이제는 이렇게 대답한다.

"어디가 하늘이고 누가 태양이라는 건지 모르겠지만, 말씀하신 표현대로라면 상가임대차보호법이 보장하는 기간 동안 하늘에 태양은 두 개입니다."

친애하는
이웃육촌들에게

스토킹 문제가 사회적으로 큰 쟁점이 되고 있다. 스토킹이라고 하면 주로 사귀던 연인이나 흠모하는 사람을 대상으로 한 행위를 생각하지만, 이웃 간 층간소음 보복 문제도 여기에 해당한다. 대법원에서는 '행위자의 어떠한 행위를 매개로 이를 인식한 상대방에게 불안감 또는 공포심을 일으킴으로써 의사결정의 자유 및 생활형성의 자유와 평온이 침해되는 것'을 스토킹 범죄로 본다. 따라서 천장을 두드려 쿵쿵 소리를 냄으로써 위층에 사는 상대방에게 불안감 내지 공포심을 일으키는 행위가 지속, 반복될 경우 스토킹 범죄가 성립할 수 있다.

층간소음 때문에 발생한 살인, 폭력 등 5대 강력 범죄가 2016년 11건에서 2021년 110건으로 5년 사이에 10배나 늘었다.[*] 그중에서도 살인은 매년 평균 7건씩 발생했다. 아파트나 빌라 같은 공동주택 생활이 보편화된 현실에서, 층간소음으로 인한 갈등은 앞으로 점점 더 심각한 사회문제가 될 것이 분명하다.

나는 중학교 2학년 때 판자촌을 벗어나 빌라로 이사했고, 변호사가 되고 나서 처음으로 아파트에 살아 봤다. 빌라로 처음 이사 가던 날, 아빠가 쿵쿵대지 말고 발꿈치를 들고 걸으라고 한 말이 아직도 기억난다. 판잣집에 살 때는 한 번도 안 듣던 그런 잔소리를 들을 수 있는 것마저 행복했다.

4층짜리 빌라에는 한 층에 두 가구씩 총 여덟 가구가 오순도순 살았는데, 근처에 장애인 학교가 있다 보니 우리 아랫집과 윗집에 다 자폐아들이 있었다. 처음에는 비명 소리가 나길래 범죄가 일어난 줄 알고 놀랐다가, 아이들이 의사 표현을 잘 못해서 비명에 가까운 소리를 낸다는 걸 곧 알게 되었다. 창문 밖으로 종이를 잔뜩 찢어서 날리거나 물건을 던지는 일도 있어서 무섭기도 했지만, 시간이 지나자 그런 것들도 주워서 가져다줄 만큼 익숙해졌다.

<hr/>

* 〈'층간소음 민원 접수현황 분석발표' 보도자료〉, 경제정의실천시민연합, 2023.

이웃집 아주머니는 혹여 아이가 나한테 달려들까 봐, 자신보다 덩치가 큰 아들을 몸으로 밀어 막아서시곤 했다. 괜찮다고 해도 한사코 막아서는 그 모습이 눈에 밟혔다. 집에 와서 엄마에게 물었다.

"2층 아이가 이제 몇 살이지?"

"너랑 비슷한 나이니까 걔도 서른이 넘었지."

그 말에 머리를 한 대 맞은 듯했다. 성인이 되어도 영원히 아이일 수밖에 없는 자식을 지극정성으로 돌보는 이웃집 어머니들을 보며 조금 불편한 일이 있어도 이해하며 지냈고, 만나면 더 반갑게 인사했다.

어느 날 아주머니의 얼굴이 유난히 어두워 보였다. 사연을 들어 보니, 빌라에 새로 이사 온 아저씨가 출근길에 계단에서 아이를 마주쳤는데, 아이가 이상한 소리를 내는 바람에 놀라서 휴대폰을 떨어뜨렸다며 100만 원을 보상하라고 했다. 아주머니는 자기 아이가 욕먹을까 두려워 항의 한마디 못 하고 그 큰돈을 물어줬다. 휴대폰이 바닥에 떨어졌을 뿐 박살이 난 것도 아니고, 또 아이가 일부러 그런 것도 아닌데 그렇게까지 아주머니를 몰아세우고 돈을 받아 가야 했냐며 온 빌라 주민이 아저씨를 찾아가 따졌다. 가까운 이웃이 먼 친척보다 낫다고, 다들 자기 일처럼 나서서 함께 분노했다.

그런 빌라여서 그런지 층간소음조차 아이들이 건강하게 지내고 있다는 반가운 인사로 여겼다. 그러다 아파트로 이사하고 나서 게시판에 발걸음을 조심하라는 안내문이 걸려 있는 걸 보고 조금 씁쓸했다. 나 역시 '이웃집'이라는 말보다 '옆집 사람들' '윗집 사람들'이라는 말을 더 자주 사용하게 되었다. 그래도 천장과 바닥을 맞대고 사는 사이인데, 이웃 사촌까지는 아니더라도 이웃육촌쯤은 될 수 있지 않을까?

박사 논문을 쓸 때, 회사에 다니며 논문을 완성해야 했기에 회사 앞 작은 고시원에 들어갔다. 늘 작은 집에 살다가 아파트에 가니 어쩐지 적응이 되질 않았는데, 다시 고시원에 오니 좁고 불편하긴 해도 마음만은 편했다. 박사 논문을 마치고 고시원을 나서며 아쉬운 마음에 썼던 글을 덧붙여 본다.

고시원을 떠나며

얼굴도 모르는 왼쪽 옆방 학생아,

우리는 참 많은 걸 공유했지. 언니는 네가 아침 7시에 아이폰 알람을 듣고 일어나 바로 화장실로 가서 시원하게 일을 보고 어푸어푸 손 세수를 약 30번 한 뒤 마지막에 코를 팽

푸는 걸 안단다. 왠지 비염 때문에 고생하는 것 같았어. 그리고 매일 밤 11시에 들어와 15분간의 샤워로 고단한 하루를 마무리하지. 이 좁은 고시원에서 누릴 수 있는 최고의 사치는 뜨거운 물을 펑펑 틀어 놓고 맞는 건데, 너도 그걸 좋아하는 것 같아 왠지 기뻤어. 언니도 참 좋아한단다.

주말엔 아이폰 알람이 9시에 울리네. 좀 더 자도 돼. 잘 쉬어야 또 열심히 공부하지.

그리고 그땐 정말 미안했어. 언니가 대장 내시경이 그런 건 줄 몰랐어. 대장 내시경 전날 밤에 언니가 한숨도 못 잤는데 너도 못 잤을 것 같아. 미안해. 우린 서로 얼굴은 확인한 적 없어도 대장 상태는 잘 알고 있잖아. 듣고 싶지 않은 소리, 유추되는 현재 상태. 너도 차가운 거 줄여야 해. 언니랑 비슷한 소리가 나.

단 하루도 빠지지 않고 매일 밤 11시 30분에
까르르 웃던 오른쪽 옆방 학생아,
도대체 뭘 보는지 언니가 8개월 동안 묻고 싶었다. 어떤 날은 포스트잇을 붙여 볼까도 생각했었어. 이어폰을 꽂고 보는 것 같아. 그냥 봐도 되는데. 그러면 화면만 안 보일 뿐이지 그냥 다 같이 들을 수 있잖아. 정말 진심으로 제일 궁금하다. 웃을 일이 없는 고시원살이 중에 뭐가 너에게 그렇게 큰 기쁨인지. 언니도 그렇게 밤마다 찐으로 까르르 웃고 싶다.

앞방 언니,
밤마다 샤워하며 부르시는 아리아 모든 방 사람이 잘 듣고 있습니다. 너무 늦은 시간이라 처음엔 쪽지를 붙여야 할지 고민했는데, 모두 언니를 응원하며 같은 마음으로 이해하고 들어 주고 있는 것 같았습니다. 물 틀고 부르면 안 들리는 줄 알고 꼭 물을 틀 때만 부르시는 모습에 안타까웠고, 몇 번이고 안 되는 부분을 다시 연습하시는 모습에 감동받았습니다. 지금은 무슨 일을 하시는지 모르겠지만 언젠가는 고시원이 아닌 공연장에서 더 많은 사람에게 언니의 열정을 보여 주세요.

항상 새벽 5시에 귀가하는 입구 방님,
저도 그 시간에 항상 안 자고 논문 쓰고 있는데, 너무 늦게 다니시는 거 같아서 걱정이 됐어요. 저 역시 밤낮이 바뀌니까 건강이 많이 상하던데, 부디 건강 지키면서 좋은 거 드시면서 원하는 일 하시길 바라요. 혼자 논문 쓰기 쓸쓸한 새벽에 그 문소리가 아직 너도 고생하는구나 하는 소리로 들려 많이 반가웠습니다.

얼굴 한번 제대로 본 적 없지만, 주말이면 복도에 쭉 세워져 있는 빨래 건조대 위의 츄리닝, 빛바랜 티셔츠, 목 늘어난 양말에서 모두의 고단한 삶을 느끼며, 다들 얼마나 치열하게 살고 있는지 알 수 있었습니다. 저는 부자들이 많은 서초동에 이렇게 한 평짜리 고시원이 많은지 몰랐어요.

외로웠지만 외롭지 않았던 고시원 생활.
모두 안녕히 계세요.
그리고 원하는 바 이루고 나가시길 바라겠습니다!

+ 사장님, 사실 저 변호사입니다. 인턴이 이렇게 늦게 출근하면 정직원 못 된다고 걱정해 주셔서 감사합니다. 정직원 안 돼서 집에 가는 거 아니라고 계속 말씀드렸는데 왜 안쓰럽게 쳐다보세요. 아니라고요!!

대체할 수 없는
것들에 대한 낭만

어젯밤 자기 전에 주문한 우유가 출근길 문 앞에 배달되어 있다. 인터넷으로 주문만 하면 무엇이든 뚝딱 가져다주는 도깨비의 요술 방망이 같다. 예전보다 편하고 빠른 세상이지만 어쩐지 낭만과 재미는 없다.

예전에는 필요한 모든 걸 직접 구하러 다녀야 했다. 어느 동네에나 구멍가게, 쌀가게, 연탄 가게, 철물점이 있었고, 쌀집 아줌마, 철물점 아저씨 등이 동네의 온갖 소식을 전달하는 정보통이었다. 덕분에 이웃끼리 경조사를 알고 나누는 정이 있었다. 요즘 아이들은 모르는 두부 한 모, 현미 쌀 한 되, 번개탄 한 장, 나사못 10개를 사 오라는 부모님의 심부름이 있었고, 그 심부름 끝에 주어지는 달콤한 잔돈 보상도 있었다. 어떤 날은 물건을 외상으로 가져오기도 하고, 월급날에 맛있는 음식과 함께 외상값을 갚기도 했다. 다들 어려웠지만 서로 애틋해하는 마음으로 지냈다.

배달된 우유를 마시며 그 시절을 떠올렸다. 우유 하나를 마시기까지 거쳐야 했던 과정들이 눈에 선하다. 먼저 엄마의 일을 잘 도와서 심부름 값을 받아야 했다. 설거지 한 번에 100원, 방 청소 한 번에 100원, 세상에 공짜가 없다는 걸 온몸으로 배웠다. 그렇게 소중한 동전이 모이면 동네 구멍가게로 뛰어간다. 가는 길에 매일 쌀집 앞 평상에 앉아 계시는 쌀집 아주머니께 인사를 한다. 어쩜 저렇게 야무지냐는 말을 오늘도 답인사로 돌려 주신다. 일부러 골목 하나를 돌아서 가야 하지만, 들어도 들어도 좋은 말을 들으려면 감수해야 한다.

마치 게임의 다음 왕을 만나러 가는 것처럼 이번에는 연탄 가게 아저씨다. 수레에 연탄을 싣고 계신 아저씨를 잠시 도와드린다. 대충 거드는 시늉인 걸 알면서도 아저씨는 맛있는 사탕을 한 주먹 주신다. 그러고 나서 최종 목적지인 슈퍼에 들어선다. 오늘의 끝판왕 슈퍼 아주머니는 "요즘 집안에 별일 없니?" "공부는 열심히 하고 있니?" 등 한결같은 질문을 늘어놓으신다. 늘 그렇듯 내 답변은 중요한 것이 아니므로, 질문 뒤에 연이어 혼잣말을 계속하신다. 어른이 말씀하실 때는 가만히 듣고 있는 게 예의라고 배웠기에 우유를 바라보며 그저 아주머니의 말씀이 빨리 끝나기만을 기다린다. 다른 손님이 온 틈을 타 얼른 물건값을 치른 다음, 비로소 우유를 마실 수 있었다.

끝판을 이미 여러 번 깬 게임처럼 어디서 적이 나타나고, 어디서 아이템을 얻을 수 있는지 다 알고 있어서 뻔하지만, 그럼에도 이 여정을 나설 때마다 즐거웠다. 동네 사람들과 일상을 공유하고 대화를 나눈다는 것 자체가 너무나 당연하던 시절이었다. 그런 낭만 없이 손가락 한 번의 클릭으로 누가 가져다 뒀는지도 모르는 우유를 마시고 있자니 왠지 심심하다.

요즘 세상이 다 그렇다. 키오스크가 사람을 대신해 주문받고, 로봇이 음식을 서빙한다. 필요한 물건은 뭐든지 문 앞에 배달해 준다. 하루 종일 사람과 말 한마디 섞지 않아도 밥을 먹고 옷을 입고 회사에 가며 아무 문제 없이 일상을 살아갈 수 있다. 언젠가는 내 일도 이렇게 대체될 수 있다고 생각하면 참 아쉽다. 질문을 입력하면 AI가 모든 사례를 검색해서 지금의 나보다 더 나은 대답을 해 주거나 더 적절한 공감과 위로를 해 줄 수 있는 세상이 얼마 남지 않은 것 같다. 그렇게 되기 전에 얼른 더 낭만과 인간미 있는 상담을 해야겠다고 다짐하며 마지막 우유 한 모금을 털어 넣는다.

한 노부부가 손을 꼭 잡고 상담실로 들어온다.

젊은 시절 부부는 철물점을 했다. 나사못을 신문지에 싸서 파는 것부터 전기 배선을 봐 주는 일까지 동네 집집마다 부부의 손이 닿지 않는 곳이 없었다. 큰 벌이는 아니었어도 아이 둘을 키우며 그럭저럭 지낼 수 있었다. 그런데 언제부턴가 그 자리에 없는 것을 상상할 수 없던 골목 안 가게들이 하나둘 사라졌다. 부부의 가게 역시 변화의 흐름을 피할 수 없었다. 철물점에서 은퇴하는 것을 꿈꿨지만 이제 다른 일을 찾아 나서야 했다. 어렵게 자식들을 키워 낸 뒤 노후에는 연금을 받아 최소한의 생계를 이어 갔다. 남들처럼 외식하거나 철에 맞는 새 옷을 장만하거나 여행을 다니는 건 꿈도 꿀 수 없었다.

그러던 어느 날 자식들이 칠순 기념으로 이탈리아 패키지 여행을 준비했다. 자식들도 형편이 넉넉하지 않았기에 작은 여행사의 저렴한 상품을 예약했다. 그래도 인생 첫 해외여행을 유럽으로 가게 되다니 믿기지 않았다. 친구들에게 한참 자랑하고 며칠 잠을 설쳤다. 처음으로 알록달록 튀는 옷도 사고 카메라도 장만했다. 그렇게 노부부는 일주일간 여행을 떠났다.

시작은 순조로웠다. 첫 일정을 소화하고 식당에 들어

갔다. 평소 같으면 입에 대지 않았을 음식도 싹싹 비워 냈다. 일은 그때 벌어졌다. 식사를 마치고 나오니, 타고 온 관광버스 짐칸의 문이 부서져 있고, 거기에 실려 있던 여행 가방 30개 중 6개를 누군가 훔쳐 갔다. 운이 나쁘게도 그 6개 중 2개가 부부의 것이었다. 이제 막 여행을 시작했는데 짐이 통째로 사라진 것이다. 큰맘 먹고 장만한 새 옷도, 카메라와 함께 구입한 충전기도 모두 사라졌다.

단체로 움직이는 패키지 여행이라 따로 옷을 살 여유도 없었고, 왜소한 부부에게 맞는 옷을 가이드가 구해 오기도 어려웠다. 밤마다 속옷을 손빨래해서 드라이기로 말려가며 일주일 내내 같은 옷을 입었다. 야속하게 카메라 배터리도 금세 다 닳았다. 여행 사진을 보내라는 자식들의 성화에 휴대전화로 찍은 사진을 겨우 몇 장 보냈더니, 옷 좀 사 입고 가지 그냥 가셨냐며 핀잔을 준다. 자식들이 속상해할까 봐 가방을 잃어버렸다는 말을 차마 할 수 없었다.

그렇게 빈 몸으로 일주일을 보내고 한국에 돌아와 보상을 요구하니, 작은 여행사라 가방 하나당 10만 원 정도만 보상 가능하다는 답변이 돌아왔다. 그러나 부부가 잃어버린 건 가방만이 아니었다. 평생 처음 떠난 여행에 대한 기대와 설렘, 좋은 추억까지 모두 사라졌다.

많은 사람이 여행을 떠난다. 그런데도 민법에 여행 계약에 관한 조문이 처음 생긴 것은 2015년이다. 그나마도 1118개 민법 조문 가운데 단 8개뿐이다. 앞서 말했듯, 나 역시 해외여행에서 짐가방이 사라져 항공사를 상대로 약 2년 동안 싸워야 했다. 귀국해서 가방을 찾았으니 사실 잃어버린 물건은 없었다. 그렇지만 여행을 위해 준비했던, 여행을 더 여행답게 만들어 주는 물건들이 사라지면서 큰 당혹감을 느꼈다. 그 물건들을 대신할 새로운 물건을 사느라 들인 시간과 노력, 가방을 되찾고 소송을 진행하는 과정에서 느낀 불안감, 그 시간 동안 쌓지 못한 추억이 내가 잃어버린 것들이었다. 그리고 정확히 그만큼 여행을 망쳤다.

직접 같은 경험을 했기에 노부부가 얼마나 당혹스러웠을지 잘 알고 있었다. AI는 결코 경험할 수 없는 여행이라는 것에 대한 인간의 생생한 감정, 특히 그 여행이 망가졌을 때의 마음에 공감이 갔다. 아무리 AI가 인간을 뛰어넘는 존재가 된다고 한들 이런 걸 이해할 수 있을까? 많은 것들이 기술로 대체되는 세상에서 아직까지는 대체할 수 없는 상담을 하고 있다고 생각하니 스스로 대단한 존재가 된 듯했다.

두 분에게 법적 절차를 안내해 드렸다. 작은 여행사를 이용했다고 해서 작은 추억만 남겨야 하는 것은 아니고, 작은 여행사라고 해서 책임을 피해 갈 수도 없다. 여행은 이미 가방도 못 찾고 끝났지만, 부부는 그래도 자식들의 소중한 마음과 일주일 내내 똑같은 옷을 입고 있는 휴대전화 사진이 남았다며 웃었다.

노부부의 미소가 나를 낭만의 시대로 이끈다. 그 옛날 두꺼비집이 내려가면 슈퍼맨처럼 달려와 전기 배선을 고쳐주시던 철물점 아저씨를 이제는 내가 도울 수 있다니. 문득 잊고 있던 어린 시절의 동네 풍경이 떠오른다. 특별한 일 없이도 서로 안부를 묻고 마음을 나누며 애틋하게 지냈던 그 시절의 낭만과 재미를 느낀다. 꼭 그 자리에 있어야만 했던 작은 가게들처럼, 나 역시 꼭 이 자리에 있어야만 할 것 같은 기분이 든다.

세월이 흐르고 세상이 달라져도 사람이 사람과 함께 살아가며 기쁨과 행복을 느끼는 본질은 달라지지 않는다. 낭만은 과거의 회상에만 있는 게 아니다. 사람이 함께하는 곳이면 어디든 존재할 수 있다. 빠르고 편리한 세상도 좋지만, 조금 느리고 불편해도 정과 낭만이 있는 세상도 좋다.

인정사정
볼 것 있다

어린아이들만 떼를 쓰고 우기는 게 아니다. 우기기를 잘하는 어른들도 있다. 자기만 옳다고 우기다 못해 법적 소송을 걸어 타인을 괴롭히기도 한다. 소송은 시간과 비용이 들고, 그 결과가 한 사람의 인생에 큰 영향을 미칠 수 있으므로 신중하게 접근해야 함에도, 자신의 목적을 이루기 위한 수단으로 소송을 남용한다.

인사이동에 따라 다른 구청으로 자리를 옮기게 되었다. 너무 갑작스러운 조치에, 상담했던 분들에게 인사도 제대로 드리지 못하고 떠나 온 것이 못내 아쉬웠다. 눈이 많이 오고 유난히 추웠던 어느 점심시간, 누군가 나를 찾아왔다는 공무원의 말을 듣고 나가 보니 80대 어르신이 지팡이를 짚고 서 있었다. 2년 동안 매일 보따리에 서류를 한가득 넣어 굽은 허리에 짊어지고 와서 막무가내로 우기기를 시전했던 분이다. 가족, 친척을 전부 형사 고소하고 민사소송을 걸어서 주변에 남은 사람이 하나도 없었다.

처음에는 내가 법적으로 도와드릴 수 있는 일이 없다고 논리적으로 이야기도 하고, 사정도 하고, 화도 내 봤다. 그러다 할아버지에겐 대화할 사람이 필요하다는 걸 깨닫고, 이미 다 봐서 외우다시피 한 서류를 다시 봐 드리는 척하며 그분 가족, 친척 욕을 내가 먼저 시작했다. 우리 둘 다 언성이 낮아졌고, 할아버지는 더 이상 우기지 않았다.

나는 점차 그분에게 하루 일과 같은 사람이 되었다. 할아버지는 귀하고 좋은 것이 생기면 나한테 먼저 챙겨 주려고 했는데, 어디서 구했는지 이미 날짜가 지난 전시회 초대권을 내밀기도 하고, 동네 카페 할인쿠폰이나 복지관에서 받은 과자 같은 것을 건네기도 했다. 내가 호들갑을 떨며 선물을 받으면, 할아버지는 그 모습이 손주 같다며 이가 다 빠진 얼굴로 해맑게 웃었다. 그런 내가 사라지자 수소문을 해서 옮긴 직장으로 찾아온 것이다.

고령의 어르신이 추운 날 눈길을 헤쳐 가며 물어물어 이곳까지 왔을 생각을 하니 눈물이 났다. 얼음장같이 차가워진 할아버지 손을 붙잡고, 전화는 하셔도 되지만 찾아오시면 안 된다고 했다. 귀찮아서가 아니었다. 혹시라도 오다가 다치거나 길을 잃을까 봐 걱정스러웠다. 할아버지 눈가에도 눈물이 고였다. 이제 가족들 그만 괴롭히시고, 손주 같은 내가 아니라 진짜 손주를 보러 가시라고 울먹거리며 말했다.

이렇게 정이 많은 분이 왜 그렇게 가족들과 법적 다툼을 하고 있는지, 서면에 쓰인 이야기가 아니라 할아버지 가슴에 쓰인 이야기가 비로소 궁금했다. 입으로만 할아버지 심정을 이해한다고 거짓 공감을 했던 내가 부끄러웠다. 할아버지가 쓰신 글이 그제야 같은 글자인데도 다르게 읽혔다. 모든 글자가 자신을 좀 봐 달라는 애처로운 호소처럼 느껴졌다. 다만, 그 방법이 틀린 것은 확실했다. 이런 식이라면 영영 가족들을 만날 수 없을 것이다. 타인을 괴롭히는 일이 결국 자신을 괴롭히는 일이 되고 있었다.

할아버지도 처음에는 그저 고집이 좀 센 정도였다고 한다. 연세가 있는 분이 흔히 그러듯 자기 생각이 곧 정답이고 다른 사람은 틀렸다고 생각했다. 그러다 보니 점점 타인의 생각을 인정할 수가 없었다. 다툼이 일어나면 매번 우겼다. 보통 사람들은 소송을 두려워하지만, 정답은 하나고 내 생각이 그 하나뿐인 정답이라고 믿는 사람은 소송을 마다하지 않는다. 할아버지도 그랬다. 자기가 옳다는 것을 소송으로 확인받고 싶었다.

어쩌면 할아버지는 살면서 인정받는 경험을 해 본 적이 없었던 것 같다. 내가 할아버지 편을 들어 주었을 때, 할아버지는 내 앞에서 우기기를 멈췄다. 심리학자 프로이트는 사람이 어떤 행동을 하는 이면에는 인정받고 싶은 욕구가 크다고 했다. 그런 이유로 데일 카네기는 《인간관계론》에서 주변 사람을 변화시키려면 비판 대신 칭찬과 인정을 해 주라고 말한다. 누군가 할아버지를 인정해 주고 할아버지의 이야기를 들어 주었다면, 상황이 달라졌을지도 모른다.

가족이 보고 싶으시면 일단 모든 민사소송과 고소를 취하하시라고 말씀드렸다. 이렇게 가족들을 괴롭히는 방식으로는 어떤 문제도 해결할 수 없다. 가족들에게도 나에게 하듯 더 이상 우기지 말고, 할아버지가 먼저 그들의 말을 들어 주고 인정해 주면 가족들도 달라질 수 있지 않을까. 할아버지가 좋은 남편, 좋은 아버지가 되고 싶었던 것처럼 가족들도 좋은 아내, 좋은 딸이 되고 싶었는데 그 기회를 할아버지가 빼앗았을지도 모른다.

그 뒤로 할아버지는 두어 번 더 찾아오고 나서 더 이상 오지 않았다. 건강하게 지내시는지, 가족들과 사이가 좋아졌는지 아직도 많이 궁금하다. 부디 가장 가까운 사람에게 인정받고 싶었던 할아버지의 마음을 가족들이 헤아려 줬길 바란다.

　　　　　또 다른 방식으로 자신을 인정받고 싶어
한 분이 있었다. 할머니는 민법 박사인 나보다 더 민법을 많
이 알았다. 나와 대화하면서도 민법 몇 조, 몇 항을 틀린 적
없이 짚어 냈다. 처음에는 말씀 도중에 일일이 그 말이 맞는
지 확인하곤 했지만, 더 이상 그럴 필요가 없다는 걸 여러
번의 상담을 통해서 알게 되었다.

　할머니는 외국으로 여행을 떠났다. 돌아오는 길에 비행기
를 놓쳤는데, 그게 그날 그 항공사의 마지막 비행기였다.
할머니가 꼭 한국에 돌아가야 한다고 간절하게 말하자, 항
공사 직원은 온전히 선의로 다른 항공사 카운터까지 할머
니를 모시고 가서 비행기표를 구매할 수 있게 도왔다. 할
머니는 무사히 비행기에 탔다. 그런데 자기를 도와준 직원
에게 불현듯 화가 났다. 항공사끼리는 빈자리가 있으면 서
로 태워 주기도 할 것 같은데, 그럼 자신이 낸 비행기값을
중간에 그 직원이 가로챈 게 틀림없다는 생각이 들었다.
그 길로 항공사와 직원을 상대로 소송에 들어갔다. 결과는
당연히 패소였다.
　하지만 늘 그렇듯 할머니는 거기서 멈추지 않았다. 판

사가 판결을 잘못한 거라며 법원과 판사를 상대로 소송을 진행했다. 여유로운 형편이었다고는 해도, 변호사를 선임하는 비용과 패소해서 물어줘야 하는 비용이 점점 늘어나자 나중에는 감당하기 어려워졌다. 결국 본인이 나홀로 소송을 진행하는 지경에 이르렀다. 가족도 등을 돌렸지만 그럴수록 소송에서 이겨서 자신의 면을 세우겠다는 오기가 생겼다.

할머니 역시 인정욕구가 굉장히 강한 사람이었다. 딸이라는 이유로 배우지 못했던 설움을 풀고자 독학으로 많은 공부를 했다. 우연히 작은 법률문제가 생겨 소송을 하게 됐고, 이때 혼자 진행하며 승소를 거뒀다. 그런데 이게 할머니 인생에 독이 되었다. 혼자 법정에 나가 소송에서 이겼다고 하면 자신을 무시하던 사람들의 눈빛이 달라졌다. 그 후로 사람들이 똑똑하다고 말하는 판사의 생각과 자기 생각이 일치한다는 걸 소송을 통해 확인받고 싶어 하는 나쁜 습관이 생겼다. 소송에서 지면, 그 판사가 틀렸다고 여기고 다른 판사에게 다시 확인받으려 했다.

그러나 할머니가 하는 소송 대부분은 절대 이길 수 없는 것들이었다. 할머니는 모든 조문을 자신만의 해석으로 끌어다 사용했다. 정말 대단한 능력이었다. 나를 앉혀 놓고 그 기술이 법정에서 먹힐지 안 먹힐지 예행 연습을 했다. 내가 그건 말이 안 된다고 하면, 나를 상대로도 소송할 기세로 왜 안 되냐고 화를 냈다. 도무지 인정해 줄 수 없었다. 할머니에게 더 이상은 어렵겠다며 정중히 상담을 거부했다.

인정욕구는 인간의 본능이다. 그런데 이 인정은 내가 할 수 없다. 상대방이 해 줘야 한다. 나를 괴롭히는 사람을 누가 인정해 줄까? 자신이 남에게 어떻게 보이는지 과도하게 의식하는 사람은 거기에 매몰되어 상대를 신경 쓰지 못한다. 타인이 자신을 좋게 봐 주길 바라면서, 정작 타인에게는 관심이 없다. 그러나 타인 역시 인정을 바라는 사람이다. 인정은 결국 서로 존중해 줄 때 가능하다. 할머니가 타인에게 인정과 존중을 받고 싶다면, 먼저 타인을 인정하고 존중해야 할 것이다.

그럼에도 누군가를 인정(認定)하기 어렵다면 인정(人情)으로 바라봐 주는 건 어떨까? '인정사정 볼 것 있다'는 생각으로 타인의 사정을 배려하고 따뜻한 마음으로 감싸 준다면 나를 괴롭히는 사람도, 내가 누군가를 괴롭히는 일도 적어지지 않을까.

5장
삶

그럼에도 불구하고
계속되어야 하는 것들

다음이 궁금해서
눈을 감지 못합니다

거동이 불편한 어르신들을 위해서 가끔 복지관에 방문 상담을 나간다. 그날은 노인종합복지관으로 향했다. 노인복지관에는 보통 사별하고 혼자 상담하러 오는 분들이 많은데, 이날은 부부가 나란히 앉아 나를 기다리고 있는 모습이 보기 좋았다.

상담 내용은 상속에 관한 것으로, 아버님이 먼저 사망하게 되면 혼자 남겨질 어머님이 걱정되어 상담을 신청하셨다. 어머님은 상담 중에도 문득문득 남편이 곁에 없을 수 있다는 생각만으로도 슬프다며 눈물을 글썽이셨다. 서로를 사랑하는 마음이 내게도 고스란히 전해졌다.

"아버님, 어머님 두 분 다 정정하셔서 제가 보기엔 앞으로 30년도 거뜬하실 것 같아요!"

빈말이 아니었다. 어르신들을 수없이 상담했지만 나보다 더 허리가 꼿꼿하고 말도 또박또박 잘하는 분들은 처음이었다. 건강도 좋아 보여, 상속 관련 상담을 받기엔 너무 이른 듯했다. 아버님은 "30년은 무슨!" 하면서 자기 나이가 몇인 것 같냐고 물으셨다. 70세 조금 넘으셨을 것 같다고 하니 신분증을 보여 주신다. 아버님은 1928년생으로 당시 91세였고, 어머님은 1934년생으로 85세였다. 깜짝 놀라서 나도 모르게 건강 비법을 공유해 달라고 졸랐다. 그러자 아버님은 "과일 많이 먹고, 많이 걷고, 부인과 서로 아끼고 사랑해 주는 것"이 건강의 비결이라고 답하셨다.

그리고 사실 가장 중요한 비법이 하나 더 있는데 바로 '공부'라며, 요즘 공부하고 있는 중국어 책을 꺼내 보여 주셨다. 책장마다 한자의 뜻과 읽는 법이 한국말로 빼곡히 적혀 있었다. 당장 쓸 일은 없지만 배우는 재미가 있고, 이다음 공부할 내용이 궁금해서도 아직은 쉽게 눈을 감을 수 없다고 하셨다.

머리를 한대 얻어맞은 것 같은 충격이었다. 나는 늘 '장수는 바라지도 않으니 무병만 하자. 그것도 큰 복이다'라고 기도하곤 했다. 그런데 아버님을 보니, 무병장수는 하늘의 뜻도 있겠지만 한편으론 이렇게 본인의 의지로 만들어 가는 것이 아닐까 싶었다. 건강한 생활 습관, 아내와의 사랑, 그리고 공부. 서로 손을 꼭 붙잡고 상담실을 나서는 두 분의 뒷모습이 오래 가슴에 남았다.

　퇴근길에 문득 '나에게 공부란 어떤 의미일까?'를 떠올렸다. 나의 공부는 다섯 살 때 유아원에서 처음 시작되었다. 내가 다닌 유아원에서는 매일매일 그날의 연월일과 요일을 정확히 맞춘 어린이에게 간식을 나눠 줄 권한을 부여했다. 먹는 게 사는 낙의 거의 전부였던 꼬맹이들에게, 빵 귀퉁이라도 좀 더 큰 것을 내가 좋아하는 친구에게 줄 수 있다는 건 엄청난 권한이었다.

　그 사소한 권한을 얻으려고 나는 날마다 잠들기 전에 "오늘은 1991년 8월 28일 금요일입니다"라고 머릿속으로 수십 번씩 헤아렸다. 그러고는 다음날 "오늘은 누가 날짜를 맞춰 볼까?"라는 선생님의 말씀이 끝나기도 전에 헤르미온느처럼 잽싸게 손을 들고 껑충껑충 뛰며 답변의 기회를 얻었다. 내가 하루도 빠짐없이 정답을 외치자, 어느 날 선생님께서 오늘은 다른 친구에게 대답할 기회를 양보하자고 하셨다. 그날 나는 인생의 첫 쓴맛을 보고 엉엉 울었다. 그저 억울했다. 그 손 한 번 들려고 매일 밤 내가 얼마나 부단히 노력했는지 선생님은 아마 영원히 모르실 거다.

　그 시절의 내가 단순히 친한 친구에게 좀 더 크고 예쁜 빵이나 쿠키를 주고 싶어서 그랬는지, 아니면 선생님에게 인정받고 싶었던 건지, 그것도 아니면 그 작은 권한 때문에 친구들이 나한테 상냥하게 대해 주는 것이 좋아서 그랬는지는 잘 모르겠다. 하지만 자라면서 공부는 내가 나눠 줄 수 있는 빵의 크기가 조금 더 커지는 것 이상의 힘을 가져다준다는 걸 알게 되었다. 또한 나 말고도 선생님의 질문에 더 훌륭하게 답변할 수 있는 친구들이 많다는 것도 알 수 있었다.

늘 잘하고 싶었지만, 실력은 기대보다 부족했다. 노는 걸 너무 좋아하고 게을렀다. 공부에서 즐거움을 느끼는 순간보다 스스로의 부족함을 탓하며 괴로워하는 때가 훨씬 많았다. 다른 재주가 없어서, 가난한 동네에서 가난을 탈출할 수단은 공부밖에 없어서, 그렇게 반쯤은 억지로, 또 반쯤은 유아원에서의 그 짜릿했던 기억에 의지해, 이도 저도 아닌 공부를 놓지 못하고 늘 그 주변을 서성거렸다.

그러다 변호사가 됐다. 변호사가 되기만 하면 끝일 줄 알았는데 아니었다. 타인의 삶에 관여하는 직업을 택한 이상, 더 많이 배우고 노력해야 한다는 걸 매일 온몸으로 깨닫고 있다. 게다가 상담을 하면 할수록 내가 배워야 할 것이 책 속에만 있는 게 아니라, 이렇게 많은 이들의 삶 속에도 있다는 걸 알게 된다.

어르신에게 깊은 감명을 받아 일주일에 한 번씩 두 달

간 퇴근 후에 진행되는 글쓰기 강좌에 등록했다. 아뿔사, 퇴근길 지옥철에 몸을 싣고 집에 가서 지친 몸을 누이는 것만도 버거운데, 한순간의 감동으로 또 이렇게 사고를 쳤구나. 환불하고 집에 가서 잠이나 자자 했더니, 개강 당일 환불은 제하는 금액이 크다고 한다.

울며 겨자 먹기로 첫 수업을 들었다. 놀라웠다. 이제 막 대학교에 입학한 신입생부터 머리가 희끗한 중년 신사까지 60명 가까운 인원이 그 끔찍하다는 월요병을 이겨 내고, 하루를 마무리하는 이 시간에 강의를 들으러 모여 있었다. 다양한 연령대와 직업의 사람이 모이다 보니 강의를 듣는 이유 또한 제각각이었다. 리포트를 잘 쓰고 싶어서, 결재 서류를 번듯하게 쓰고 싶어서, 번역을 잘하고 싶어서, 소설가로 데뷔하고 싶어서, 블로그를 잘하고 싶어서. 이유는 달랐지만 모두 저마다의 목표를 위해 공부하고 있었다.

음악도 듣고, 뮤지컬 영상도 보고, 책의 글귀와 서로의 생각도 나누는 시간을 가졌다. 아니, 문장 공부는 도대체 언제 하나. 고시 공부, 변호사 시험, 토익 공부 등 늘 목적이 뚜렷한 공부만 하다 보니 이렇게 여유로운 수업에 잘 적응하지 못하는 나를 발견했다. 그렇지만 그렇게 열심히 사는 사람들 사이에서 함께 시간을 보내는 것만으로도 큰 공부가 됐다.

어르신에게 공부가 삶의 원동력이라면, 나에게 공부는 하면 할수록 내 부족함을 깨닫게 하는 각성제다. 변호사 일을 시작하고 나서, 과연 내가 누군가의 인생을 책임지고 도울 만한 그릇이 되는 사람인지 고민할 때가 많다. 늘 재밌게 사는 게 최고라며 큰 고민 없이 지냈는데, 타인의 삶에 관여하는 일을 하다 보니 지금껏 몰랐던 예민하고 전전긍긍하는 내 모습이 보여 낯설고 적응이 되지 않는다. 이럴 때면 더 좋은 작품을 그리기 위해 평생 고민과 번뇌에 시달렸던 고흐가 떠오른다. 마음을 다잡으려고 고흐가 동생에게 쓴 편지를 읽어 본다.

"열심히 노력하다가 갑자기 나태해지고, 잘 참다가 조급해지고, 희망에 부풀었다가 절망에 빠지는 일을 또다시 반복하고 있다. 그래도 계속해서 노력하면 수채화를 더 잘 이해할 수 있겠지. 그게 쉬운 일이었다면 그 속에서 아무런 즐거움도 얻을 수 없었을 것이다. 그러니 계속 그림을 그려야겠다."

그래, 계속해서 노력하면 사람들을 더 잘 이해하고 더 좋은 상담을 할 수 있겠지. 그게 쉬운 일이었다면 그 속에서 아무런 보람도 얻을 수 없었을 거다. 그러니 공부를 계속 해야겠다. 어떤 공부를 하는지가 중요한 게 아니다. 나를 성장시키고 살게 하는 모든 것이 공부다.

조금 구겨져도
괜찮아요

복도 끝에서 낮은 목소리가 다가온다. 남에게 피해를 줄세라 들릴 듯 말 듯한 말소리다. "계세요?" 칸막이 안쪽으로 몸을 다 밀어 넣지도 못한 채 조심스럽게 나를 찾는다. 지체 장애로 몸이 불편한 부부는 자리에 앉는 데도 한참 걸렸다. 부인은 변호사를 만난다고 제일 좋은 옷을 다리미질해서 입고 왔는데 아무리 주의를 기울여도 옷이 구겨진다며 속상해한다. 야속하게도 몸이 불편한 부분에 주름도 더 잘 진다. 여기까지 오는 길도 편치 않았을 텐데, 옷매무시를 계속 고치며 걸어왔을 부부의 모습을 상상해 보았다. 문득 아무렇게나 구겨져 있는 내 옷이 부끄러워, 무슨 일로 오셨냐며 재빨리 말을 돌렸다.

남자는 편마비가 있다. 오른쪽 손과 다리에 힘이 들어가지 않아 자주 넘어졌다. 골절 때문에 다리에 철심을 박고 나니 거동이 더 불편해졌다. 겨우 적응이 되어 2년 만에 그토록 좋아했던 자전거를 다시 탈 수 있게 되었다. 그런데 그날 보행자와 부딪쳤고, 전치 6주의 상해를 입은 피해자가 합의금으로 1500만 원을 요구했다.

기초수급으로 70만 원을 받아 그중 절반을 방세로 내고, 나머지 절반으로 생활하는 부부는 합의금을 마련할 수 없었다. 합의가 되지 않자 업무상과실치상으로 벌금 400만 원의 약식명령을 받았다. 그와 더불어 피해자는 2000만 원의 민사소송을 제기했다. 노역이라도 해서 벌금을 내고 피해를 보상하고 싶지만, 불편한 몸은 그렇게 죗값을 치르는 것도 허용하지 않았다.

국가의 도움으로 살아가는 사람들이 느끼는 무력감을 이분도 느끼고 있었다. 그저 자신이 죄인이라며 어떻게든 죗값을 치르고 싶다는 말을 반복했다. 사고에 관해 자세한 이야기를 하지 않으려는 남자를 부인과 함께 겨우 어르고 달래 말을 끄집어냈다. 이야기를 들으면 들을수록 남자의 몸 상태나 사고 발생 장소 등을 고려할 때 결코 자전거 주행 속도가 빠를 수 없었을 거란 생각이 들었다. 그렇다면 전치

6주가 나오기는 어렵지 않았을까.

　이 부분을 이유로 적어 정식 재판을 청구했다. 의뢰인이 죗값을 치르고 싶어도 지금 형편으로는 아무리 노력해도 벌금을 낼 수 없고, 몸 상태 때문에 노역장유치도 어려우니, 사회봉사를 신청할 수 있는 상한선인 300만 원으로 벌금을 감경해 주십사 재판부에 선처를 부탁했다.

　그렇게 100만 원을 감경받아 벌금 300만 원이 선고되었다. 사회봉사로 벌금을 대체할 수 있다고 해도 남자가 한사코 벌금을 내겠다고 하여, 벌금 분할납부(6개월)를 신청해 드렸다. 연신 고맙다고 인사하며 나가는 남자의 뒷모습을 보니, 잘 해결됐다는 기쁨 대신 복잡한 마음이 든다. 저 300만 원을 납부하려면 또 얼마나 고생해야 할까? 고구마를 100개쯤 먹은 듯 답답함이 밀려온다. 벌금뿐만 아니라 민사소송 손해배상금은 또 어떻게 마련할지도 걱정됐다. 한편, 피해자 입장에서 생각하면 다치고도 치료비조차 받을 수 없으니 그것 역시 안타까운 일이다. 범죄피해자지원센터에 문의했지만, 지원 대상이 아니라는 답변이 돌아왔다.

　상상 이상의 경제적 어려움을 겪는 분들을 많이 본다. 겨울이 지나고 봄이 왔는데도 이곳은 따뜻해질 기미가 보이지 않는다. 꼬리를 무는 걱정 끝에 불현듯 로스쿨 시절 실무 수습을 나갔던 일이 떠올랐다.

검찰청 검사실에 배정되어 일할 때였다. 마트에서 물건을 훔쳐 나오다가 점원에게 붙잡힌 피의자가 점원을 때려 강도 상해의 기소 의견으로 올라온 사건을 검토하고 있었다. 며칠 전에 술 취한 사람이 강간한 사건을 검토하다가 검사님이 제일 먼저 뭘 알아봐야겠냐고 묻길래, 그 사람의 평소 주량이라고 대답했다가 크게 혼나서 주눅이 든 상태였다.

당연히 술에 취했다고 해서 죄가 감경되어야 하는 것은 아니다. 하지만 형법은 만취해서 명정 상태에 있는 사람에게는 죄를 물을 수 없다 하고, 또 피고인들이 본인의 무죄 근거로 많이들 주장하니, 평소 주량 이상으로 술을 마셨는지 확인해야 할 것 같았다. 검사님은 술 먹고 범죄 저지르는 놈들이 다 똑같지, 무슨 소리를 하는 거냐고 혼을 내셨다.

검사님 입장도 이해는 갔다. 검사실에 끌려와서는 술 마셔서 기억이 안 난다고 잡아떼는 사람들이 천지였다. 그 사람들은 대부분 술과 무관하게 죄를 저지른 것이 맞았다. 그러나 나는 지금 배우고 있는 학생이니, 섣불리 유죄로 추정하면 안 된다고 생각해 그렇게 대답했을 뿐인데, 마치 범죄자를 옹호하는 사람이 된 것 같아 억울했다. '나는 역시 변호사를 해야지 검사는 못 하겠구나' 하며 다소 의기소침하게 사건을 살펴보고 있었다.

그런데 아무리 읽어 봐도 이상했다. 피의자는 고령의 암 환자였고, 그의 아내는 치매였다. 서로 겨우 보살피고 의지하며 지내다가, 할아버지의 암 전이가 심각해지면서 입에 풀칠조차 못 하는 상황이 됐다. 할아버지는 마트에서 즉석밥과 라면을 들고 나오다가 점원을 때린 혐의로 강도상해 피의자가 됐다. 경찰 조사에서 죄를 전부 인정했다고 한다. 강도상해죄가 성립하려면 절도를 하려던 범인이 체포를 면하기 위해 강도에 버금가는 폭행을 저질러야 하는데, 암 말기에 며칠을 굶은 노인이 과연 점원을 그 정도로 때렸을까 싶었다.

어느 정도 폭행이 있었는지 확인해 보겠다고 하면 검사님에게 또 혼날 것 같아 고민스러웠다. 하지만 검사실에 배당되는 수많은 사건을 검사님이 일일이 수사하기는 어렵고, 또 그런 일을 하라고 나한테 사건을 맡겼는데 그냥 넘어가면 안 되지 않을까? 퇴근 시간까지 고민하다가 겨우 입을 뗐더니, 검사님이 "제발! 제발! 너는 진짜 검사는 못 되겠다" 하신다.

그런데 다음날 수사관님이 나보고 한 건 했다며, 검사님이 폭행당했다는 점원에게 전화해서 폭행 정도를 물어봤다고 한다. 점원이 물건을 들고 나가는 피의자를 보고 옷자락을 붙잡으니 피의자가 놓으라고 팔을 몇 번 휘저었는데,

워낙 고령에 마른 상태라 여자인 본인이 혼자 제압 가능한 정도여서 경찰이 올 때까지 계속 붙잡고 있었다는 것이 답변의 요지였다. 남자가 강도상해 피의자로 조사받고 있다는 말에 점원도 깜짝 놀랐다고 한다.

오후에 할아버지가 검사실에 왔다. 연신 잘못했다고 고개를 숙이며 들어오는 모습에 눈물이 날 뻔했다. 할아버지의 삶이 얼마 남지 않았음을 낯빛과 깡마른 몸이 말해 주고 있었다. 어찌나 야위었는지 꼭 어린아이가 아버지 양복을 입고 온 듯했는데, 낯빛에 배어 있는 고단한 삶이 여기저기 구겨지고 바랜 옷에서도 고스란히 느껴졌다. 즉석밥과 라면이면 다 합해서 만 원도 안 되는 금액이다. 다른 건 몰라도 배고픔은 이해해 줘야 하지 않을까. 늘 피해자를 먼저 생각하자고 다짐하던 나였지만, 그 순간만큼은 피해를 입은 마트 사장님이 생각나지 않았다. 역시 난 검사 자격은 없는 사람이란 걸 다시 한번 깨달았다. 그러나 더 이상 주눅이 들거나 아쉽지는 않았다.

늦은 오후, 수십 명에게 사기를 친 사기꾼이 잡혀 왔다. 주름 하나 없이 깔끔한 옷을 번지르르하게 차려 입고서 뭐가 그리 할 말이 많은지 쉴 새 없이 말을 쏟아 낸다. 그런데 아까 할아버지가 반복했던 두 마디, "잘못했다" "죄송하다"는 말은 절대 하지 않는다. 제대로 알아보지 않고 나한테 투자한 피해자들도 잘못이 있지 않냐며 오히려 큰소리를 친다. 어제 피해자들이 진술을 하면서 얼마나 많은 눈물을 흘리고 갔는지 저 사람은 알까? 재판이고 뭐고 당장 감옥에 처넣고 싶다. 이제 변호사 자격마저 없어질 판이지만 괜찮다. 검사님이 "조용히 하세요"라고 시원하게 사기꾼의 입을 막는다.

유죄 판결을 받아도 큰소리 떵떵 치며 아무런 죄책감을 느끼지 않는 사람이 있는가 하면, 누구한테 피해를 줄세라 말소리 한번 크게 내지 못하는 사람도 있다. 후자는 법원의 형벌보다도 더 큰 죗값을 자신에게 부여한다. 기어이 죗값을 치르고 싶다던 의뢰인의 주름진 셔츠가 떠오른다. 애써 다려 입어도 금세 다시 주름이 지고 마는 그 옷이 아무리 성실하게 살아도 계속해서 고난이 뒤따르는 그의 인생 같아 마음이 아프다. 아무렇게나 구겨진 옷을 입어도 그저 툭툭 털며 '조금 구겨졌네. 오늘도 내가 열심히 살았나 보네' 하고 아무렇지 않게 웃어넘기실 수 있는 날이 오길 바라 본다.

가혹한 삶의 끝에
헛된 희망이라도

이른 아침부터 하늘이 회색빛이다. 먹구름이 가득한 어두운 하늘을 보며 걷자니 벌써 축 처진 하루의 끝 같다. 직업에도 색이 있다면 매일 같이 갈등, 분노, 슬픔이 가득한 이야기를 들어야 하는 내 직업은 저런 잿빛이 아닐까. 하늘의 색이 어떻든 오늘도 들어야 하는 이야기의 색은 정해져 있기에, 내 출근길은 맑고 파란 하늘보다 이런 우중충한 하늘 아래 적당히 가라앉은 기분이 더 잘 어울리는지도 모르겠다.

60대 남자가 자리에 앉는다. 주머니에서 꾸깃꾸깃 접힌 종이 한 장을 꺼내 한숨을 쉬며 내민다. 보험금 지급 안내서다. 나도 모르게 나지막이 한숨이 따라 나왔다. 사고 후 수

령한 보험금이 적다고 상담하러 온 분이 '소송하면 받게 될 보험금이 정확히 얼마냐'는 질문을 무한 반복해서 나를 괴롭힌 것이 바로 얼마 전이었기 때문이다. 원하는 대답을 해주지 않으면 같은 말을 끝도 없이 하는 사람들이 있다. 특히 보상과 관련된 문제에서는 정확한 금액을 알고 싶어 하는 사람이 많아 '아, 오늘도 힘들겠구나' 덜컥 겁부터 났다.

얼마가 됐든 내가 받은 보험금이 만족스럽다고 하는 사람은 없다. 보험금을 청구하는 입장에서는 내가 입은 피해에 비해 금액이 적다고 하고, 보험사는 보험사대로 기준에 맞게 지급했다는 입장을 고수한다. 결국 다툼이 생기면 소송까지 가는 수밖에 없다.

그런 상황에서 나는 일반적인 절차나 진행 과정을 설명한다. 보통 설명을 다 듣고 나면 사람들은 꼭 승소 여부 및 금액을 예측해 주길 바란다. 더 정확히 말하면 본인의 승소를 확언해 주길 원한다. 그 마음을 모르는 것은 아니나, 정확한 사실관계나 증거가 충분히 파악되지 않은 상태에서 승소를 장담할 수는 없다. 더욱이 공공기관에서 일하는 변호사는 객관적인 입장에서 책임질 수 있는 발언만 해야 한다. 그래서 답변이 추상적이라는 한계는 분명히 있지만, 적어도 질 것을 이길 거라고 헛된 희망을 주진 않는다.

나도 처음에는 작은 성공 가능성이라도 제시하려고 노

력했고, 그 답변을 듣고 희망을 품는 의뢰인들을 보면 뿌듯했다. 그러나 그건 내 만족일 뿐, 지푸라기라도 잡고 싶어 하는 사람에게 그 작은 가능성은 헛된 희망이 되어 더 큰 실망으로 돌아온다는 걸 알게 되었다. 이제는 오히려 기대를 안겨 주지 않는 쪽으로 말하는 것이 상대를 위해서도 좋다고 생각한다.

'헛된 희망은 절대 드리지 말아야지' 하고 혼자 다짐하며 "무슨 일 때문에 오셨나요?"라고 질문을 던진다. 남자가 한참 동안 아무 말 없이 책상 모서리를 만지작거리다가 결심한 듯 어렵게 말을 꺼낸다.

1년 전 봄, 아내가 스스로 생을 마감했다. 남자와 아들은 서로 의지하면서 이 영원한 이별을 견뎌 내고자 발버둥 쳤다. 그해 가을, 아들이 일하다 농수로에 빠졌다. 하필 머리를 부딪쳐 기절한 상태로 얕은 물속에 잠기는 바람에, 뇌에 손상을 입어 6개월째 의식 없이 입원해 있다.

그나마 아들이 들어 놓은 보험으로 병원비를 해결하려고 했는데, 보험회사에서 아들이 과거에 우울증 약을 복용한 사실이 있음에도 이를 고지하지 않았다고 하여 보험금을 대폭 줄여 버렸다. 아파트 경비로 일하던 남자는 아들의 병원비를 벌기 위해 근무 시간을 늘렸다. 그런데 근무 환경이 너무 열악했다. 간이침대 하나 놓을 공간조차 없어 3개월간 앉아서 자다가 허리 디스크가 생겼다. 참다 못해 휴게 공간을 만들어 달라고 요청했다가 해고당했다.

고작 1년 사이에 슬프고 고통스러운 일들이 너무 많이 벌어져 정신을 차릴 수 없었다. 그중에서도 제일 슬픈 건 부인이 자기 꿈에 한 번도 안 나온 것이다. 주변 사람들 꿈에는 나온다는데, 자기를 미워해서 그런 게 아닌가 싶다. 부인이 그저 기력이 없는 줄로만 알았지, 우울증을 앓고 있었는지는 몰라서 지켜 주지 못한 것이 한이다. 그래도 다행인 건, 18층에서 떨어졌는데 얼굴에 작은 상처밖에 안 났다. 마지막 가는 길에도 예뻤다.

마음 같아서는 보험금도 더 받으실 수 있고, 복직도 당연히 가능하다고 말씀드리고 싶었다. 그러나 보험회사의 지급 기준이 있을 테고, 그 이상의 보험금 지급은 결국 소송을 통해서 다퉈야 한다. 해고에 관한 문제도 관련 자료를 다 파악해야 알 수 있다. 나는 또 '이럴 수도 있고 저럴 수도 있다'는, 언뜻 면피성 대답 같지만 지금 내 입장에선 최선인 대답을 할 수밖에 없었다.

상담을 마치고 나가는 남자에게 무슨 말이라도 해 주고 싶어서 다급하게 덧붙였다.

"미안해서 꿈속에 못 나타나신 거예요. 힘내시라고 이제 금방 나타나실 거예요!"

남자가 처음으로 이를 보이며 씨익 웃는다. 뒤돌아서는 그의 머리 빛깔이 오늘 아침 하늘과 같은 회색빛이다.

퇴근길 한강 위 하늘도 여전히 같은 색이다. 내 답변이 정말 최선이었을까? 차라리 헛된 희망이라도 주는 게 나았을까? 과연 희망이란 무엇일까? 보험금을 더 받는 것, 직장에 복직하는 것이 남자의 희망일까?

그리스·로마 신화에 '희망'에 관한 이야기가 있다. 우리가 잘 아는 '판도라의 항아리'다. 호기심 많은 판도라가 열어서는 안 될 항아리를 여는 순간, 그 안에 들어 있던 불안, 슬픔, 질병, 공포 등 모든 나쁜 것이 세상으로 나오게 되었다. 그러나 희망만은 항아리 안에 남아 있었다고 한다. 왜 항아리 속 나쁜 것들 사이에 희망이 함께 있었는지에 대해서는 여러 해석이 존재한다.

먼저 "희망은 불확실한 미래를 위해 지금의 내 현실을 희생하는 것"이라는 괴테의 말처럼 희망은 악이고, 고통이며, 허황된 꿈이라고 보는 견해가 있다. 희망이 없으면 절망도 없으련만, 희망이 있기에 희망 고문을 당한다. 맹목적 희망을 갖게 만든다는 점에서 희망 역시 나쁜 것이고, 그래서 항아리에 함께 들어 있었다는 것이다. 이와 반대로, 나쁜 것들이 다 빠져나가고 희망만 남아 있었다는 건 애초에 희망이 다른 나쁜 것들과 본질적으로 다르다는 뜻이라고 보는 견해도 있다. 이에 따르면, 인간이 갖은 불행에 시달리면서도 희망만은 끝까지 놓지 않는다는 점에서 희망만큼 좋은 것이 없다.

희망을 놓고 이렇게 정반대의 해석이 나오는 이유는 어떤 이에게는 희망이 그야말로 삶의 이유, 목표가 될 수 있지만, 또 어떤 이에게는 그저 신기루 같은 허황된 바람일 수도 있기 때문 아닐까. 누군가의 희망을 내가 판단할 수는 없다. 논리적인 말들로 그 희망을 사라지게 하기보다는, 언젠가 사라질지언정 당장 오늘을 살아갈 힘이 되는 희망을 주는 사람이고 싶다. 때로 희망은 끝내 절망으로 되돌아오기도 한다는 걸 알기에 두렵지만, 그럼에도 지금 남자의 삶엔 조금이나마 보험금을 더 받고 직장에 복직할 수 있다는 희망이 꼭 필요할지도 모른다.

헛된 희망도 힘이 될 때가 있다. 영화〈쇼생크 탈출〉에서 누명을 쓰고 감옥에 갇힌 주인공에게 필요한 건 자유가 아니라 희망이었다. 희망이 가장 무의미하게 느껴지는 그곳에서, 주인공은 희망은 좋은 것이고 좋은 것은 사라지지 않는다고 말한다.

수화기를 들어 남자에게 전화를 걸었다.

"너무 중립적으로 말씀드렸는데, 사실 승산은 있다고 봅니다. 관련 기관에 연계해 드릴게요. 힘내세요."

그렇게 미처 말하지 못한 옅은 희망을 얹어 본다.

왜 누군가에겐 하루 벌어 하루 먹고 사는 평범한 삶조차 허락되지 않는 것일까? 나를 찾아와 자신의 이야기를 털어놓는 분들이 집으로 되돌아가는 길에는 파란 하늘, 그리고 파란 삶이 기다리고 있길 바라며 창밖을 본다. 아직은 구름이 다 걷히지 않았지만, 아침보다는 제법 파란빛이 돈다.

망할 병에
걸렸습니다

묻지 마 칼부림 범죄가 심심치 않게 뉴스에 등장한다. 무고하게 생명을 잃거나 다치는 사람들이 생겨나고, 피해자 본인과 가족이 크나큰 고통을 겪을 뿐만 아니라, 사회 전체가 서로를 불신하고 두려움에 빠진다. 제목만 다르고 줄거리는 거의 유사한 막장 드라마들이 출생의 비밀에서 시작해 기억상실증을 거쳐 권선징악으로 끝난다면, 묻지 마 칼부림 사건은 사회에 대한 불만으로 시작해 정신 질환을 호소하고 대체로 감형을 받으며 끝난다.

우리 형법에서는 사물을 변별할 능력이 없는 사람에게는 처벌이 무의미하기 때문에 형을 면제하거나 감경하도록 규정하고 있다. 그러나 정말로 사물을 변별할 능력이 없어서 범죄를 저질렀다기보다는 면죄 수단으로 정신 질환을 주장하는 사람이 많아지다 보니 공분을 사고 있다.

상담을 하면서 한 달에 서너번은 조현병을 앓는 사람을 만났다. 한번은 칠순을 훌쩍 넘긴 노신사가 아들과 함께 상담하러 왔다. 우리 아들은 서울대를 나오고, 대기업에 들어가 초고속 승진을 하고, 결혼해서 예쁜 손녀도 낳아 주고, 얼마나 효자였는지 모른다며 자랑을 한다. 훌륭한 아드님을 둬서 행복하시겠다며 맞장구를 쳐 드렸다.

"우리 아들은 한 번도 나를 실망시킨 적이 없어. 근데 망할 병에 걸려서…"

망할 병이라니 사업 병을 말씀하시는 건가, 아니면 도박 중독인가.

"조현병 아시죠?"

그 말에 나도 모르게 좁은 칸막이 안에서 의자를 최대한 뒤로 뺐다. 혹시라도 나한테 공격적인 행동을 하지는 않을까 막연한 두려움 때문에 상담에 집중하지 못했다. 노신사는 이미 수없이 경험해 봤다는 듯 나를 안심시켰다.

"우리 아들은 약을 잘 먹고 있어서 걱정하지 않으셔도 됩니다."

괜스레 죄송스러워 갈 곳 잃은 눈동자를 애써 컴퓨터 모니터 쪽으로 돌리는데, 고개를 푹 숙인 아들의 모습이 눈에 들어왔다.

"그래도 우리 아들은 운이 좋아요. 나같이 약을 챙겨 줄 늙은 부모라도 있으니. 이제 내가 죽으면 어떻게 해야 하나 걱정입니다."

남자는 어린 시절부터 남들보다 빠르게, 남들보다 높게 승 승장구했다. 그러다 어느 날 갑자기 망상이 들고 환청이 들리기 시작했다. 딸아이가 고작 두 살 되던 때였다. 회사 는 물론 집에서도 조현병 환자가 머물 곳은 없었다. 떠밀 리듯 퇴사하고 이혼을 당한 뒤, 아이처럼 부모님의 보살핌 을 받으며 살았다.

다른 건 다 포기할 수 있어도, 딸을 보고 싶은 마음은 포기가 잘 안 됐다. 부인은 아이의 미래를 위해 남자가 아 이를 만나러 오지 않길 바랐다. 정신 나간 아버지보단 차 라리 비정한 아버지가 되는 게 자식을 위하는 길이라 생각 하고, 애초부터 부인도 딸도 없다고 생각하며 지냈다. 그러 나 시간이 흐를수록 그리움은 더욱 짙어졌다. 이제라도 딸 을 만나고 싶어서 면접교섭권에 관해 물으러 왔다.

조현병의 원인과 관련해서는 생물학적, 유전적, 심리적 요인에 대한 분석이 있으나, 정확하게 어떤 원인에 의해 발병하는지는 아직 밝혀지지 않았다고 한다. 내가 아무리 조심해도 예고 없이 다가오는 불행처럼, 남자에게도 어느 날 갑자기 이유 없이 병이 찾아왔다. 노신사는 아이를 만나서 무슨 좋은 소리를 듣겠냐며, 왜 그런 몹쓸 병에 걸려서 이러고 사냐고 아들에게 핀잔을 줬다. 그 순간 남자가 "제가 그러고 싶어 그랬습니까?"라고 반문했다.

　모든 병이 그렇겠지만, 조현병에 걸리고 싶은 사람은 아무도 없다. 하지만 나도 너도 누구나 걸릴 수 있는 병이다. 감기에 걸리면 기침하듯, 조현병에 걸리면 망상이 들고 환청이 들린다. 조현병도 약으로 70~80퍼센트는 조절 가능하다고 하니 약을 먹는 게 중요해 보였다. 먼저 말해 주지 않았다면 남자가 조현병인 줄 전혀 몰랐을 것이다.

　　일주일 뒤, 30대 중반으로 보이는 남자가 찾아왔다. 자리에 앉자마자 자신이 조현병 환자라고 말한다. "약은 드시고 오신 건가요?"라고 묻고 싶었지만 차마 입 밖으로 꺼내지 못한 채, 예측하지 못한 공격이 벌어지면 나는 여기서 꼼짝없이 죽겠구나 싶은 공포를 느꼈다.

　남자는 어릴 때부터 소방공무원이 되고 싶어서 열심히 공부했고, 실제로 소방공무원에 합격했다고 한다. 입으로는 "아, 그러시구나" 대답하면서도, 머릿속으로는 '망상이 있구나' 했다. 뭐가 궁금해서 오셨냐고 물으니, 본인이 군대에 있을 때 소방 호스 감는 방법을 개발해서 포상 휴가를 받았다며, 금전적 보상도 받기로 했는데 아직 이뤄지지 않아 보상받을 방법을 문의하고 싶다고 했다. 이 위기를 어떻게 벗어나야 할지 머리를 굴리고 있는데, 남자의 누나라는 여자가 들어왔다. 여자는 자리에 앉자마자 눈물을 흘렸다.

동생은 정말 열심히 사는 사람이었다. 지방직과 국가직 소방공무원에 동시에 합격하고 나서 한 달 정도 근무를 하던 중 이상행동을 보이기 시작했다. 결국 그토록 꿈꿔 왔던 소방공무원을 그만둘 수밖에 없었다. 병원에서는 조현병이 발현되기 전에 전조 증상이 있었을 텐데, 합격에 대한 열망이 전조 증상마저 누르고 있었을 수도 있다고 말했다. 실제로 남자는 합격자 발표를 보는 순간 머릿속 뚜껑이 확 열리면서 새로운 세상이 펼쳐지는 것 같은 경험을 했다. 조현병이 폭발적으로 발현되는 순간이었다.

안타깝다는 말로는 설명할 수 없을 만큼 슬펐다. 남자는 자기 병을 인정하지 못한 채 아직도 고시원에 살며 매일 공부하고 있었다. 어쩌면 남자가 정말 소방 호스 감는 방법을 개발하지 않았을까? 가까운 소방서에 전화를 걸었다.

"장난 전화는 아니고요. 혹시 그 소방 호스 감는 방법을 개발한 사람이 있을까요? 그게 어떤 특별한 방식으로 감는 게 가능한가요?"

"우리나라에 소방차 들어올 때 감겨서 들어왔겠죠. 장난 전화 하면 처벌받습니다."

아… 소방호스 감는 방법은 개발한 게 아니구나. 오롯이 믿지 못하다가, 또 오롯이 믿게 되어 본의 아니게 장난 전화를 건 사람이 되었다. 간절한 눈빛으로 전화기를 바라보는 남자에게 소멸시효 핑계를 대며, 시간이 너무 오래 지나서 청구권이 사라졌다고 대답하고 상담을 마쳤다.

　　　　　　한번은 결혼 생활 도중에 남편이 조현병에 걸렸다는 사실을 알게 된 여성이 찾아왔다. 남편이 약 먹기를 거부하기에 몰래 식사에 약을 타서 먹였는데, 남편은 이를 모른 채 병이 스스로 나았다고 생각하고 계속 약을 거부했다. 시댁은 처음부터 남편의 병을 알고 있었으면서도 여자를 속였다. 여자는 시댁에 이혼은 하지 않겠으니 남편에게 약을 먹일 수 있도록 협조만 해 달라고 부탁할 생각이라며, 그 부탁이 받아들여지지 않으면 재판상 이혼 청구가 가능한지를 물었다.

무서운 강력 범죄를 저지르고 조현병이라고 핑계 대는

사례를 뉴스에서 자주 접해서인지, 많은 사람이 조현병 환자라고 하면 겁부터 내는 게 사실이다. 약도 먹고 치료도 받고 있는데도 억울하게 잠재적 범죄자로 오해받기도 한다. 조현병 환자가 위험하다 아니다를 말하고 싶은 것이 아니다. 다만 그들은 억울하게 병에 걸린 것도 모자라, 위협적인 존재라는 편견에도 맞서야 한다. 그 가족들도 마찬가지다.

어디서, 어떻게, 왜 시작되었는지도 모르는 망할 병 때문에 아버지는 직장을 잃고 가정도 잃었다. 오랜 기간 꿈을 위해 노력해 온 청년은 마침내 이룬 꿈조차 포기해야 했다. 꿈이 사라진 남편을 지키고 싶은 아내는 오늘도 남편의 식사에 몰래 약을 넣는다. 이 병은 직장에 다니고 가정을 꾸리고 사랑하는 사람과 함께하는 평범한 일상마저 허용하지 않는다. 아버지가 면접교섭권을 원하고, 청년이 소방호스 감는 법으로 보상 받길 원하고, 또 아내가 남편이 약을 먹길 바라는 건 잃어버린 일상이 회복되길 바라는 염원으로 다가왔다.

여기에 법적인 대답은 사실 크게 의미가 없다. 그간 얼마나 힘들었는지, 앞으로 또 얼마나 힘든 날들을 보내야 할지에 대한 공감이 필요하다. 일단 나부터 편견에서 벗어나야 한다. 나를 찾아왔던 조현병 환자들이 약을 먹고 병원에 다니며 병을 잘 관리하고 있었던 것처럼, 가족과 사회가 더 관심을 가진다면 지금처럼 뉴스에서 조현병이란 단어를 마주하는 일도 줄어들지 모른다.

주말에 산에 올랐다. 산 중턱 여기저기에 돌탑이 가득하다. 저마다 어떤 소원을 빌었는지는 모르지만, 입추의 여지 없이 빼곡히 쌓인 돌탑들에서 그 간절한 마음만은 짐작해 볼 수 있었다. 나도 작은 돌 하나를 올리고 두 손 모아 간절히 빌어 본다.

'누구도 아프지 않고 누구도 상처받지 않기를.'

차가운 머리도
그들 편에 함께 서 있기에

내가 출근하는 구청이 있는 곳은 서울에서도 집값이 엄청나게 뛴 동네다. 그에 걸맞게 구청 앞에 세워진 봉고차 확성기에서 내 첫 출근 날부터 지금까지 단 하루도 빠지지 않고 민중가요가 흘러나온다. 봉고차 옆으로는 재개발로 인한 철거에 반대하는 플래카드가 쭈욱 걸려 있다. 1인 시위를 하는 분도 제법 있고 경찰 병력도 심심치 않게 동원된다. 높은 아파트들이 들어서며 땅값이 천정부지로 치솟다 보니 그곳이 원래 삶의 터전이었던 사람들은 갈 곳을 잃었다.

어릴 때 내가 살던 달동네 판자촌도 나름 서울이라는 이유로 일찍이 재개발 대열에 합류했다. 온 동네가 용역 깡패와 굴착기로 쑥대밭이 되자, 아빠와 함께 그에 맞서던 한 분이 자동차 보닛을 열어 석유를 붓고는 그 앞에 라이터를 들고 섰다. 우리는 더 물러설 곳이 없다며 차라리 여기서 다 같이 죽자고 했다. 참 슬픈 시절이었다.

그런데 그보다 더 슬픈 건, 달동네 골목길을 뛰어다니던 꼬맹이가 서른다섯을 넘길 만큼 시간이 흘렀는데도 세상은 별로 달라진 게 없다는 사실이다. 어린 내가 동요인 줄 알고 따라 불렀던 그 익숙한 노래들과 풍경들이 또다시 눈앞에 나타나자 사실 놀랍기도 했다. 정말 세상은 아직 그대로구나.

상황이 이렇다 보니 내가 이 동네에 오고 나서 제일 많이 한 일이 철거민 상담이다. 임대료가 싸서 들어왔는데 집주인은 벌써 보상받고 잠적해 버렸거나, 조합으로부터 더 많은 보상을 얻기 위한 방패로 쓰이다가 명도소송*을 당한 세입자를 방어하는 역할을 제법 했다. 보증금을 돌려받지 못하면 갈 곳이 없는 임차인들은 조합 측 변호사와 서면 공방을 벌여 기어이 보증금을 받아 낼 때까지 다 부서진 동네에서 두려움에 벌벌 떨며 지내야 했다.

그래도 아직 소송이 진행 중일 때 찾아오는 분들은 다행

---

* 정당한 권한 없이 부동산을 점유하고 있는 자를 대상으로 부동산을 인도받기 위해 제기하는 소송.

이다. 날아오는 소장에 대응을 못 해 이미 세간살이가 다 퇴거 집행된 분들이 와서 우실 때는 정말 어쩔 도리가 없다. 그저 손 한번 꼭 잡아 드리는 것밖에 아무것도 할 수가 없다.

안타까운 사정은 임차인뿐만 아니라 집주인도 마찬가지다. 보상금은 턱없이 적은데 그렇다고 큰돈을 들여 재개발된 지역에 들어갈 수도 없다. 남을 수도 이사를 갈 수도 없는 상황에서, 조합은 일방적으로 공탁금을 걸고 이마저 안 찾아가면 한 푼도 못 받는다고 협박한다. 또는 공탁금을 수령하면 좀 더 협상하겠다고 감언이설로 꾀어 막상 수령하면 그 즉시 퇴거 집행을 한다. 얼마 전에도 한 집이 집행을 당해, 너무 놀란 할아버지가 충격으로 쓰러져 병원에 입원하셨다. 할머니가 나를 찾아와 너무도 서럽게 울며 도와달라고 하셨다.

봄이 오니 겨울에 멈췄던 집행이 재개되면서 이런 분들이 늘어난다. 그만큼 나도 큰 좌절감을 느낀다. 도시가 개발되고 발전하는 건 좋지만, 그 속도를 따라가지 못하는 이들은 갈 곳을 잃고 고통받는다. 내쫓으려는 자와 내쫓기지 않으려는 자. 겨우내 잠잠했던 전쟁이 다시 시작됐다.

75세 할머니를 대신해 요양보호사가 상담을 받으러 왔다. 할머니가 가족도 없이 홀로 평생 모은 전

재산이 임대차 보증금 1700만 원이었다. 그나마 여생은 이 집에서 보낼 수 있겠거니 했는데, 알고 보니 이미 집주인이 담보를 잡을 만큼 잡은 깡통주택이다. 더 이상 감당할 수 없는 빚이 쌓이자 집주인은 개인회생을 신청했고, 은행에서 강제 경매를 했다. 거동이 아예 불가능해 방 안에서 누워만 지내던 할머니는 배당을 요구해야 자신의 권리를 지킬 수 있다는 것을 알 방법이 없었다. 경매 절차가 끝나면 방을 비워 줘야 한다. 할머니에게 남은 건 개인회생을 신청한 집주인이 한 달에 10여만 원씩 5년간 갚아 나갈 700만 원 남짓이 전부다. 이제는 진짜 길거리로 나앉게 생겼다.

누구의 잘못일까. 깡통주택이 뭔지, 배당 요구나 개인회생이 뭔지 모르는 75세 할머니의 잘못일까. 깡통주택을 노인에게 임대차하고 여의치 않으니 개인회생을 신청해 버린 임대인의 잘못일까. 아니면 무분별한 대출을 통해 깡통주택을 양산하고, 대책도 없이 개인 파산/회생 제도를 만들어 놓은 국가의 잘못일까.

돕고 싶어서 하루 종일 여기저기 전화하고 알아봤지만 방법이 없다. 결국 할머니는 긴급 지원 등을 받아 겨우 생계를 유지할 수밖에 없는 상황이다. 동주민센터에 긴급 지원을 준비해 두어야 할 것 같다고 말했다.

다양한 개발 계획과 정책 들이 앞서 나가는 가운데, 그에 발맞추지 못하는 사람들도 생겨난다. 분명 누군가는 혜택을 보겠지만 또 누군가는 피해를 보는 상황이 발생한다. 그런데 피해를 보는 누군가는 왜 항상 가진 것 없고 배운 것 없어 소외된 사람들인지 모르겠다. 아무것도 할 수 없는 날, 그저 머릿속이 하얘진다.

이런 날은 내가 만든 법이 아닌데도, 법을 다루는 변호사라는 사실조차 부끄럽다. 법은 누구에게나 꼭 같이 적용되기에 법을 공부했는데, 그 예외 없는 엄격함이 야속하기도 하다. 그런데 내가 좋아하는 한 판결문에서, 법원 역시 나와 같은 생각을 했나 보다.

가장 세심하고 사려 깊은 사람도 세상사 모두를 예상하고 대비할 수는 없는 법이다. 가장 사려 깊고 조심스럽게 만들어진 법도 세상사 모든 사안에서 명확한 정의의 지침을 제공하기는 어려운 법이다. 법은 장래 발생 가능한 다양한 사안을 예상하고 미리 만들어 두는 일종의 기성복 같은 것이어서, 아무리 다양한 치수의 옷을 만들어 두어도 예상을 넘어 팔이 더 길거나 짧은 사람이 나오게 된다. 미리 만들어 둔 옷 치수에 맞지 않다고 하여 당신의 팔이 너무 길거나 짧은 것은 당신의 잘못이니 당신에게 줄 옷은 없다고 말할 것인가? 아니면 다소 번거롭더라도 옷의 길이를 조금 늘이거나 줄여 수선해 줄 것인가?

우리는 입법부가 만든 법률을 최종적으로 해석하고 집행하는 법원이 어느 정도 수선의 의무와 권한을 갖고 있다고 생각한다. 이는 의회가 만든 법률을 법원이 제멋대로 수정하는 것이 아니라 그 법률이 의도된 본래의 의미를 갖도록 보완하는 것이고, 대한민국헌법이 예정하고 있는 우리 헌법체제의 일부라고 생각한다.

(중략) 가을 들녘에는 황금물결이 일고, 집집마다 감나무엔 빨간 감이 익어 간다. 가을걷이에 나선 농부의 입가엔 노랫가락이 흘러나오고, 바라보는 아낙의 얼굴엔 웃음꽃이 폈다. 홀로 사는 칠십 노인을 집에서 쫓아내 달라고 요구하는 원고의 소장에서는 찬바람이 일고, 엄동설한에 길가에 나앉을 노인을 상상하는 이들의 눈가엔 물기가 맺힌다.

우리 모두는 차가운 머리만을 가진 사회보다 차가운 머리와 따뜻한 가슴을 함께 가진 사회에서 살기 원하기 때문에 법의 해석과 집행도 차가운 머리만이 아니라 따뜻한 가슴도 함께 갖고 하여야 한다고 믿는다. 이 사건에서 따뜻한 가슴만이 피고들의 편에 서 있는 것이 아니라 차가운 머리도 그들의 편에 함께 서 있다는 것이 우리의 견해이다.*

이 사건은 임대주택의 실수요자인 고령의 무주택자가 부인의 병 수발을 드느라 직접 대한주택공사에 찾아갈 수 없어 딸을 보내 딸 명의로 임대차 계약을 체결했다가, 임차인으로 인정받지 못하고 우선 분양권에서 배제되어 퇴거해야 하는 사안이었다. 한겨울에 거리로 쫓겨날 노인을 안타깝게 여긴 법원은 추후 대법원에서 판례가 깨질 것을 알면서도 노인 편을 들어 주었다. 결국 대법원에서 파기환송됐고, 고등법원의 조정을 통해 노인은 집에서 퇴거하게 되었다.

그럼에도 이 판결 자체가 의미 없는 것은 아니다. 법이 당신 편이 아닌 순간에도, 여전히 당신 편에 서고자 하는 사람들이 있다. 그런 이들이 존재하는 한 언젠가는 법도 달라지지 않을까.

* 대전고등법원 2006. 11. 1. 선고 2006나1846 판결.

6장
끝

처음과 같이
이제 와 항상 영원히

세상에
의미 없는 일은 없다

저녁 7시, 거센 빗소리를 들으며 시작한 하루가 아직 끝나지 않았다. 사무실에 앉아 놓친 일은 없는지 다시 서류 더미를 살피는데, 문득 남을 위해 살아온 오늘 하루가 아쉽다. 물론 일을 해야 월급이 나오고 그 돈으로 먹고살 수 있기에 큰 틀에서는 나를 위한 것이 맞지만, 숨 돌릴 여유도 없이 지내고 보니 괜스레 내가 없어진 것만 같아 속상하다.

오늘이 아직 5시간이나 남았고, 이 시간을 나를 위해 쓰자면 얼마든지 쓸 수 있지만, 또 정신없는 내일을 살아 내야 하는 나한테는 선택지가 별로 없다. 내일은 잠시나마 내가 있는 하루, 나를 위한 하루가 될 수 있길. 그러려면 얼른 집에 가서 쉬어야지. 오늘도 기약 없는 노예가 되어 간다.

타인의 삶에는 아주 예민한 부분까지 관여하면서, 정작 내 인간관계나 삶은 돌아볼 시간이 없다는 것이 아이러니하다. 어릴 때 직업은 자아를 실현하는 방법 중 하나라고 배웠는데, 나는 이 직업을 통해 어떤 자아를 실현하고 있는 걸까.

공공기관에서 일하는 변호사의 법률 상담에는 한계가 있다. 앞서 말했듯 의뢰인들이 가장 궁금해하는 승소 여부, 재판 기간, 승소했을 때 받을 수 있는 금액을 정확하게 말해줄 수 없기 때문이다. 소송을 책임지고 맡아서 진행하는 사선변호인이라면 대답할 수 있는 범위가 좀 더 넓어질 텐데, 의뢰인의 말만 듣고 판단하는 1차적 상담에서는 할 수 있는 대답이 늘 한정적이다. 남들이 부러워할 만한 변호사라는 직업을 가졌지만 다른 변호사들과는 조금 다른 일을 하다 보니, 과연 내가 하는 일이 타인에게, 그리고 나 자신에게 얼마나 의미가 있는지 자문할 때가 많았다.

변호사들은 상담을 하면 상담료를 받는다. 하지만 나는 상담 건수가 늘어난다고 월급을 더 받지 않는다. 내 주머니는 다른 변호사들보다 얄팍하지만, 대신 생각 주머니는 갈수록 두둑해진다. 운이 좋은 날은 가끔 뇌물도 들어온다.

일주일에 한두 번씩 찾아와 나를 '천 여사'라고 부르는 어르신이 있다. "어르신, 그렇게 부르시면 안 돼요!" 하면 "왜, 결혼 안 했어?"라고 엉뚱한 소리를 한다. 예약 없이 무작정 와서는 오히려 예약하고 상담받는 분들에게 빨리 일어나라고 눈치를 주길래 몇 번 화를 냈더니 이제는 꼬박꼬박 예약을 한다.

그런데 하루는 또 어르신에게서 막무가내로 들르겠다고 전화가 왔다. 왜 또 그러시냐고 물어도, 그냥 온다는 말만 무한 반복하고 전화를 끊는다. 오늘은 정말 화를 내야겠다고 단단히 마음을 먹었다. 몇 시간 뒤, 거동도 불편해서 지팡이를 짚는 분이 커다란 봉투에 초코파이, 바나나, 팥죽을 담아 가지고 와서 내민다. 아니 이거 주려고 일부러 여기까지 오셨냐고 하니, 오늘이 크리스마스이브 아니냐며 산타처럼 웃는다. 다음에는 예약 없이 바로 상담 1회 추가해 드린다고 했더니 "예약하고 와야지" 하신다.

잠시 후에는 지적 장애가 있어 서면 작성을 어려워하던 분이 "메리 크리스마스!"를 외치며 들어온다. 그가 내민 조그만 봉투에는 뽀송뽀송한 양말이 들어 있다. 오늘 밤에 머리맡에 두고 자면 산타할아버지가 무조건 선물을 넣어 줄 것 같은 착한 양말이다. 내 생일도 아닌데 괜히 즐겁다. 그분들에게도 선물 같은 하루, 매일이 크리스마스 같은 일상이 이어지길 진심으로 바랐다.

한번은 할머니 한 분이 받아쓰기 노트를 꺼내며 이런

일도 도와줄 수 있느냐고 물었다. 칠십 평생에 남은 거라고 는 방 한 칸 보증금이 전부지만, 이것만큼은 지금까지 유일 하게 자신을 돌봐 준 아들에게 주고 싶다고 했다. 글을 모르 는 할머니는 유언장 공증을 받고 싶었지만, 그것도 돈이 들 어가는 일이라 본인이 직접 유언장을 작성하기로 마음먹었 다. 그래서 내게 유언장 작성을 도와 달라고 한다. 자필 유 언장에 꼭 들어가야 할 작성 일자, 주소, 성명, 인장 등 유효 요건을 먼저 말씀드렸다.

그날부터 할머니는 한글 공부에 돌입했다. 언젠가 한글 을 배웠던 기억이 어렴풋이 남아 있고, 매일 열심히 공부한 덕분에 일주일 뒤에는 명패에 적힌 내 이름을 읽으며 상담 실에 들어왔다. 그리고 한 달 만이었나. 자필 유언장을 쓰고 또 고쳐 쓰며 노트 세 권을 꽉 채웠다. 그로부터 보름이 더 지나 할머니는 드디어 완성된 유언장을 가지고 왔다.

2000만 원 남짓한 전 재산. 사실 유언장이 있으나 없으 나 아드님 몫의 상속분은 그리 달라지지 않는다. 그러나 삶 의 마지막 순간에 고마웠던 사람에게 그 마음을 표시하고 자 노력하는 할머니의 모습을 보며, 아직 한 번도 생각해 보 지 않은 나의 마지막은 어떤 모습일지, 누구에게 어떻게 고 마움을 표시하는 사람이 될지 궁금해졌다.

할머니는 마침내 유언장에 인장을 찍고, 수줍은 미소를

지으며 집으로 돌아갔다. 그런데 한 시간 뒤에 다시 오더니 가방에서 본인이 직접 키운 상추를 주섬주섬 꺼낸다. 숨이 죽을까 봐 오기 직전에 바로 따서 씻지도 않은 거라며, 이것밖에 못 드려서 죄송하다고 연신 고개를 숙이신다.

가슴이 찡했다. 그동안 의뢰인의 말만 듣고 한정적인 대답을 할 수밖에 없는 내 역할이 답답했다. 그러나 그 반쪽짜리 대답조차 간절히 필요한 사람들이 있고, 그 대답을 하기 위해 내가 여기에 있다. 결국 다 사람이 하는 일이라 스트레스를 받고 하기 싫을 때도 있지만, 또한 사람이 하는 일이라 내가 누군가를 이해해 줄 수 있고 나도 누군가에게 이해받을 수 있다.

요즘 일이 많아진 것도 1년간 열심히 살았기 때문이라고 긍정적으로 생각하기로 했다. 여기까지 오는 데만 40분 넘게 걸리는 임대 아파트에서 요즘 많이들 오시길래 의아했는데, 그곳에 사시는 할머니가 구청 변호사님이 잘해 준다고 이야기하는 걸 듣고 일부러 시간 내서 오셨다고 한다. 전화가 올 때도 예전에는 "변호사님 계신가요?"라고들 했는데, 이제는 "천수이 변호사님 계신가요?" 하고 내 이름을 직접 부르며 찾는 분들이 생겼다. 나에 대한 평판이 쌓이고 그런 평판들이 모여 내가 나아갈 길이 정해진다.

단순히 돈을 벌려고 일하는 하루, 다른 사람들의 넋두

리를 들어 주는 하루, 그래서 내가 없는 하루라고 생각했던 날들이 많았다. 그런데 사실은 내가 있기에 다른 사람들의 이야기가 있고, 그 이야기 덕분에 내가 삶을 꾸려 가고 또 이 자리에 앉아 있다. 세상에 의미 없는 일은 없고, 의미 없는 사람도 없다. 그리고 의미 없는 이야기도 없다.

가장 슬픈
공지를 합니다

지인 아버님의 부고 문자를 받고 장례식에 다녀왔다. 얼마 후에 따뜻한 조문과 부의를 베풀어 주어 감사하다는 답례 문자가 왔다. 누군가 돌아가시면 뒤따르는 익숙한 절차다. 그런데 당연하게 느껴지는 이 과정이 누구에게나 당연한 것은 아니다. 부고를 보낼 사람도, 받을 사람도 없는 죽음도 있다.

구청 홈페이지에는 수많은 공지가 올라오는데, 그중에 많으면 한 달에 두세 건, 적으면 두세 달에 한 번꼴로 올라오는 슬픈 공지가 있다.

「장사 등에 관한 법률」 제12조, 같은 법 시행령 제9조 및 같은 법 시행규칙 제4조 제1항의 규정에 의거 처리하고, 다음과 같이 공고하오니 연고자는 사체(유골)를 인수하여 주시기 바랍니다.

〈 공고명: 기초생활보장수급자 무연고 사망자 공고〉

1. 사망자 인적사항: ○○○

2. 발생상황: 연고자가 확인되지 않아 행정처리 의뢰됨.

3. 처리내역

 • 처리방법: 화장 후 봉안

 • 봉안기간: 5년

 • 봉안장소: 서울시립승화원

국가법령정보센터에 들어가 보면 현행법령으로 검색되는 법령만 약 6000개다. 변호사인 나조차 처음 들어 보는 법도 많다. '장사 등에 관한 법률'은 장사 방법과 장사 시설의 설치, 조성 및 관리 등에 관한 사항을 규정한다. 위 공고는 그중에서도 무연고 시신의 처리에 따른 내용이다.

삶의 마지막 순간이 외로웠던 분들은 영혼이 떠나고 남

은 육신도 다시 한번 외로운 과정을 거쳐야 비로소 완전히 떠날 수 있다. 살아서도 외롭고 죽어서도 외롭다. 사람이 느끼는 외로움의 정도를 수치화할 수는 없지만, 무연고자의 외로운 죽음보다도 연고자의 외로운 죽음이 더 무겁게 느껴질 때가 있다. 연고, 즉 가족이 있음에도 장례 치르기를 거부하는 경우다.

　　　　　　구청에 소속된 사회복지사가 질문이 있다며 들어왔다. 기초생활수급자 한 분이 사망했는데 가족이 장례 치르기를 거부한다고 한다. 아마도 사망한 분에게 빚이 있었던 탓에, 장례를 치르면 괜히 빚까지 떠안게 될까 봐 걱정이 되는 모양이다.

　　상속인에게 전화했다. 장례를 치르든 거부하든 상관없이 채무는 상속되는 것이라 상속 포기 절차를 거쳐야 하니 그 부분은 제가 도와드리되, 장례 자체는 치르는 게 어떻겠냐고 설득했다. 전화기 너머로 날카로운 말들이 쏟아진다. 평생 가족들에게 짐만 되던 아버지, 돌아가셔서도 짐이라며 원망을 한다. 차라리 무연고자라면 지방자치단체에서 알아서 해결할 텐데, 연고가 있기에 이런 불편한 상황들이 발생한다.

　　누구에게도 생물학적 부모를 선택할 수 있는 권한은 없

다. 그 맞추기 어렵다는 로또조차 내가 살지 말지, 수동으로 특정 번호를 선택할지, 자동으로 선택할지, 몇 장을 어느 판매소에서 살지는 결정할 수 있다. 아주 미약하게나마 내가 확률을 조정할 수 있다는 점에서, 좋은 부모를 만날 확률보다 로또에 맞을 확률이 더 높다. 태어나 보니 어떤 부모는 세상 인자한데, 어떤 부모는 남보다도 못하다. 어떤 부모는 재산, 지능, 재능을 물려 줄 때, 어떤 부모는 빚, 병, 부족한 능력을 물려 주기도 한다. 사람이 후천적으로 노력할 수 있는 부분도 있지만, 처음부터 결정되어 어찌할 수 없는 부분도 분명히 존재한다.

그런 이유로 "그래도 아버지이고 가족인데 그러면 됩니까?"라는 말이 차마 나오지 않았다. 이 가족에게 어떠한 사연이 있는지 내가 다 알 수 없기에, 그래도 하루만 더 생각해 보시라고 하고 전화를 끊었다.

다음날, 역시나 가족은 장례 치르기를 거부했다. 시신 인도포기각서를 쓰면 장례 절차는 지방자치단체에서 진행하나, 채무에 관해서는 별도로 법적 절차를 진행해야 한다고 안내했다. 그래도 혹시나 가족들 마음이 불편할까 봐, "장례는 여기서 알아서 할 테니 걱정 마세요"라고 말했다. 아무런 답이 없다. 괜한 오지랖이 부끄러워 서둘러 전화를 끊고 나니 마음 한구석이 허전하다.

지자체에서 장례를 치르고 가족들은 상속 포기를 하면 법적인 문제는 다 해결되겠지만, 돌아가신 분과 남아 있는 가족들, 사람 사이의 관계는 조금도 해결되지 않고 이대로 영원히 끝나 버린다. 돌아가신 분이 어떤 연유로 무연고자보다 더 외롭게 세상을 떠나게 됐는지 모르겠다.

내가 어떤 부모에게 태어날지는 선택할 수 없어도 어떤 부모가 될지는 선택할 수 있다. 마찬가지로 태어날 때 어떤 삶을 타고날지는 결정할 수 없지만, 죽을 때 어떤 삶을 살고 떠날지는 결정할 수 있다. 자식에게 모든 걸 해 줄 수 있는 부모는 없다. 부족한 가운데서도 사랑으로 자식을 대하고 또 그런 마음이 잘 전달되게 했다면, 마지막 가는 길조차 자식들이 배웅을 거부하진 않았을 텐데. 안타까운 마음에 자식 입장에서 돌아가신 분을 조금 원망해 본다.

한편으론 떠나는 분의 입장에도 서 본다. 차라리 무연고자라면 그냥 홀가분하게 떠날 수 있었을 텐데, 가족이 있기에 혹여나 자신이 그들에게 짐이 될까 봐 눈 감는 순간까지 마음이 불편하진 않았을까. 그분이 다음 생에는 부디 외롭지 않기를, 그리고 지금 외로운 누군가가 또 있다면 다음 생이 아니라 이번 생에서도 더는 외로울 일이 없기를 어린애 같은 마음으로 바란다.

누군가의 외로움이 사라지길 기도하며 경건하게 마음을 다독이고 있는데, 저녁 6시 즈음해서 한 무리의 사람들이 우르르 몰려온다. 오늘 해결하지 않으면 안 될 큰일이 있는 것처럼 보인다. 얼굴들은 초췌하고 몸에선 향냄새가 짙게 풍긴다. 오늘 발인하여 아버지를 화장하고 돌아오는 길에, 남은 부의금 600만 원을 어떻게 나눠야 할지 물으러 왔다. 누가 아버지를 더 모셨네, 누가 병원비를 냈네 하며 옥신각신하는데, 움직일 때마다 향냄새가 더 진하게 났다.

어떻게 보면 고작 600만 원 때문에 그러냐고 할 수도 있고, 또 어떻게 보면 600만 원씩이나 되는 돈이니까 그런다고 할 수도 있다. 돈의 많고 적음이 문제가 아니다. 향냄새가 미처 사라지기도 전에 변호사에게 달려와 상속분을 계산해 달라고 하는 모습을 돌아가신 아버지께서 보시면 어떤 마음이 드실까. 그래도 장례는 치렀으니 다행인가 싶어 쓴웃음이 났다. 다들 먹고살기 팍팍한 세상이니 그렇겠지. 애써 씁쓸함을 감추며 상속분을 설명하고 이렇게 덧붙였다.

"지금은 아버님이 떠난 슬픔에, 다들 잠도 못 주무시고 식사도 못 하셔서 예민한 상태라 이렇게 다투시는 것 같은데요. 집에 가서 잠도 주무시고 식사도 좀 하신 이후에 다시 생각해 보시면 상속분을 어떻게 하는 게 좋을지 판단이 되실 겁니다. 지금은 저조차도 향냄새 때문에 머리가 아파서 판단이 잘 안 되네요."

저마다 자기 몸에 킁킁 코를 대더니 머쓱한 표정을 짓는다. 그 뒤로 그 가족은 연락이 없었다. 무소식이 희소식이니, 아마도 향냄새가 가시고 난 뒤 그들 머릿속의 안개도 걷혀서 문제를 잘 해결했으리라 믿는다.

세상에서 제일 슬픈 공지를 보며 무연고 죽음이 참 외롭다고 생각한 때가 있었다. 그런데 여기 와서 계속 지켜보니 공지조차 올라오지 않는, 어설프게 연고가 있는 죽음이 더 외롭고 슬픈 경우도 많았다. 누군가가 곁에 있는데도 외로운 것이 진짜 외로움이라고 했던가?

삶을 한마디로 정의할 수 있는 사람도 없고, 무엇인지 알고 사는 사람도 없다. 그래서 어떻게 살아야 하는지 누구도 자신 있게 알려 주지 못한다. 다만 죽음의 순간에 이르러서야 그동안 우리가 어떻게 살아왔는지를 평가할 수 있을 뿐인데, 그 평가를 가장 가까운 가족으로부터 냉철하게 받게 될 수도 있다. 나의 마지막, 그리고 내가 떠난 이후에 남겨질 것들을 늘 생각하며 살아야 '어떻게 살 것인가'에 대한 답을 얻을 수 있을 것 같다.

누구보다 더 힘차게
살아남을 사람이 되어

〈아내의 유혹〉이라는 드라마가 있었다. 당시 최고 시청률이 40퍼센트에 육박했고, 방영된 지 15년이 다 되어 가는 요즘도 코미디 프로그램 등에서 패러디될 만큼 엄청난 인기를 누렸다. 이 드라마의 여주인공은 남편과 내연녀의 계략에 빠져 익사한다. 그런데 죽은 줄 알았던 그녀가 얼굴에 점을 찍고 다른 사람인 척 돌아와 재혼한 남편 부부에게 복수한다는 내용이다. 만약 현실에서 이런 일이 벌어진다면 '실종선고'와 '인정사망' '실종선고의 취소'라는 민법 규정에 따라 정리될 수 있다.

민법 제1편 제2장 제3절은 부재와 실종에 관해 규정하고 있다. 자신의 주소나 거주지를 떠난 사람의 생사가 5년간 분명하지 않을 때 법원에 실종선고를 청구할 수 있고, 실종선고를 받은 자가 5년간 연락이 닿지 않으면 사망으로 간주한다. 만약 실종이 전쟁, 선박 침몰, 항공기 추락 등 위난으로 인한 경우라면 사망이 더욱 확실시되기 때문에 실종기간이 1년 이상만 되어도 사망으로 간주한다.

따라서 드라마 속 여주인공처럼 물에 빠진 후 5년간 나타나지 않으면 실종선고를 할 수 있고, 그 기간이 만료됨과 동시에 사망한 것으로 본다. 그러다 사망한 사람이 살아서 돌아오면 실종선고는 취소된다. 실종선고 후 그 실종자가 살아 있는지 모르고 한 행동은 이후의 선고 취소에 영향을 받지 않으므로, 만약 남편과 내연녀가 여주인공의 사망을 진실로 믿고 혼인했다면 유효한 혼인으로 인정받을 수 있다. 그러나 실종자가 사망하지 않았다는 것을 알고 있었다면 중혼이 된다. 이 경우 중혼은 취소되고 실종자의 전혼이 부활하게 된다.

드라마와 달리 부재와 실종에 관한 법률 조항은 현실에서는 많이 활용되지 않는다. 특히 요즘처럼 연락할 수단이 다양하고, 어딜 가나 CCTV가 있는 상황에서 사람이 사라지는 일은 흔하지 않다. 물론 그럼에도 여전히 돌아오지 않는 사람들이 있다.

40대 후반의 남자가 들어온다. 깡마른 몸에 두꺼운 안경알, 나를 찾는 사람들이 대부분 그렇듯 지친 표정이다. 다소 시대에 뒤떨어진 차림새가 남자를 더욱 생기 없어 보이게 한다. 무엇이 그를 그렇게 지치게 했을까?

아버지는 기억도 나지 않는 어린 시절에 돌아가셨다. 어머니는 어린 두 아들을 키우느라 식당 설거지부터 온갖 궂은 일을 마다하지 않았다. 그런 어머니의 마음을 알기에 남자는 큰아들의 도리를 다하고자 고등학교를 졸업하자마자 생계 전선에 뛰어들어 대학생 동생의 뒷바라지를 했다. 그런데 어느 날 동생이 사라졌다. 동생을 찾아 백방으로 뛰었다. 밥은 걸러도 동생을 찾는 일은 거를 수 없었다. 그 간절함에도 불구하고 어디로 어떻게 왜 사라졌는지 모른 채 20년이 흘렀다. 사건이나 사고에 휘말렸을 가능성이 크다고 생각했지만, 그것도 어디까지나 추측일 뿐이었다.

동생이 돌아오기만을 눈물로 기다리던 어머니는 결국 동생을 보지 못한 채 돌아가셨다. 언젠가 동생이 돌아오면 부모로서 뭐라도 해 줘야 하지 않겠느냐며 쌈짓돈을 모으셨는데, 그 돈이 동생에게 가지 못하고 상속재산이 되었다. 상속재산을 정리하려면 상속인인 남자와 동생 모두의 동의가 필요하다. 동생의 법적 사망을 인정해야 하는 시점이 된 것이다.

남자는 이제 세상에 가족이라곤 동생 하나뿐인데 어떻게 자기 손으로 실종선고를 하느냐며 씁쓸한 표정을 지었다. 그는 동생이 어디서 어떻게 살고 있는지도 모르면서 혼자만 행복할 수 없어서 결혼도 안 했다. 어딘가에서 가정을 꾸리고 잘 살고 있을 것만 같은데 왜 나타나지를 않는지, 혹시 자신이 뭔가 서운하게 한 것은 없는지 자꾸만 예전 일을 되짚어 보다가 어느새 20년이 지났다. 아직도 길에서 동생과 비슷하게 생긴 사람이 스쳐 가면 다시 돌아가 얼굴을 확인하곤 한다고 했다.

유일하게 남은 가족을 내 손으로 사망한 사람으로 만드는 심정이 어떨지 짐작조차 되지 않았다. 그 어느 때보다 무거운 마음으로 실종선고 심판 청구서 작성을 도와드렸다.

1년 반쯤 지난 어느 날, 변함없이 깡마른 체구에 알이 두꺼운 안경을 낀 남자가 똑같은 표정으로 들어왔다. 어쩌면 21년 전 형의 모습만 기억할 동생이 현재의 자신을 못 알아볼까 봐 늘 한결같은 모습을 유지하는 건 아닐까. 남자는 동생의 실종선고 심판 청구가 인용되어 사망 처리가 되었다는 소식을 전하러 방문했다. '사망'이라는 두 글자가 너무나 가슴을 아프게 하지만, 그건 법적 사망일 뿐이고 동생은 여전히 어딘가에 살아 있을 거라고, 재밌게 잘 사느라 연락을 못 하는 거라고 힘주어 말한다.

　나 역시 남자의 동생이 살아 있다고 믿는다. 언젠가 드라마 속 주인공처럼 다시 나타나, 왜 사망 처리를 해서 번거롭게 실종 선고를 취소하게 만드냐고 형에게 볼멘소리를 하길 바란다. 그렇게만 된다면 내가 취소 청구를 얼마든지 도와드릴 것이다. 어떻게 종이 한 장으로 누군가의 생사를 결정지을 수 있겠는가. 어떤 사람은 존재해도 부재하는 것처럼 느껴지는가 하면, 부재해도 존재하는 것처럼 느껴지는 사람도 있다. 누군가의 마음속에 살아 있다면, 그는 누구보다도 힘차게 살아남은 사람일 것이다.

　《경찰통계연보》에 따르면 성인에 대한 실종 신고는 해마다 7만 건에 이른다고 한다. 그 가운데 오인 신고도 많지만, 2015년에서 2019년 사이 5년간 끝내 찾지 못한 성인이 3000명 이상이다. 청소년·지적장애인·치매 환자 미발견자가 150명인 것에 비해 15배 가까이 높은 수치다. 그럼에도 성인이라는 이유로 단순히 가출로 치부되거나, 초기 수사가 부실하게 이루어지는 경우가 많다.

　법에도 공백이 있다. 18세 미만 아동, 지적장애인, 치매 환자는 '실종아동 등의 보호 및 지원에 관한 법률'에 의해 실종 신고 이후의 절차가 규정되어 있지만, 성인에 대해서는 아직 법률이 존재하지 않는다. 자기결정권이 있는 성인에게는 본인이 원치 않는 상황에서 법률이 악용될 소지도 충분히 있기 때문이다.

남자가 나이 든 동생을 여전히 찾고 있는 것처럼, 가족이나 가까운 사람이 실종되었을 때 그 대상이 아동인지 성인인지는 중요하지 않다. 뉴스에서 큰 사건, 사고의 실종자 가족들이 처음에는 실종자가 살아 있기만을 기도하다가 나중에는 시신만이라도 찾을 수 있게 해 달라고 애원하는 모습을 보게 된다. 사랑하는 사람이 사망하는 것도 평생의 한으로 남을 일이지만, 생사조차 모르고 살아야 한다는 것 역시 다른 의미로 한을 남긴다. 한편으론 그래도 살아 있을 거라는 희망을 품게 하면서, 또 한편으론 시신조차 수습해 주지 못했다는 깊은 죄책감을 안긴다.

한 사회에서 법의 공백, 관련 기관의 부실 대응, 사람들의 무관심이 합쳐져 어떤 문제가 발생하고, 그로 인한 상처와 아픔은 오롯이 개인의 몫이 된다. 남자와 어머니의 삶이 20년 전에 멈춰 버린 것처럼 실종자와 그 가족들의 삶이 파괴되는 일이 더는 일어나지 않길, 그래서 소중한 이들이 누군가의 기억 속에서만이 아니라 바로 곁에서 함께 숨 쉬며 살아갈 수 있길 바란다.

세상에서 제일
무서운 것은

친구와 '귀신의 집'에 갔다. 여기저기서 귀신들이 튀어나와 발목을 잡고 길목을 막는데도 눈 하나 깜짝하지 않는 나를 보며 친구가 "너는 겁이 없냐?"라고 묻는다. 사실 귀신은 무섭지 않다. 동서고금을 막론하고 사연 없는 귀신은 없으니, 내 장기인 잘 들어 주는 능력을 살려 무슨 사연인지 들어 주면 된다. 우리나라 대표 귀신인 장화와 홍련도 사또가 사연을 듣고 억울함을 풀어 주자 다시는 나타나지 않았다.

변호사에게 물어보면 사람이 제일 무섭다고들 한다. 흔히 '변호사를 산다'고 표현한다. 어떤 물건을 돈 주고 사면 내 소유가 되는 동시에, 그 물건을 어떻게 사용할지도 온전히 나에게 달려 있다. 물건을 버리거나 망가뜨리는 것조차 내 권리가 된다. 그래서인지 변호사를 샀다고 말하는 일부 사람들은 변호사를 내 물건 다루듯이 필요할 때마다 아무 때나 찾는다. 매일 찾아오는 건 물론이고, 늦은 밤이나 새벽에도 마구잡이로 전화한다. 재판에서 본인이 원하는 결과를 얻지 못하면 교도소에 들어가서도 계속 협박 편지를 보내거나, 출소 후 변호사 사무실로 찾아와 수임료를 반환하라고 난동을 부리기도 한다.

사람을 상대하는 서비스업 종사자들이 공황이나 불안 증세를 겪는 것처럼 변호사도 마찬가지다. 병원을 찾거나, 전기 충격기와 가스총을 준비해서 자신을 보호하기도 한다. 하지만 사람들이 변호사라고 하면 논리 정연하고 냉철한 이성을 지닌 모습만 기대하다 보니, 약한 모습을 보이는 건 곧 자신의 무능력을 나타내는 것 같아 그저 괜찮다며 쉬쉬하고 지내는 경우가 많다.

나는 사람은 별로 무서워하지 않는다. 그보다 내가 무서워하는 건 따로 있다. 어릴 때 주사를 맞다가 엉덩이에 힘을 주는 바람에 주삿바늘이 엉덩이에 꽂힌 채 부러졌다. 의사 선생님과 간호사 선생님이 내 엉덩이 주위에 모여 주삿바늘을 제거하느라 고생하셨던 그날 이후로 나한테 세상에서 제일 무서운 존재는 주삿바늘이다. 어른이 되어서도 여전히 주사를 무서워하다 못해, 주사를 놓기 전에 알코올 솜으로 문지르기만 해도 살이 벌겋게 부어오른다. 공포란 녀석은 이렇게 몸과 마음을 전부 지배한다.

리어카를 끌며 폐지 줍는 할머니가 있었다. 어느 날 리어카로 비싼 자동차를 긁었다. 세상에 그런 비싼 차가 있는 줄도 모르고 살았던 할머니는 자신이 물어줘야 할 수리비를 듣고는 늘 그렇듯 세상이 또 자신을 속이려 한다고 생각했다. 결국 재판까지 가게 되었다. 우연히 이런 사정을 알게 된 사회복지사가 내게 연락했다. 소송구조 변호사를 선임할 새도 없이 재판 일정이 잡혀서, 일단은 내가 법원까지 동행해 드렸다.

할머니는 그간 본인의 고단한 삶을 법정에서 다 토해내셨다. 판사가 제발 묻는 말에만 답하라고 했지만, 타령을 하듯 자기 말만 계속 반복했다. 급기야 상대측 변호사에게 거짓말쟁이라고 고래고래 소리를 지르자, 참다 못한 판사도 같이 소리쳤다.

"자꾸 이렇게 소란 피우면 감치할 겁니다!"

"그게 뭔데요?"

할머니가 물었다. 어차피 설명해 봤자 말만 길어진다고 생각했는지 판사는 이렇게 답했다.

"엄청 무서운 거예요!"

심각한 분위기와 그렇지 못한 대사에 웃음이 터지려는 순간, 할머니가 다시 물었다.

"얼마나 무서운 거예요? 돈 드는 거예요?"

그 말에 10톤 화물 트럭에 실려 있던 돌들이 내 가슴 위로 떨어지는 듯했다. 내가 주사가 무서워 벌벌 떠는 것처럼 할머니가 제일 무서워하는 건 돈이다.

무거운 마음으로 할머니를 모시고 나와, 법정에서 그렇게 하고 싶은 말 다 하고 소리 지르면 결국 돈을 더 내야 한다고 말씀드렸다. 할머니는 돈이 들면 안 된다고, 가서 잘못했다고 말하겠다며 다시 법정에 들어가려고 한다. 아니라고, 다음번에 소리 안 지르시면 괜찮다고, 그러니까 이제 그러지 말자고 손을 잡아 드렸다.

식사 시간이 훌쩍 지난 터라 밥이라도 들고 가시라고 하자, 집에 치매 걸린 할아버지를 묶어 놓고 와서 얼른 가 봐야 된다고 하신다. 젊은 시절에는 바람을 피워서 힘들게 하더니, 늙어서는 병에 걸려 힘들게 한다고 고개를 내저으신다.

"그래도 살아 있는 게 어디야. 얼마 전에는 잠깐 정신이 돌아왔는지 내 손을 잡고 미안하다, 고맙다 그러더라고. 살아 있으니 이런 얘기도 듣는 거 아니겠어?"

그 말끝에 할머니는 새색시처럼 웃으셨다. 할아버지와의 나쁜 기억도, 할아버지의 성치 않은 몸도 다 감당할 수 있지만, 날씨가 궂은 날에 폐지를 줍지 못하면 벌이가 없어서 자기도 모르게 할아버지를 미워하게 만드는 돈이 무섭다고 하신다. 결국 사람보다 무서운 건 돈이다. 변호사에게 함부로 하는 의뢰인도 결국은 돈이 아까워서, 상대가 자신이 지불한 돈값은 해야 하니까 그렇게 대하는지도 모르겠다.

할머니를 댁까지 모셔다 드렸다. 반지하 창문을 가리키며 그곳에 사신다고 한다. 나도 대학생 때 반지하방에 산 적이 있는데, 그때 매일 맡았던 곰팡내가 잊히지 않는다. 여름이면 비가 들이치거나 바닥에서 물이 올라왔다. 위에서 들어오는 물은 양동이로 받아 내고, 아래에서 올라오는 물은 장판을 들어 걸레로 닦아 내기를 반복했다. 집주인은 보일러를 돌려 말리라고 했지만, 언감생심 겨울에도 맘껏 틀어 본 적 없는 보일러를 한여름에 튼다는 건 있을 수 없는 일이었다. 겨울이 되면 밖에서 자는 건지 안에서 자는 건지 구분이 안 될 정도로 하루하루 캠핑 같은 삶을 살았다.

누가 밖에서 들여다보지는 않을까 늘 조바심을 내며 걱정했지만, 사람들은 무릎 아래 펼쳐지는 타인의 삶에 관심이 없었다. 나 역시 반지하방에 살기 전까지는 왜 건물 바닥에 창문이 있는지, 그런 곳에 사람이 사는지조차 관심을 두지 않았다. 창밖으로 사람들의 다리가 오가는 모습이 일상의 풍경이 되고 곰팡내도 익숙해질 때쯤이면, 그토록 싫었던 바닥도 그저 내 삶의 일부분이 된다. 그래도 지하로는 내려갈 수 없다는 자존심과 언젠가는 위로 올라가서 저 햇살을 온전히 누리겠다는 의지가 맞물린 경계에서 고군분투했지만, 반지하방을 벗어나기는 쉽지 않았다.

그나마 내게는 젊음이라는 무기와 저마다의 몫을 해내며 함께하는 가족이 있었기에 용기를 낼 수 있었다. 그러나 지금 할머니에게는 그런 것들이 존재하지 않는다. 평생 게으름이나 낭비라는 단어와는 어울리지 않게 누구보다 열심히 살았음에도, 결국 마음도 몸도 삶도 돈에 좌지우지되어 버린 할머니. 그깟 주사야 한번 참으면 되지만, 내일도 모레도 그리고 미래의 어떤 날도 계속 돈의 무게에 짓눌려 있을 삶은 어떻게 감당해 내야 하는지 도저히 알 길이 없다.

행복은 마음속에 있다고들 한다. 그런데 누군가는 애초부터 행복을 꿈꿀 수조차 없는 마음으로 살아간다. 식사라도 챙기시라고 수중에 있는 현금을 몽땅 털어, 한사코 거절하시는 손에 쥐여 드렸다. 저희 할머니가 생각나서 그런다고, 손녀가 주는 용돈이라 생각하고 맛있는 고기반찬 사 드시라고 말씀드리고 서둘러 자리를 떠났다. 오늘만큼은 돈의 공포에서 조금 벗어나 편히 잠드시길.

마지막 순간에
후회가 남지 않도록

그리스·로마 신화를 좋아한다. 아무리 전지전능한 신도 사랑하고 갈등하고 위기를 겪는 모습이 평범한 우리와 다르지 않아서 좋다. 하물며 신도 저렇게 고통받는데 인간인 내가 뭐라고 늘 좋은 일만 있겠는가 생각하면, 무거웠던 마음도 조금 가벼워진다. 그런데 신과 우리가 다른 한 가지가 있다. 바로 죽음이다. 신들에게는 탄생은 있어도 죽음은 없다. 그러나 인간에게는 삶이 시작되는 동시에 죽음이 기다리고 있다.

스무 살 이전에는 죽음에 대해 별생각이 없었다. 아직 죽음을 가까이에서 목격한 적이 없어서일 수도 있고, 그 나이의 내게는 너무 먼 얘기여서 그랬을 수도 있다. 타인의 죽음도 생각해 본 적이 없는데 하물며 나 자신의 죽음에 대해서는 말할 것도 없었다.

내가 대학생 때 할아버지가 폐암 선고를 받으셨다. 6개월 시한부 선고를 받고도 스스로의 노력으로 1년을 더 살다 가셨다. 암이란 녀석은 정말 무시무시했다. 처음에는 정정하던 할아버지를 못 걷게 만들더니, 그다음엔 뇌로 퍼져 말을 못 하게 하고, 나중에는 식도를 포함한 장기까지 전이되어 음식을 아예 못 먹게 했다. 사람이 죽음에 다가가는 과정을 내가 제일 존경하는 할아버지를 통해 목격한다는 것이 정말 괴롭고 슬펐다. 곁에서 지켜보는 나도 이렇게 힘든데, 시한부를 선고받은 순간부터 돌아가시던 그날까지 할아버지가 어떤 심정으로 하루하루를 사셨을지는 감히 상상조차 할 수 없다.

할아버지가 돌아가시고 유품을 정리하다가, 내가 초등학교 4학년 때 만든 가족 신문을 신문지에 곱게 싸서 보관해 오신 것을 발견했다. 신문에는 할아버지를 비롯한 가족들에 대한 소개가 담겨 있었다. 그걸 15년이나 간직해 온 마음을 헤아려 볼 때, 마지막 순간까지 할아버지는 자신보다도 남겨질 가족들을 걱정하셨을 것 같다.

그때 할아버지의 나이는 겨우 예순다섯이었다. 언제나 커 보이기만 했던 할아버지가 평균수명도 못 채우고 죽음을 맞이해야 한다는 사실을 가족들은 아무리 노력해도 받아들이기 어려웠다. 할머니는 유독 힘들어하셨다. 배우자와 사별한 후에 슬픔과 상실감에 빠져 병원을 찾는 사람이 많다고 한다. 일생의 고락을 함께 겪어 온, 세상에서 가장 가까운 이를 떠나보내는 시간. 다른 가족들은 그저 할머니가 그 시간을 무사히 견뎌 내시길 바랄 뿐이었다. 할아버지의 빈자리는 무엇으로도 대신할 수 없겠지만, 그래도 조금이나마 위로가 되고 싶어서 내가 할머니와 함께 살기로 했다.

그날부터 내 하루의 시작과 끝엔 할머니가 있었다. 아침이면 조용히 방에 불을 켜고서 혹시나 놀라서 깨지 않게 나지막이 내 이름을 불러 주는 할머니의 목소리로 하루가 시작되었다. 할머니가 차려 준 밥을 먹고, 할머니가 깨끗이 빨아 준 옷을 입고, 할머니의 배웅을 받으며 집을 나섰다. 지친 하루를 마치고 돌아오는 길, 모든 아파트의 불이 꺼져도 할머니 방은 불이 꺼질 줄을 몰랐다. 자정이 넘어 들어오는 손녀와 한마디라도 나누려고 졸음을 참으며 기다린 할머니와 하루의 끝을 함께했다.

어느 날 아침 일찍 집을 나서는 내게 할머니가 심심하니까 일찍 들어오라고 하셨다.

"할머니는 늘 재밌는 티비 보면서 도대체 뭐가 심심하다고 그래. 나도 하루 종일 티비만 보면서 누워 있었으면 좋겠다.”

죄송한 마음에 오히려 더 퉁명스럽게 대꾸했다. 그때는 미처 몰랐다. 그렇게 아무 일 없이 계속될 줄만 알았던 할머니와의 일상이 한순간에 무너져 내릴 줄은.

내가 집을 비운 낮에 할머니가 뇌출혈로 쓰러져 혼수상태에 빠졌다. 하얀 등이 밤낮 없이 24시간 불을 밝힌 중환자실에 누워 깨어날 줄을 몰랐다. 내 하루도 그렇게 멈췄다. 시작인지 끝인지, 낮인지 밤인지도 모를 시간이 흘렀다. 오직 할머니를 일으켜 세워 달라고 기도했다. 내가 했던 말과 행동, 바로 곁에 있으면서도 할머니의 병세를 알아채지 못한 것까지 하나하나 다 후회가 됐다. 눈물을 흘리며 아무리 뉘우쳐도 과거는 이미 지나가 버렸다.

할아버지와 할머니의 마지막 순간에 대해 생각했다. 할아버지는 시한부 판정을 받고 나서 자신의 삶을 서서히 정리해 나가셨다. 가족들 역시 더 자주 찾아뵙고 이야기를 나누며 조금씩이나마 이별을 준비했다. 다만, 병세가 깊어짐에 따라 더욱 고통스러워하는 할아버지를 보며 가족들 역시 힘든 시간을 보냈다. 반면 할머니의 죽음은 자신도 가족도 전혀 예측하지 못한 일이었다. 할머니에게는 자신의 삶을 돌아볼 기회조차 주어지지 않았다. 가족들에게도 할머니와 마지막 인사를 나눌 기회가 영영 주어지지 않았다.

비로소 나의 죽음도 생각하기 시작했다. 나는 언제 어떻게 죽게 될까? 할아버지처럼 비록 육체는 고통받을지언정 내 스스로 삶을 정리할 수 있는 시간이 주어질까? 아니면 할머니처럼 어느 날 갑자기 나도 모르게 떠나게 될까? 어느 쪽이든 인생은 참 허무한 것 같았다.

할아버지 장례식에 수많은 사람이 찾아와 애도하고 눈물을 흘렸다. 그만큼 남을 위해 좋은 일을 많이 하고 신앙심도 깊은 분이었다. 자기 밥상에는 반찬을 3개 이상 올리지 말라고 할 정도로 늘 자신에게 엄격하셨다. 그런 할아버지가 고통받으며 떠나는 모습을 보니 의문이 들었다. 과연 신은 존재하는 걸까? 왜 열심히 살아야 하지? 그러다 할머니마저 하루아침에 잃고 나니 삶이 더욱 무의미하게 느껴졌다. 그래 좀 편하게 살자. 어차피 내일 죽을지 모레 죽을지 모르고, 착하게 산다고 해서 고통스럽지 않게 죽는다는 보장도 없으니. 그냥 대충 살자. 그런 생각마저 들었다.

관광객이 잘 찾지 않는 무인도 같은 섬에 친구와 함께 찾아갔다. 어렵게 현지인 가이드를 구해서 작은 배를 타고 들어갔는데, 그 가이드가 바로 우리 눈앞에서 심장마비로 쓰러져 죽어 가는 모습을 지켜보게 되었다. 주위 사람들의 비명과 혼돈 속에, 영화의 한 장면처럼 해변에서 비키니를 입은 의사가 뛰어와 심폐소생술을 하고는, 우리가 타고 온 배에 가이드를 싣고 급하게 떠났다. 방금 전까지 함께 대화를 나누던 사람의 죽음을 처음으로 목격해서 그런지, 모든 게 다 느린 화면으로 보이고 아무 소리도 들리지 않았다. 그 후 섬에 고립되다시피 했던 친구와 나는 저녁이 되어서야 섬사람의 도움으로 가이드의 동생과 연락이 닿아 겨우 섬을 빠져나올 수 있었다.

나보다 더 놀랐을 고인의 가족들에게 어떤 위로의 말을 건네야 할지 몰라 그저 비통한 표정으로 바라보는 내게, 가이드의 동생이 담담하게 말했다.

"삶과 죽음은 마음대로 할 수 있는 게 아니다. 형은 오늘까지 최선을 다해 살았다. 그거면 충분하다."

우리가 언제 어디에서 어떤 모습으로 태어날지 모르고 세상에 오는 것처럼, 언제 어디에서 어떤 모습으로 죽을지 또한 선택할 수 없다. 그러나 불확실한 것투성이인 인생에서 우리가 죽는다는 사실만큼 확실한 것도 없다. 매일 최선을 다해 산다면, 최선을 다해 밥을 먹고, 할 일을 하고, 주변 사람들에게 하고 싶은 말을 아끼지 않고, 웃고, 행복을 누리고자 한다면, 내가 죽는 날이 언제든 최선을 다한 날이지 않을까.

알베르 카뮈의 소설《이방인》에는 세 개의 죽음이 나온

다. 주인공 어머니의 죽음, 주인공이 살해한 아랍인의 죽음, 그리고 사형선고를 받은 주인공의 죽음이다. 세상만사에 관심이 없는 주인공 뫼르소는 타인의 죽음에도 감정의 동요가 없다. 삶의 가치를 몰랐기에 재판정에서 자신에게 주어진 최후 변론의 기회조차 허무하게 날려 버린다. 사형을 선고받고 나서야 감옥 안에서 지난날을 되돌아보며, 왜 어머니가 생의 끝자락에서 약혼을 하고 삶을 다시 시작하려 했는지 이해하게 된다. 죽음을 앞에 두고서야 자신이 살아 있음을 느낀다.

한 할머님이 사전연명의료의향서[*] 양식을 들고 오셨다. 여기서는 작성을 해도 소용이 없으니 병원으로 가셔야 한다고 말씀드렸다. 그러면서 혹시 어디가 편찮아서 그러시냐고 여쭤보니, 그런 건 아니고 미리 대비하고 싶다고 하신다.

"무언가를 결정할 수 없는 상태에 빠진다는 것 자체가 무섭고 힘이 듭니다. 의미 없는 삶을 사느니 차라리 내가 미리 결정하고, 남은 날들을 후회 없이 살려고 해요. 살고 싶

---

[*] 19세 이상의 성인이 자신의 연명의료 중단, 호스피스 서비스 이용에 대한 의사를 담아 직접 작성한 문서.

어도 더 살 수 없는 날이 온다는데, 그런 의미에서 이 서류
는 최선을 다해 살겠다는 나의 의지입니다."

잘 듣다 갑니다

어린 시절부터 영화 〈트루먼 쇼〉의 짐 캐리처럼 이 세상의 주인공은 나라고 믿었다. 주변 사람들은 나를 위해 존재하는 조연 정도라고 생각했다. 그러나 현실은 내 생각과 달라도 한참 달랐다.

유치원에서 합주할 때, 작고 맑은 소리가 나는 트라이앵글을 맡고 싶었지만 큰 북에 배정되어 보이지도 않는 맨 뒷줄에서 연주했다. 절치부심으로 《별주부전》의 토끼 역할을 따냈건만, 연극 당일에 다른 토끼의 귀에 눈이 찔려 무대에서 대사 한마디 못 해 보고 하염없이 눈물만 흘리다 내려왔다. 초등학교 시절 피아노 학원에서 열린 발표회에서는 피아노를 너무 못 쳐서 혼자 시 낭송을 해야 했고, 용기 내어 나간 달리기 시합에서 바지 고무줄이 끊어져 전교생 앞에 속옷을 내보이는 불상사를 당하기도 했다. 세상의 주인공이 나라면 결코 일어나서는 안 될 일들이 일어났다.

그즈음부터 내가 세상의 주인공이 아니라는 걸 조금씩 깨달았다. 열심히 노력해도 항상 무언가 조금씩 부족했다. 나 자신의 문제일 수도, 환경의 문제일 수도 있지만, 어느 쪽이건 간에 주저앉아 불평만 하기엔 인생은 짧고 시간은 빠르게 흘러갔다.

주인공이라 믿었을 때도 잘 풀리지 않던 일들이 조연이라 생각하니 더욱 풀리지 않았다. 사법시험에 연이어 불합격하고 차선으로 로스쿨에 진학했는데, 원하던 공직에는 가지 못하고 또다시 차선으로 이 자리에 앉게 되었다.

처음에는 '의뢰인들이 나보다 더 훌륭한 변호사를 만났다면 더 좋은 답을 얻어 가지 않았을까?'라는 걱정이 앞섰다. 그런데 상담을 거듭할수록 이 자리는 말하는 자리가 아니라 들어 주는 자리라는 생각이 들었다. 의뢰인에게 법적으로 명확한 대답을 할 때보다, 오히려 그들의 사연에 귀 기울이고 공감할 때 고맙다는 말을 더 많이 들었다. 그래서인지 딱히 법적 해결책이 없는 상황에서 이야기를 들어 주는 것만으로도 감사하다고 말하는 의뢰인을 만날 때 가장 마음이 아프기도 했다.

'들을 청(聽)'은 원래는 '귀 이(耳)'에 두 개의 '입 구(口)'만으로 구성된 글자였는데, 나중에 눈과 심장을 그린 '덕 덕(悳)' 자와 '사람 임(壬)' 자가 더해져서 보고(直), 듣고(耳), 느끼는(心) 사람(壬)이라는 뜻을 갖게 되었다고 한다. 말하기와 다르게 듣기는 보고 듣고 느끼는 것까지 모두 포함한다.

　그런 의미에서 나는 정말 잘 듣는 사람이다. 살아온 세월보다 더 많은 이야기를 보고 들으며 느꼈다. 나를 찾아온 이들 한 명 한 명이 자신들의 이야기 속 주인공이었다. 그리고 그 이야기를 듣고 있는 나 역시 주인공이었다. 이 한 평짜리 우주 안에서만큼은 누구보다 그들을 위한 변호사였다. 차선이라 생각했던 곳에서 나는 최선을 다했고, 그토록 원했던 진정한 주인공이 될 수 있었다.

　의뢰인의 이야기를 듣다 보면 변호사이기 이전에 누군가의 딸, 친구, 직장동료로 살아가는 내 이야기와 닮아서 공감하기도 하고, 또 완전히 다른 세상의 이야기여서 놀라기도 했다. 때로는 같고 때로는 다른 이야기들을 파고들면 그 안에는 늘 누군가에 대한 사랑이 있었다. 표준국어대사전에서 정의한 '사랑'은 "어떤 사람이나 존재를 몹시 아끼고 귀중히 여기는 마음"이다. 누군가를 아끼는 그 마음, 사랑과 신뢰가 깨질 때 문제가 발생하고 법적 분쟁이 시작된다.

그러니 사랑을 이해하지 않고는 누군가의 문제를 진정으로 해결해 줄 수 없다. 숱한 상담을 하면서, 엄격한 법적 논리보다 진심에서 우러난 이해와 사랑이 보다 나은 답이 되는 순간이 많았다.

그렇게 사랑을 받고 또 베풀며 오래도록 그 자리에 앉아 있고 싶었지만, 아직 부족한 것이 많았다. 더 잘 들으려면 더 많은 것을 알아야 했다. 사랑 없이 법을 말할 수 없지만, 그렇다고 법 없이 사랑만 이야기할 수도 없었다. 전문 분야가 있는 변호사들보다 얕을 수는 있어도 온갖 문제에 두루 답할 수 있는 넓은 지식이 필요했다. 박사학위를 취득하고 여러 강의도 들었다. 그러나 재판 경험이 없고 사회 경험도 부족했다. 누군가의 어떤 이야기라도 들어주려면 나도 그만큼의 준비가 필요하다. 내 변호사 생활의 마지막은 다시 이 자리에서 더 깊어진 지식으로 마무리하고 싶었다. 그래서 아쉽지만, 누구보다 아꼈던 그 자리를 떠났다.

돌이켜보면 하루하루가 신이 났다. 오늘은 어떤 분이 어떤 사연을 들고 올지 아주 많이 궁금했다. 그런 삶을 살 수 있다는 건 정말 큰 행운이었다. 내가 받은 월급보다도 더 많은 것을 배웠기에, 그 빚을 갚기 위해 시간을 쪼개 여전히 무료 법률 상담을 하고 공익 관련 강의와 소송을 맡고 있다. 일부러 내야 하는 그 시간이 전혀 아깝지 않다.

여전히 나는 그렇게 사람들 사이에서 사람이 되어 간다. 더 잘 듣는 사람이 되고 싶다. 무엇이든 들어 드릴 수 있지만, 아무것도 들어 주지 않아도 모두가 행복한 세상을 꿈꾼다.

잘 듣다 갑니다!